COLLECTION A UN FRANC LE VOLUME.
1 FR. 25 CENT. POUR LES PAYS ÉTRANGERS.

XAVIER DE MONTEPIN.

LES CHEVALIERS
DU LANSQUENET

CINQUIÈME SÉRIE.

FRÈRE ET SOEUR.

PARIS
ALEXANDRE CADOT, ÉDITEUR,
37, RUE SERPENTE, 37.

1857

LES

CHEVALIERS DU LANSQUENET.

XAVIER DE MONTEPIN.

LES CHEVALIERS
DU LANSQUENET

CINQUIÈME SÉRIE.

FRÈRE ET SOEUR.

PARIS
ALEXANDRE CADOT, ÉDITEUR,
37, RUE SERPENTE, 37.

1857

LES
CHEVALIERS DU LANSQUENET.

PREMIÈRE PARTIE.

ESTHER ET PIVOINE.

I

D'Entragues et Clovis.

Le comte d'Entragues, avons-nous dit à la fin du dernier volume, emmena chez lui Clovis Bisbille qu'il venait d'enlever aux verroux de Clichy, et dont la surexcitation morale et la joie expansive ne se calmèrent que fort lentement.

L'heure du dîner arriva, et Georges qui, dès son retour, avait envoyé prévenir le maître d'hôtel du café Anglais, pria son camarade d'enfance de passer avec lui le reste de la journée.

Ce dernier ne se fit pas répéter cette invitation, et les deux amis s'attablèrent.

Nous savons depuis longtemps que l'amphytrion de Clovis possédait des connaissances gastronomiques d'un ordre supérieur, aussi n'avons-nous pas besoin de dire que le repas était excellent, les vins merveilleusement choisis, et tous des premiers crûs de la Bourgogne et des côtes du Rhône.

Le musicien était gourmand; depuis longtemps son budget fort mince et sa bourse très-mal garnie l'avaient réduit à la cuisine économique, malsaine et peu abondante des soi-disant *restaurants* à dix-huit et à vingt-deux sous, ce fut donc avec une extrême avidité et des jouissances infinies qu'il savoura les mets exquis dont la table était couverte.

Et tout en mangeant il ne négligeait point de vider son verre, que M. d'Entragues remplissait sans relâche, tantôt d'un vin généreux des coteaux de l'Hermitage, tantôt d'un Romanée royal, et tantôt enfin d'un Saint-Pérey ambré et écumeux.

Déjà Clovis se sentait inondé de cette joie intime et profonde que ressent tout homme en train de se griser, déjà ses yeux légèrement rapetissés brillaient comme deux escarboucles. Déjà sa langue épaisse se refusait à articuler nettement les multitudes de paroles saugrenues, de lazzis et de coq-à-l'âne qui se pressaient sur le bord de ses lèvres; il arrivait à cet instant où l'intelligence, prête à s'envoler, lutte encore contre les vapeurs qui l'obscurcissent, et s'attache avec une ténacité prodigieuse à la première idée qui se présente, sorte de point d'appui, grâce auquel elle voudrait surnager.

C'est ce moment que choisit M. d'Entragues pour arriver à son but, en suivant un de ces chemins tortueux dans lesquels il aimait à s'engager et qui presque toujours le conduisaient là où il voulait aller.

— Clovis... — dit-il en retirant au musicien une bouteille que ce dernier était en train de déboucher.

— Hein ? — fit le jeune homme, qu'est-ce que... tu veux ?...

— Causons.

— Ça me va !... Manions la parole... Manions-la, cette scélérate de parole...

— Te souviens-tu...

Clovis l'interrompit en chantant :

> Te souviens-tu... disait... un capitaine
> Au vieux soldat... qui mendiait son pain...

V'oui... *la reconnaissance est la mémoire du cœur*... Tu es mon ami, v'oui; tu es mon ami... donne-moi à boire !

— Te souviens-tu du temps où tu demeurais...

— J'ai demeuré... partout ! Je suis Frrrançais !... citoyen du monde... vive la Charte !... Donne-moi à boire...

— Où tu demeurais place Ventadour ? — continua Georges, sachant qu'il lui fallait s'armer de patience et subir les divagations de son convive.

Clovis se mit à chanter sur l'air si connu de *la Folle* :

> Ah ! v'oui, je m'en souviens ! !

— Ah ! v'oui !... donne-moi à boire...

— Tu avais bien de l'esprit dans ce temps-là...

— Au sixième...

— Et des inventions bien drôles...

— Au dessus de l'entr sol...

— Il y avait surtout un certain fil de fer...

— Tu... tu... m'électrises!... — s'écria Clovis en se levant et en prenant la main de Georges, qu'il posa sur son cœur, puis il ajouta :

— Cent soixante... pulsations... à... à... à la minute.

— Qu'est-ce que tu as ? — demanda M. d'Entragues.

Clovis, au lieu de répondre, se mit à déclamer de la façon la plus burlesque la tirade suivante, dont nous avons vainement cherché à découvrir l'auteur et que ces Messie rs de *l'école du bon sens* ne seraient sans aucun doute nullement disposés à avouer :

> Hélas!... c'était un astre.. une femme adorée...
> Par un rayon du ciel... et de l'amour dorée!...
> En la perdant... sais-tu que j'ai tout perdu... car
> Dans l'univers entier, depuis Madagascar
> Jusqu'à Tombouctou, qu'on cherche, qu'on regarde,
> Qu'on visite Pékin, et Brives-la-Gaillarde,
> On ne pourra trouver le long regard d'amour,
> Le geste si fripon, le mollet fait au tour,
> Ni le *chic andaloux,* ni la désinvolture,
> Ni la *mirobolante* et *serpentine* allure
> De ce bel ange, issu d'un portier de Paris !
> . . . . ,
> Si l'on veut parier, je tiens tous les paris.

Puis Clovis se laissa retomber sur sa chaise en murmurant :

— V'oui, je les tiens... les paris, et je rends cinq po nts à quiconque!... Oh! Adèle!... v'oui donne-moi à boir ...

Georges n'avait pu s'empêcher de sourire tandis que le musicien déclamait, et il reprit, sans remplir le verre que son convive lui tendait obstinément :

— C'est justement d'Adèle que je veux te parler.

— Ah! — fit Clovis en dressant pour ainsi dire les oreilles, et en lissant amoureusement entre le pouce e l'index les pointes de ses longues moustaches rousses.

— L'as-tu revue?

— Non.

— Es-tu retourné chez elle?

— V'oui. . oh! v'oui...

— Et elle n'y était plus?

— Non.

— Partie?

— *Huist-t-t*, — fit Clovis, imitant avec ses lèvres le bruit que fait un oiseau lorsqu'il s'envole à tire-d'ailes.

— Est-ce que tu serais bien aise de la retrouver?

— V'oui... oh! v'oui... Garçon, de l'amour pour deux et serrrvez chaud!... Donne-moi à boire...

— Je sais où elle est.

— Ah!

— Et je vais te le dire; mais, m'écoutes-tu?

— V'oui... oh! v'oui...

— Figure-toi...

— Je me figure...

— Ah! laisse-moi parler, — dit Georges avec quelqu'impatience.

Muet comme un poisson... et même plus! — répliqua Clovis.

— Figure-toi que du temps de la place Ventadour, quand j'eus le plaisir de renouer connaissance avec toi, j'étais fort épris de la jeune personne en question, et que je lui servais de protecteur, comme tu n'as point manqué de le deviner.

Clovis fit avec le bras un geste d'affirmation, geste dont il ne combina point assez l'angle géométrique, car son coude heurta sur la table deux ou trois bouteilles vides qui tombèrent et se brisèrent avec fracas.

Mais l'homme ivre, comme le sage dont parle Horace, saurait garder la plus complète impassibilité au moment où le monde s'écroulerait autour de lui; le musicien ne sourcilla donc pas, et Georges reprit :

— Or, Adèle me trompait pour toi, et j'avoue que je trouve cela tout simple.

Un nouveau geste de Clovis indiqua que la chose lui paraissait comme à Georges parfaitement naturelle.

— Mais ce que tu ne sais pas, — poursuivit M. d'Entragues, — c'est qu'elle nous trompait tous les deux pour un troisième personnage.

Un brusque haut-le-corps de Clovis exprima la surprise la plus profonde.

— Pas... pas possible! — balbutia-t-il.

— Très-possible! — répondit Georges, — le troisième est un ex-beau du Directoire, un colonel en retraite, un antique jobard payant comptant et payant cher. *Notre* Adèle est à l'heure qu'il est sa propriété exclusive; seulement elle a changé de nom, elle lui a fait croire qu'elle avait eu des aventures vertueuses, des malheurs, etc...; qu'elle était vierge et martyre, et qu'elle se nommait Perdita.

— Ah! ah! ah! — fit Clovis en partant, à trois reprises différentes, d'un éclat de rire homérique, — ah! ah! ah! elle est bonne... la farce... elle est bien bonne...

— Qu'en dis-tu? — demanda Georges quand cet accès de gaieté se fut apaisé.

— L'adresse... l'adresse de la... Perdita... — fit Clovis,
— je la réclame... je la veux... j'y vole... et je *nous*
venge... Enfoncé le vieux ! enfoncé ! !

Et Clovis se mit à chanter à plein gosier :

> Allons, enfants de la patrie,
> Le jour de gloire est arrivé !..
> . . . .
> . . . .
>
> En avant, marchons,
> Contre les *Barbons*...
> . . . .
> . . . .

Puis, ayant achevé cette *marseillaise* de fantaisie, il
ajouta :

— Donne-moi l'adresse...

— Demain, — répondit Georges.

— Tout de suite...

— Non.

— Pourquoi ?

— Parce que tu me parais ce soir plus ému qu'à l'ordinaire, et que j'ai la conviction que tu ferais quelque bê-
tise...

— Tu as dit *ému ?* — interrompit Clovis.

— Oui, je l'ai dit, et je le répète.

— Jeune insensé ! mais adapte donc un *monocle* à l'ar-
cade de ton œil gauche... et fixe sur moi ton regard...
Ça y est-il ?

— Oui. Après ?

— Me trouves-tu encore... ce que tu disais ?..

— Parfaitement.

— Erreur, mon ami, erreur, je suis calme... fort
calme... grave comme Henri IV sur le Pont-Neuf... grave

comme un âne qu'on étrille, comme un garde national en faction au guichet du Carrousel par onze degrés de froid... grave comme... comme... comme tout ce que tu voudras! Ah! v'oui, donne-moi à boire!

Cette fois Georges versa un dernier verre de vin de Champagne à son convive, et l'emmena dans le salon où il l'établit au coin du feu dans un bon fauteuil, et un cigare entre les lèvres.

Pendant quelques minutes Clovis continua à pérorer d'une voix monotone, proposant de porter la santé des gardes du commerce, de la prison pour dettes et des camarades de collége, et réclamant plus que jamais l'adresse d'*Adèle-Perdita*, chez laquelle il se proposait d'aller immédiatement, puis, tout en parlant, tout en fumant, il finit par s'endormir à moitié.

Peu d'instants après, le valet de chambre de M. d'Entragues annonçait le général baron Carol.

II

Une scène à trois personnages.

En grisant Clovis Bisbille, en métamorphosant pour lui, par de menteuses confidences, en un seul et même personnage les deux individualités de Perdita et de Mazagran, enfin en lui inspirant le désir de revoir la jolie pécheresse qui l'avait charmé place Ventadour, Georges d'Entragues avait un but.

Ce but, on le devine, était d'amener une querelle, puis une rencontre entre Clovis et le général.

Sans contredit, si Georges, après ce qui s'était passé le matin, avait dit à son ami, en lui désignant M. Carol :

— Voilà un homme qui me gêne, provoque-le et bats-toi avec lui! — Clovis, dans son enthousiasme dévoué, eut obéi sans arrière-pensée et sans réflexions.

Mais Georges était trop profondément roué pour risquer une démarche aussi directe, alors qu'il pouvait faire autrement.

Il devait craindre, d'ailleurs, que l'ancien maître d'armes, malgré sa reconnaissance aveugle, et le démon de la curiosité le poussant, ne cherchât à savoir pourquoi, lui, le comte d'Entragues tenait tant à se débarrasser du du général Carol, et ne voulait point s'en débarrasser lui-même.

En agissant au contraire, ainsi qu'il se proposait de le faire, en donnant le lendemain l'adresse de Perdita au jeune homme, juste à l'heure où le général serait chez sa maîtresse, il était plus que probable que Clovis, se présentant avec l'aplomb d'une ancienne connaissance, et se voyant refuser la porte, ferait un scandale quelconque, essayerait de forcer la consigne, d'entrer malgré les domestiques, et finirait par échanger une insulte, et peut-être un soufflet, avec le général attiré par le bruit.

Si au contraire, et contre toute prévision une explication avait lieu, et si Clovis, avant d'avoir fait quelque sottise, se voyait démontrer la non-identité de Perdita et de celle qu'il cherchait, Georges ne se trouvait nullement compromis, la méprise de Clovis devenait burlesque au lieu de devenir sanglante, et passait sans difficulté sur le compte du vin de Champagne.

L'événement va nous montrer d'ailleurs, qu'outre les chances favorables, connues de lui, et bases de son espoir, M. d'Entragues en avait une de plus, sur laquelle il ne comptait pas.

Le valet de chambre, disions-nous, annonça M. Carol.

Le général vint droit à Georges et lui serra la main,

Sa figure annonçait la même satisfaction vive et profonde, que lors de leur entrevue du matin.

Il allait parler, mais il s'arrêta à la vue de Clovis, et ses traits exprimèrent l'étonnement que lui causait ce personnage inconnu, couché dans un fauteuil, les jambes croisées l'une sur l'autre, marmottant de temps à autre des mots incohérents, et suçant avec acharnement un cigarre parfaitement éteint.

Il faut dire que la mine et l'attitude de Clovis contrastaient d'une façon étrange avec la luxueuse élégance du salon de M. d'Entragues. Le professeur de mélophone, quoique momentanément privé de sa bien-aimée vareuse sang de bœuf, ne brillait point pour le quart d'heure par le confortable, ni même par la propreté de sa toilette.

Georges devina la surprise dans le regard du général, et il lui dit en souriant, et en désignant Bisbille :

— C'est un ami d'enfance, un camarade de collège. — Puis il raconta en peu de mots et à voix basse, comment quelques heures auparavant il avait tiré le pauvre garçon d'une situation désagréable, comment la joie l'avait grisé, conjointement avec les vins de la Romanée et de Saint-Pérey, et comment, enfin, l'on pouvait causer devant lui, par la double raison que d'abord il n'entendrait pas ce qui se dirait, et qu'ensuite, en supposant qu'il pût suivre la conversation, c'était un homme d'honneur et un garçon discret, quoiqu'il fût loin d'être homme du monde.

M. Carol, ainsi rassuré sur la présence de Clovis, et ramené au but de sa visite par Georges d'Entragues qui lui demandait avec un intérêt non simulé ce qu'il avait appris, répondit :

— Perdita m'a tout raconté...

Ce nom de *Perdita*, quoique prononcé à voix basse, produisit sur les nerfs du musicien le même effet que l'harmonie du clairon produit sur les chevaux de bataille. Il s'interrompit au milieu d'une apparition assez anacréontique qui traversait son demi-sommeil, tressaillit, ouvrit les yeux et s'écria :

— Hein ? qu'y a-t-il ? qu'est-ce que vous dites ?

— Rien, — répondit Georges qui désirait écouter le récit du général. — Rien, mon ami, tiens-toi tranquille et dors.

Déjà Clovis avait refermé les yeux.

Georges apprit de M. Carol les détails jusqu'alors inconnus pour lui de l'évasion de Perdita ; il sut par quelle ruse habile avait été mise en défaut la vigilance de Rosolio et de son acolyte, et il se promit de se venger plus tard, s'il pouvait en trouver l'occasion, de l'*Amour*, cet obscur bandit, auquel il devait la non-réussite de ses derniers projets.

Habitué dès longtemps, du reste, à dissimuler de la façon la plus entière ses impressions et ses sensations, habile comédien s'il en fût, pour jouer avec naturel les sentiments qu'il était loin d'éprouver, Georges félicita vivement le général Carol, et s'associa à son bonheur avec l'apparence d'une chaude sympathie.

— Elle est retrouvée, — reprit alors le général, — sans contredit voilà l'essentiel...

— Certainement ! — répondit Georges.

— Nous devons de plus nous estimer heureux qu'elle n'ait eu à subir aucune de ces violences que l'on devait redouter, et dont la seule pensée épouvante...

— Violences, — fit observer M. d'Enragues, — auxquelles il est inexplicable, et pour ainsi dire miraculeux qu'elle ait échappé.

— Mais je vous dirai, mon cher comte, — continua M. Carol, — qu'à présent que me voilà sorti des angoisses terribles au milieu desquelles je vivais, je mets, outre mon intérêt de cœur, un profond intérêt de curiosité à soulever le voile épais qui nous cache les causes secrètes des faits que nous connaissons.

— Je vous comprends à merveille, — fit Georges.

— Quel a pu être le but de cet enlèvement mystérieux, quels en ont été les auteurs? voilà ce que je brûle de savoir.

— Mais aussi voilà ce qu'il est bien difficile de découvrir.

— Peut-être que non.

— Comment cela ?

— Je vais m'adresser tout à la fois au procureur du roi et au préfet de police.

— A quoi bon, maintenant ?

— Je vous l'ai dit : d'abord à faire jaillir la lumière dans ces profondes et insondables ténèbres, ensuite à éviter pour l'avenir quelque nouveau piège odieux, infâme, et enfin, à attirer sur la tête des coupables un châtiment terrible et mérité ; ce dernier motif, à lui seul, me paraît plus que suffisant.

— Je suis de votre avis, mais ne pensez-vous point aux scandaleux débats judiciaires, dans lesquels votre nom se trouvera mêlé à celui d'une femme...

— Que m'importe !...

— Mais le monde...

— Pourquoi me parlez-vous du monde, mon cher

comte? — interrompit M. Carol. — Est-ce lui qui me donne tout le bonheur que je trouve et que j'espère trouver longtemps auprès de la jeune fille que j'aime?

— Sans doute... mais réussirez-vous dans ces recherches, que vous allez entreprendre, et ne vous préparez-vous pas à une amère déception?

— La réussite ne me paraît guère douteuse.

— Pourquoi cela?

— Parce que nous possédons des indices certains, et que la police ne marchera qu'à coup sûr.

— Des indices certains, — répéta M. d'Entragues en cherchant à dissimuler le tressaillement nerveux qui secouait son corps et faisait claquer ses dents. — Des indices certains, dites-vous: lesquels?

— D'abord, comme vous le savez, nous avons à notre discrétion et tout dévoué à nos intérêts, l'un des complices du ravisseur...

— Ce *L'Amour*, dont vous me parliez tout à l'heure?

— Précisément. Eh bien! il se fait fort, dans un laps d'une huitaine de jours, et secondé d'ailleurs par des agents de la police de sûreté, il se fait fort, dis-je, de mettre la main sur une sorte de *Rufiano* italien, qui se nomme, à ce qu'il paraît Rosolio, et qui a eu en sous-ordre la conduite de toute cette affaire.

« Vous comprenez, — continua M. Carol, — qu'une fois qu'on tiendra ce Rosolio, qui était le bras droit de nos ennemis, on doit arriver, d'une façon infaillible et indubitable, à la découverte du chef de l'entreprise. Ceci est clair, n'est-ce pas?

Or, tout ce que le général Carol venait de lui dire, Georges se l'était déjà répété à lui-même avec une profonde terreur, et de plus en plus il s'affermissait dans cette pensée, qu'il n'y avait que la mort du général qui pût le tirer du péril qui le menaçait.

Pourtant il essaya encore un dernier argument :

— Mais, en déposant votre plainte, — dit-il, — vous allez compromettre ce *L'Amour* qui vous a rendu un si grand service, et qui, puisqu'il se trouvait mêlé dans cette affaire abominable, et sans doute dans beaucoup d'autres du même genre, doit avoir le plus grand intérêt à ce que le procureur du roi ne porte point dans ses affaires et dans sa vie passée un regard investigateur et curieux !

— J'ai prévu ceci, mon cher comte, — ajouta M. Carol d'un air de triomphe, — et vous devez bien supposer que, par ma position, par mon crédit, par mes amis, je saurai faire en sorte que *L'Amour* soit désormais à l'abri de toutes poursuites !

» Tant que je vivrai, — ajouta le général avec animation et avec éclat, tant que j'aurai quelque énergie, quelque fortune et quelque influence, soyez aussi certain que d'un fait accompli, que rien de malheureux n'arrivera, si je puis l'empêcher, au sauveur de Perdita !

Georges d'Entragues se tut embarrassé.

Il ne pouvait, sans avouer ou sans faire soupçonner un motif d'intérêt personnel, combattre plus longtemps la résolution du général, et c'est ce motif personnel qu'il devait surtout cacher.

Mais en ce moment la scène changea tout à coup d'une façon imprévue et complète.

La comédie à deux acteurs devint un drame à trois personnages.

Voici comment.

C'est, avons-nous dit, avec animation et avec éclat qu'en terminant sa phrase le général Carol avait prononcé le nom de *Perdita*.

Ce nom, frappant pour la seconde fois le tympan de Clovis, s'y incrusta profondément, et donnant un corps à son idée fixe, lui servit comme de point d'appui pour essayer de se soustraire à l'ivresse déjà décroissante.

Il quitta donc le fauteuil dans lequel il était assis, s'affermit de son mieux sur ses jambes chancelantes, sans parvenir cependant à acquérir un aplomb très-rassurant, et se dirigea, avec force zigs-zags, du côté du général Carol, qui le regardait faire avec quelque surprise.

Clovis avait le regard fixe, étonné, obscurci, pour ainsi dire, des gens à qui une ivresse récente et non encore vaincue n'a point laissé l'entière et libre disposition de leurs facultés intellectuelles.

Ses lèvres ébauchèrent un demi-sourire, vague et sans expression.

— Perdita! — fit-il, — quelqu'un a parlé de Perdita?

— Oui, — répondit le général étonné.

— Qui ça?

— Moi, — dit M. Carol.

— Tiens! vous la connaissez donc?

— Sans doute... et vous?

— Ah! ah! — s'écria le musicien avec un bruyant éclat de rire, — il me demande si je la connais... la farce est bonne! elle est bien bonne, la farce!... Ah! v'oui, que je la connais!

— Expliquez-vous, Monsieur? — demanda le général frémissant d'impatience.

— Il n'y a point d'explications... On est fat ou on ne

l'est pas, on dissimule ses bonnes fortunes... ainsi donnez-moi la nouvelle adresse de la jeunesse susdite, que je vole la consoler de défunts ses malheurs !...

Et Clovis, après avoir prononcé ces mots, se replongea dans son fauteuil.

— Je crois, — dit M. Carol avec un calme forcé, — je crois, Monsieur, que dans ce moment nous ne parlons pas de la même personne.

— Que si ! que si ! — reprit Clovis avec insistance. — Je sais bien que la demoiselle a changé de nom pour dérouter son vieux, mais c'est toujours elle, rapportez-vous-en à moi : *j'ai appris la chose de quelqu'un qui le savait*, comme dit Bilboquet. Jolie fille, pardieu ! un amour... Elle s'est mise avec un ex-général... qu'elle jobarde, et à qui elle a narré diverses collections de calembredaines, que le gobe-mouche a avalées le mieux du monde.

— Et vous dites que vous avez été l'amant de cette femme ? — s'écria M. Carol.

— Un peu... beaucoup... passionnément... — répondit Clovis, — sans compter que je vais *repiquer sur l'ancien* sitôt que vous m'aurez donné l'adresse de l'objet.

— Eh bien ! moi, — fit M. Carol d'une voix tonnante, — je prétends que vous en avez menti !

— Hein ? — demanda Clovis qui, dans le premier moment, crut qu'il avait mal entendu.

— Général.. général !... — fit le comte d'Entragues en s'approchant d'un air inquiet du protecteur de Perdita.

Mais ce dernier l'écarta du geste, et répéta en s'adressant au musicien :

— Oui, vous en avez menti, et vous êtes un drôle !

Clovis, cette fois, entendit et comprit ; toute ivresse disparut soudainement de son regard, qui se chargea d'une sombre colère ; il quitta de nouveau le siège sur lequel il était couché plutôt qu'assis, marcha lentement, mais d'un pas ferme, jusqu'auprès du général, lui saisit les deux mains à la fois, et le contraignant à plier, grâce à ses poignets de fer, il lui dit :

— Il paraît que c'est vous qui êtes le vieux... (le mot fut prononcé). Je ne le savais pas, et j'en suis fâché, car votre position de jobard parfaitement vexé mérite des égards ; mais vous avez employé des expressions qui ne se digèrent pas, vous avez dit que *j'en avais menti!* vous m'avez appelé *drôle!* ces mots-là, voyez-vous, je vais vous les écrire sur la joue!

Et Clovis, lâchant l'avant-bras du général, qu'il meurtrissait de sa main droite, leva cette main et la laissa retomber sur le visage de son adversaire.

Le général Carol pâlit affreusement, ses yeux s'injectèrent de sang, et, sans aucun doute, une lutte corps à corps allait suivre, si Georges ne se fut précipité entre le vieux soldat et le musicien ; il prit ce dernier à bras le corps, l'entraîna, malgré sa résistance, dans la pièce voisine, où il l'enferma, et revint trouver M. Carol, qui, brisé par une émotion terrible, s'était laissé tomber dans un fauteuil.

— Général, — s'écria Georges d'Entragues, — je vous en supplie, oubliez cette déplorable scène ; mon malheureux camarade est ivre, et ne sait, par conséquent, ni ce qu'il dit, ni ce qu'il fait.

— Oublier! — répondit M. Carol d'une voix sourde, — oublier l'insulte que je viens de subir! oublier le soufflet qui brûle encore ma joue! non pas! et tout le sang de votre ami coulera pour laver l'insulte et le soufflet!!

— Mais c'est vous, — dit M. d'Entragues, — c'est vous qui l'avez insulté le premier...

— C'est vrai, et j'ai eu un tort immense, un tort que je vous prie de vouloir bien me pardonner, Monsieur le comte, c'est de n'être point assez maître de moi, pour respester votre salon, dans lequel j'avais l'honneur de me trouver... j'aurais dû attendre, et remettre à plus tard pour châtier les mensonges éhontés de ce Monsieur; enfin ce qui est fait est fait, mais je vous le répète, il faut du sang!

Georges comprenait à merveille que l'affaire n'était pas arrangeable, et que M. Carol ne céderait point, aussi s'empressa-t-il de jouer le rôle de conciliateur.

— Écoutez, général, — dit-il d'un ton ému, et avec l'accent de la conviction, — comme vous j'ai été soldat, comme vous je n'ai jamais reculé, eh bien! je vous jure sur mon âme et conscience, qu'à mes yeux, dans tout ce qui vient de se passer, il n'y a pas matière à un duel.....

— Ah! ah! — interrompit le général avec un sourire de dédain, — vous trouvez qu'un soufflet ne vaut pas un coup d'épée, je serais curieux de vous entendre justifier cette opinion!

— C'est ce que je vais tâcher de faire.

— J'écoute, et de toutes mes oreilles, je vous assure, — répondit M. Carol avec le même rire sardonique

— D'abord je prétends que mon ami n'a fait, en vous frappant, que prendre sa revanche, un peu vivement il est vrai, de l'insulte qu'il venait de recevoir de vous...

— Après?

— Ensuite, je soutiens que vos torts sont beaucoup plus graves que les siens, car, s'il a usé de représailles envers vous, vous l'aviez, vous, injurié sans motifs.

— Sans motifs ! — s'écria M. Carol.

— Du moins, je n'en connais pas.

— N'avez-vous donc point entendu la manière dont il a parlé de Perdita ?

— Je l'ai entendu à merveille, mais il ne savait pas que vous étiez l'amant de cette femme, et peut-être après tout, n'a-t-il dit que la vérité...

— La vérité, Monsieur ! !

— Sans doute, général.

— Mais je suis certain du contraire ?

— Comment cela ?

— Je connais la vie tout entière de Perdita, elle ne m'a jamais trompé, elle n'a jamais eu d'autre nom que celui qu'elle porte maintenant.

— A ce qu'elle vous a dit, car enfin tout ce que vous savez sur elle, c'est par elle-même que vous l'avez appris... Mais cependant, je veux bien admettre, que de la part de mon ami, il y ait eu erreur ou mensonge, deux hommes d'honneur doivent-ils jouer leur vie, à propos d'une femme... pardonnez-moi le mot, mon cher général, à propos d'une femme... entretenue ?

M. Carol profondément blessé de la façon un peu leste dont le comte d'Entragues parlait de Perdita, son idole, répondit d'un ton sec, et d'un air rogue :

— Du moment où je m'intéresse à une femme, qu'elle soit ou non digne de respect, je prétends qu'on la respecte... d'ailleurs nous avons en ce moment à nous occuper d'un fait, et non des causes qui l'ont provoqué.

Or, j'ai reçu la plus sanglante insulte qui puisse être faite à un homme, et je prétends en tirer la plus éclatante réparation.

— Est-ce à dire, général, que vous refusez toute espèce d'arrangement ?

— Je refuserais même d'accueillir des excuses formelles, si elles m'étaient offertes ; je prétends me battre avec votre ami, ou s'il n'accepte point les chances d'un combat, je prétends conserver le droit de dire partout qu'il est un misérable lâche !

— Soyez parfaitement tranquille, Monsieur le baron, — répondit Geoges devenant à son tour singulièrement froid et hautain : — mon ami ne reculera pas ! — il ne me reste plus, quant à présent, qu'une chose à vous dire, c'est que comme je serai l'un des témoins de M. Clovis Bisbille, j'aurai l'honneur demain matin de me présenter chez vous à dix heures précises avec le second témoin.

— J'y serai, — répondit M. Carol, qui salua cérémonieusement le comte d'Entragues et sortit.

II.

La chanoinesse.

Lorsque M. d'Entragues ouvrit la porte du cabinet dans lequel il avait enfermé Clovis, il trouva ce dernier complétement dégrisé, l'air quelque peu étonné, mais nullement inquiet.

— Voilà une soirée bien commencée qui a fini un peu drôlement! telles furent les premières paroles du musicien.

— Quand je te disais que tu ferais des sottises, avais-je tort? — demanda Georges avec une brusquerie et un mécontentement affectés.

— Qu'appelles-tu faire des sottises? — demanda vivement Clovis? — est-ce que tu trouverais par hasard que j'ai eu tort de souffleter ce vieil imbécile qui m'avait appelé *drôle* et *menteur*?

— Je ne dis pas cela, — répondit d'Entragues; — mais quel besoin avais-tu d'aller parler de Perdita devant lui et dans quels termes encore!

— Aussi pourquoi ne m'as-tu pas fait signe de me taire ?

— Je t'ai fait tous les signes imaginables... je devais ressembler à un télégraphe en mouvement ; c'est toi qui t'obstinais à ne rien voir à ne rien comprendre.

— Possible, mais enfin qu va-t-il arriver, et qu'as-tu fait avec ce monsieur tout à l'heure ?

— J'ai tâché d'arranger l'affaire.

— As-tu réussi ?

— Non. J'aurais voulu que vous vous fissiez des excuses réciproques, car vous avez eu des torts tous les deux, il n'y a pas eu moyen d'obtenir cela de lui. Il faut se battre.

— Tant mieux, morbleu ! — s'écria Clovis, — on se battra ! Où et quand ça se jouera-t-il ?

— C'est ce dont nous allons convenir.

— Cela m'est pardieu bien égal ; le jour, le lieu, l'heure et l'instrument, tout cela m'est indifférent.

— Sais-tu te servir d'une arme quelconque ? — demanda M. d'Entragues.

— En voilà une question saugrenue, — s'écria Clovis en riant, — puisque j'ai été maître d'armes !

— Je me souviens effectivement que tu me l'avais dit place Ventadour, mais cela m'était sorti de la mémoire. Comme tu es le premier insulté nous profiterons de notre droit en choisissant l'épée.

— Va pour l'épée. Je manie aussi le pistolet fort agréablement, et je suis persuadé que je tirerais le canon très-bien, mais je n'ai jamais essayé.

— Connais-tu quelqu'un qui puisse te servir de témoin avec moi ?

— Je connais beaucoup de gens, mais ce sont des artistes, des acteurs, des musiciens, tous fort peu belliqueux de leur nature, et pas du tout au fait.

— Alors, veux-tu t'en rapporter à moi, et accepter un de mes amis ?

— Si je m'en rapporterai à toi ? Je le crois fichtre bien !

— Demain à dix heures je serai chez le général Carol...

— Ah ! il s'appelle Carol, ce monsieur, et il est général ?... Alors, il doit manier l'outil avec quelque agrément.

— Cela est probable. Y a-t-il longtemps que tu n'as fait des armes ?

— Quelque chose comme deux ans, deux ans et demi.

— Il faudra te refaire la main, et si tu veux, nous allons tirer tout de suite pendant un instant ?

— Cela me va parfaitement, d'autant plus que ça m'ôtera peut-être un mal de tête à grand orchestre qui commence à m'empoigner.

Georges mena Clovis dans sa chambre à coucher, lui fit mettre des pantoufles à semelles très-molles, afin de ne pas faire trop de bruit dans la maison, et détacha du mur deux fleurets, dont il prit un et dont il donna l'autre à son ami. Nos deux personnages se mirent alors à espadonner à la lueur des bougies qui brûlaient sur la cheminée.

Georges était un fort passable tireur, et il ne lui fallut que quelques minutes pour s'assurer que Clovis, quoique égèrement rouillé par deux années de repos, était de première force.

Satisfait de cette découverte et des résultats qu'elle lu

promettait, Georges mit bas les armes et dit à son ami :

— Assez pour ce soir : nous risquon à la lumière de nous envoyer le bouton de nos fleurets dans les yeux. Sois ici d main à six h ures du matin, nous nous exercerons pendant d ux h ures.

— Convenu !

— A propos, as-tu un domicile ?

— Fort peu.

— Où comptes-tu coucher cette nuit ?

— Je n'en sais, ma foi, rien... la Providence y pourvoira.

— Alors c'est moi qui serai la Provid nce. Tiens, voici de l'argent.

Georges mit dans la main de Clovis une dizaine de napoléons, et ajouta :

— Quand cette sotte affaire sera terminée, je te prêterai ce qu'il te faudra pour racheter un mobilier, car je suppose qu'avant de te mettre à Clichy on a dû vendre le tien, et je tâcherai de te procurer de l'occupation comme maître d'armes... ce qui te plaira davantage, j'imagine, que de courir le cachet, ton mélophone et toi, l'un portant l'autre.

— Nom d'un petit bonhomme d'un sou ! — s'écria Clovis excessivement ému des procédés de Georges, — on peut bien dire que tu es la perle des vrais amis, et le *nec plus ultrà* des b ns enfants ! Va ! tu mériterais qu'on coulât ton *facies* en pied et en bronze et qu'on te flanquât sur le haut de la colonne Vendôme, à la place de Napoléon !

M. d'Entragues, très-satisfait de sa journée, qui, en effet, avait été bien remplie, renvoya son enthousiaste

camarade, et se disposait à écrire quelques lettres avant de
se coucher, quand on vint le prévenir que madame la
comtesse de Boisjol demandait à le voir.

Nos lecteurs se souviennent que depuis, son arrivée à
Paris, la chanoinesse, extrêmement souffrante, ne quittait point le lit.

Au moment où Georges entra dans la chambre de sa
tante, cette dernière, soutenue par deux ou trois oreillers
était pour ainsi dire assise dans son lit.

La lampe carcel, posée sur la table de nuit, répandait
dans l'alcôve une lumière éclatante, et permettait de distinguer les traits de la bonne chanoinesse, prodigieuse-
ment amaigris et d'une pâleur cadavéreuse.

A la vue de son neveu, un léger sourire de tendresse
vint effleurer le coin de ses lèvres décolorées, et elle tendit la main à Georges, à qui elle fit signe d'approcher un
siége et de s'asseoir tout à côté d'elle .

Mon beau neveu, — lui dit-elle d'une voix faible d'a-
bord, mais qui bientôt arriva à son diapason habituel,
— je vous ai fait prier de passer chez moi, parce que je
veux vous parler d'une grande résolution que je viens de
prendre.

— Parlez, chère tante ; je n'ai pas besoin de vous dire
que je vous écoute religieusement.

— Je sens, mon ami, — continua la chanoinesse, —
je sens que je vais mourir...

— Que dites-vous là, chère tante ? — interrompit Georges vivement.

— La vérité, — fit madame de Boisjol avec son sourire
doux et mélancolique; — je sens que les jours et peut-

être les heures me sont comptés désormais ; je sens que la
vie se retire de moi...

— Quelles sinistres pensées ! — s'écria M. d'Entragues.
— Par bonheur l'événement viendra bientôt démentir
vos funèbres prévisions.

La chanoinesse serra la main de son neveu, et poursuivit :

— Une grande joie pourrait peut-être ranimer pour un
moment mes forces qui s'éteignent ; cette grande joie, ce
profond bonheur, je l'espérais de votre mariage avec
Esther de Choisy. La déception m'a porté un coup fatal.
Je m'en vais... je m'en vais... et rien ne pourrait retarder
désormais l'heure où mon âme s'envolera.

— Mais cette heure est loin, — dit Georges, — bien
loin encore, et vous avez devant vous, je l'espère, j'en
suis sûr, des jours, des mois, des années.

— Ceci est une illusion, mon beau neveu ; une illusion
qui m'afflige, car elle vous rendra la réalité plus pénible.
Je vous le répète, je vais mourir, et, à ce moment suprême, il me reste un dernier désir.

— Un désir... — murmura Georges.

— Je veux, avant de quitter cette terre, je veux revoir
mon petit castel de Cussac, je veux caresser de mon regard d'adieu les belles plaines de la Normandie, je veux
enfin dormir du sommeil éternel sous l'humble pierre
blanche et sous la mousse de mon cimetière de village.
Là, du moins, au printemps, le parfum des lilas passera
sur ma tombe, et si parfois, la nuit, je me réveille, j'en-
tendrai de doux chants d'oiseaux ; et puis là-bas, je ne
serai entourée que de braves gens, de simples et bons
paysans, dont les âmes, au ciel, accueilleront la mienne,

tandis qu'il me semble que, dans ce cimetière profane de
Paris, qu'on appelle le Père-Lachaise, mon repos serait
troublé sans cesse par l'inévitable voisinage d'une foule
d'abominables coquins. Ne vous moquez pas de moi, mon
beau neveu, je vous en prie ; c'est une faiblesse, je le sais
bien, mais que voulez-vous, c'est la dernière !

Un assez long silence succéda à ces paroles ; la chanoinesse se taisait fatiguée. Georsges semblait triste et rêveur.

— Ainsi, chère tante, vous voulez partir ? — demanda-
t-il enfin.

— Oui.

— Quand ?

— Le plus tôt possible, il n'y a pas de temps à perdre.
Je me mettrai en route demain.

— Mais, dans l'état de faiblesse où vous êtes, un voyage
vous sera fatal !...

— Il ne peut maintenant y avoir de fatal pour moi,
mon beau neveu, que le retard.

— Avez-vous parlé à votre médecin de la résolution
que vous avez prise ?

— Oui, aujourd'hui même.

— Et qu'en dit-il ?

— Il me désapprouve, comme vous.

— Vous voyez...

— Au point de vue de la science, je sais bien qu'il a
raison et vous aussi. Mais quand la lampe manque d'huile,
il faut bien qu'elle s'éteigne. Ne vaut-il pas mieux avancer
la fin de quelques heures, et que la fin soit heureuse ?

— Il sera fait, chère tante, comme vous le désirez.

— Ainsi, vous vous chargez, mon ami, de donner les

ordres nécessaires, de telle sorte qu'à midi, demain, tout soit prêt pour mon départ.

— Ces ordres seront donnés.

— Merci, cher enfant. Cette nuit, grâce à vous, je dormirai tranquille.

Georges se retira ayant réellement quelque tristesse au fond du cœur. Madame de Boisjol était, sans contredit, la seule personne en ce monde pour qui il ressentit une sorte d'affection, et nous prendrions sur nous d'affirmer que, quoiqu'il dût recueillir une somme importante de l'héritage de la chanoinesse, il ne désirait point sa mort.

Georges, en rentrant dans sa chambre, écrivit immédiatement au comte Abel, une lettre par laquelle il le priait de venir le trouver chez lui le lendemain matin à neuf heures précises; il fit porter cette lettre par son domestique, et ne se coucha que quand il eût acquis la certitude que le comte Abel avait reçu son épître et viendrait au rendez-vous. Il avait eu soin, d'ailleurs, de prévenir son valet de chambre qu'il fallait, dès le point du jour, faire mettre en état la voiture de madame de Boisjol, et commander des chevaux de poste pour midi.

§

A six heures, le lendemain matin, Clovis Bisbille arrivait chez d'Entragues; la perspective de son duel ne l'avait nullement empêché de passer une excellente nuit, il était frais et dispos, et, de plus, grâce à l'argent qu'il avait reçu de Georges, il s'était procuré, chez son ancienne connaissance, Perrot le brocanteur, un costume complet, tout neuf, et qui n'était vraiment ni trop voyant, ni de trop mauvais goût.

Les deux amis se mirent à ferrailler, et plus encore que la veille au soir, Clovis étonna son condisciple par la justesse de son coup d'œil, la fermeté de son poignet, la précision de ses coups, l'habileté de ses dégagés, et l'imprévu de ses bottes secrètes.

— Sais-tu que ça ne doit pas être commode de se battre avec toi, — dit enfin M. d'Entragues, épuisé de fatigue et en déposant son fleuret. — Je crois, ma parole d'honneur, que tu es de force à te mesurer avec Grisier lui-même!

— Ah, bah! — répliqua Clovis, — ça ne prouve rien du tout : on a vu des maîtres d'armes embrochés comme une alouette par des conscrits qui n'avaient pas trois mois de salle. A la grâce de Dieu, ma foi! demain il fera jour!

A neuf heures, le comte Abel, se conformant à la lettre qu'il avait reçue la veille au soir, entrait chez M. d'Entragues, qui lui expliquait ce dont il était question, et, à dix heures précises, les deux Chevaliers du Lansquenet sonnaient à la porte de l'appartement du général baron Carol.

Ils trouvèrent ce dernier en compagnie de deux ex-officiers supérieurs, moustaches grises comme lui, et ils furent reçus avec la froide et cérémonieuse politesse qui préside d'habitude à de semblables entrevues.

— Veuillez vous entendre avec ces Messieurs, — dit le général à d'Entragues et au comte Abel, en leur présentant ses témoins : — tout ce qu'ils feront sera bien fait, et d'avance je ratifie leur décision.

Puis, M. Carol quitta le salon, dans lequel la conférence allait avoir lieu.

Elle fut courte. Les amis du général, rigides soldats et fanatiques du point d'honneur, n'admettaient même pas la possibilité d'un arrangement.

Il ne restait par conséquent à discuter que le lieu de la rencontre, l'heure et le choix des armes.

Il fut décidé, que le lendemain à huit heures, le général, son adversaire et les témoins de part et d'autre, se rencontreraient à la porte Maillot, ce lieu classique de rendez-vous pour les duellistes et pour les amoureux.

L'épée fut l'arme choisie, et le baron D***, l'un des seconds du général, se chargea d'amener avec lui un chirurgien.

§

Cinq minutes après, Georges d'Entragues rendait compte du résultat de sa mission à Clovis qui l'attendait chez lui, et qui le quitta pour aller passer quelques heures dans l'une des premières salles d'armes de Paris, afin d'achever complétement de se refaire la main.

A midi, la chanoinesse se mettait en route, et son neveu lui disait en lui serrant une dernière fois la main :

— Peut-être, chère tante, me verrez-vous à Cussac, plutôt que vous ne le pensez.

IV

Les duels.

Le lendemain était un dimanche.

Il faisait froid, mais le ciel pur et sans nuage promettait une belle journée.

Paris s'éveillait. — Çà et là des escouades de balayeurs achevaient la toilette matinale des boulevards, et quelques masques retardataires, derniers sortis du bal de l'Opéra, ou échappés des restaurants et des cafés voisins, promenaient sur l'asphalte leurs figures flétries, leurs costumes dévastés, leurs chaussures poudreuses, en répétant à tue-tête le cri monotone et aviné du carnaval parisien :

— Ohé!!! — ohé!!!

Deux voitures, une berline et un coupé, suivaient rapidement et à peu de distance l'une de l'autre la grande avenue des Champs-Élysées, dans la direction de l'arc-de-triomphe.

La berline renfermait le général Carol, ses témoins et le chirurgien.

v.   3

Clovis Bisbille, Georges d'Entragues et le comte Abel, occupaient l'intérieur du coupé.

L'ex-professeur de mélophone était calme et impassible, sa physionomie joviale avait cependant une expression plus grave que d'habitude.

Il s'accoudait à la portière de droite du coupé, et regardait fuir rapidement sur le bord du chemin les arbres dépouillés et couverts de givre.

Au moment où la voiture passait devant l'avenue Marbeuf, une bise glaciale coupa la figure de Clovis, il se renfonça dans son coin, referma la glace, et murmura à demi-voix :

— Quelle chose originale que la vie !

— A propos de quoi cette réflexion philosophique ? — demanda M. d'Entragues en souriant.

— A propos de bigarrures de ce grand jeu de *trente et quarante*, qu'on appelle l'existence, et dont je suis un exemple frappant. Il y a trois jours je m'endormais chez moi et je me réveillais à Clichy ; le lendemain je sortais de prison pour manger un festin de Lucullus, lequel avait pour dessert une querelle, et pour visite de digestion un duel. Me voici, à l'instant où je te parle, parfaitement dispos et bien portant, et peut-être que dans un quart d'heure Clovis Bisbille aura vécu !

Ces derniers mots, furent prononcés avec une expression, tout à la fois sérieuse et comique.

— Quant à ce qui est de cela, — fit M. d'Entragues en riant, — je ne crois pas que le danger soit bien grand !

— Pourquoi ? — demanda Clovis.

— Parce que toutes les chances sont pour toi.

— Qu'appelles-tu les *chances* ?

— La jeunesse, la vigueur, l'habileté.

— Eh ! c'est précisément tout cela qui rend ma situation plus périlleuse, et fait que je reculerais, si je pouvais reculer sans être un lâche !

— Par exemple, j'avoue franchement n'y plus rien comprendre !

— C'est pourtant bien simple.

— Explique-toi.

— Depuis hier, j'ai réfléchi...

— A quoi ?

— A ce combat dans lequel m'ont jeté tes confidences, le vin de champagne, ma propre sottise, et qui me semble un combat odieux...

— Comment l'entends-tu ?

— Je l'entends dans ce sens que mon adversaire est un vieillard, un vieillard amoureux dont j'ai détruit peut-être tout le bonheur en lui enlevant ses illusions sur sa maîtresse, et qui n'aura qu'un bras débile et affaibli à opposer à mon bras jeune et vigoureux ; aussi, je me suis promis à moi-même d'user de mon habileté sous les armes pour me défendre seulement, et de ménager M. Carol, autant qu'il dépendra de moi de le faire ; tu comprends à merveille que dans des conditions semblables, tout l'avantage que je pourrais avoir disparaît, et qu'il peut fort bien m'arriver, ce qui d'ailleurs est fréquent dans les duels, c'est-à-dire de succomber parce que je n'aurai pas attaqué !

— Quelle folie ! — s'écria M. d'Entragues, bouleversé par la nouvelle manière dont Clovis envisageait la situation.

— Soit, mais c'est une folie loyale ; il me semble que

faire autrement serait agir comme ces joueurs qui ne défendent leur enjeu qu'avec des cartes biseautées.

M. d'Entragues, à cette involontaire allusion de son camarade d'enfance, ne put empêcher une brûlante rougeur de monter à son front, cependant il reprit :

— Enfin, tu ne lui dois rien à cet homme !

— A lui, c'est vrai, mais je dois quelque chose à son âge et à sa position.

— Pourtant ce soi-disant vieillard que tu veux épargner, t'a traité hautement de *menteur* et de *drôle !*

— J'ai répondu à son insulte par une insulte plus grossière !

— Crois-tu qu'il l'oubliera, cette insulte, et qu'il te ménagera, lui ?

— Non certes, aussi je compte bien me défendre, mon épée ne sera point agressive, voilà tout.

— Mais tu l'as avoué toi-même, tout à l'heure, bien souvent, quand on ne fait que se défendre, on succombe !...

— Ah çà ! dis donc, Georges, interrompit Clovis en regardant fixement d'Entragues, — on dirait que tu meurs d'envie que je le massacre, ce pauvre vieux : est-ce que tu lui en voudrais à propos de n'importe qui, et me chargerais-tu dans cette circonstance de faire tes affaires par procuration ?

Georges comprit qu'il était allé un peu loin, et répondit :

— En vouloir au général ! moi ! par exemple ! j'ai toujours vécu au contraire dans d'excellents termes avec lui, et jusqu'à avant-hier soir je lui souhaitais de tout cœur une foule de prospérités ; mais comme je suis bien loin de ressentir pour lui l'affection que j'ai pour toi, il est tout naturel de désirer que, si dans cette malheureuse affaire il doit y avoir une victime, ce soit lui plutôt que toi !

— A la bonne heure ! — fit Clovis en serrant la main de Georges, — comme ça je comprends ta pensée et je t'en remercie; sois tranquille d'ailleurs, je veillerai sur mon physique, qui, soit dit sans vanité, ne m'est point inutile ni désagréable dans ce bas monde.

En ce moment les deux voitures venaient de dépasser la Porte-Maillot et s'engageaient au pas dans cette avenue latérale qui longe le mur d'enceinte du côté droit du parc. Au bout de quelques minutes la berline s'arrêta, et M. d'Entragues cria à son cocher d'en faire autant.

Les acteurs et les témoins du drame dont les solitudes du bois de Boulogne allaient voir le dénouement, descendirent de voiture, échangèrent un salut silencieux, et les deux groupes s'enfoncèrent dans les taillis pour gagner un lieu bien connu, et qui a vu autant de duels peut-être que les arbres qui l'entourent ont de feuilles.

Le comte Abel et l'un des seconds du général tenaient chacun sous leur bras un manteau plié, roidi par les épées qu'il contenait.

On arriva à la clairière vers laquelle tendait la course commune, et les préparatifs du duel commencèrent.

Chacun des combattants ayant apporté ses armes, il fallut s'en remettre au hasard pour décider lequel de M. Carol ou de Clovis aurait le droit de choisir.

Georges d'Entragues jeta en l'air une pièce de cent sous.

— *Face !* — dit l'un des témoins du général.

Le sort se déclara pour le musicien.

Les deux adversaires quittèrent malgré le froid leurs

redingotes et leurs paletots, et se mirent en garde à une longueur d'épée.

Après une seconde de complète immobilité, pendant laquelle ils s'épièrent de l'œil, tous deux à la fois firent un pas en avant en engageant le fer.

La façon simultanée dont fut accompli ce mouvement prouvait déjà l'habitude, l'habileté, le sang-froid, la bravoure des adversaires, et annonçait une lutte sérieuse et savante.

Le général Carol avait la main basse et le bras à peine ployé ; il se fendait beaucoup, et son buste hardiment planté sur les jambes se cambrait vigoureusement.

Son poignet tout à la fois souple, mobile et ferme, la rapidité de son coup d'œil perçant, faisaient de lui, malgré son âge, un tireur redoutable, un de ces hommes desquels l'arme, semblable à la foudre, tue plus souvent qu'elle ne blesse.

Clovis Bisbille, dont le visage avait repris son cachet de joyeuse insouciance, paraissait aussi à son aise, en face du fer de M. Carol, que s'il eût eu devant lui l'inoffensif bouton d'un fleuret.

Il attendait l'attaque de son adversaire en sifflottant entre ses dents, et semblait également prêt à la parade et à la riposte.

Le combat commença.

Il nous faudrait la plume batailleuse d'Alexandre Dumas, cette plume si habile à décrire, jusque dans leurs plus petits détails, les grands duels homériques de toutes sortes de mousquetaires, pour raconter la valeur singulière et la science extrême que déploya pendant assez longtemps M. Carol sans pouvoir toucher Clovis.

Ce dernier, fidèle à la résolution prise et énoncée par lui, se couvrait de son épée ainsi que d'une muraille de fer, et parait, comme en se jouant, les coups les plus habiles de son adversaire.

La colère empourprait déjà les pommettes des joues de M. Carol, la sueur ruisselait à grosses gouttes sur son front, et sa respiration haletante témoignait des violentes palpitations de son cœur.

Clovis n'était pas même ému.

Georges assistait désespéré à la ruine de ses espérances.

En ce moment un léger bruit se fit derrière le musicien, et pendant la dixième partie d'une seconde détourna son attention ; c'en fut assez pour qu'il arrivât un peu trop tard à la parade, et pour qu'un coup droit de M. Carol lui labourât l'épiderme du bras.

Sa blessure n'avait aucune gravité, pourtant le sang jaillit, et teignit d'une nuance pourpre la manche de sa chemise.

Les témoins s'interposèrent, et le combat fut interrompu.

On constata bien vite que la pointe de l'arme n'avait atteint que l'extrême surface de la chair, et M. Carol insista pour remettre immédiatement l'épée à la main.

Mais la vue du sang avait produit sur Clovis son effet habituel, en le rendant moins pacifique, et il résolut, non pas d'essayer de tuer le général, mais seulement de terminer la lutte, en le mettant hors de combat par un bon coup d'épée au travers du bras.

Pour cela faire, il exécuta une feinte savante en dessous

des armes, ploya sur ses jarrets et rampa vivement sous la garde du général dont son épée toucha l'épaule.

Mais déjà l'arme de M. Carol s'était baissée, et le malheureux Clovis, lancé en avant par sa violente impulsion, s'enferra lui-même le crâne, poussa un cri terrible et tomba raide mort.

V

Les duels (suite).

Les témoins se précipitèrent vers le corps du pauvre Clovis, cadavre inanimé déjà, mais qu'agitaient encore les tressaillements nerveux de l'agonie.

Le général Carol recula d'un pas, glacé d'horreur par le coup affreux qu'il venait de porter.

En effet, la blessure offrait un horrible aspect.

Le musicien était tombé la face contre terre. L'épée de M. Carol, entrée de deux pouces dans le crâne, restait dans la plaie et conservait un léger mouvement d'oscillation, comme un arme qu'on fiche violemment dans le sol par la pointe.

Le sang ruisselait à travers les cheveux coupés ras, et formait, sur le terrain battu, une petite mare rouge qui s'agrandissait toujours.

Le chirurgien, aidé de Georges et du comte Abel, souleva le cadavre par les épaules et arracha le fer de la blessure avec toutes les précautions que la science commande.

En ce moment, soit qu'une suprême douleur tordit les fibres du mourant, soit que quelque muscle touché en passant agit, comme sous l'impulsion d'une pile de Volta, Clovis ouvrit démesurément les yeux ; puis la prunelle très-dilatée *tourna* dans l'orbite, et les paupières restant écartées, ne laissèrent plus voir que le blanc de l'œil injecté de sang.

Le chirurgien mit sa main sur le cœur, et sa joue contre la bouche de Clovis, ensuite il ferma les yeux du cadavre, et faisant signe à M. d'Entragues qu'il pouvait recoucher le corps, il lui dit :

— Tout est fini, il est mort !

— Mort ! — s'écria le général consterné, éprouvant déjà ce sentiment qui suit presque toujours la vengeance satisfaite, et qui fait que la colère s'éteint et que le regret arrive. — Mort, répéta-t-il, et il cacha sa tête dans ses mains.

Quant à Georges, nous ne saurions exprimer avec des mots ce qui se passait dans son âme.

Pour la première fois il avait fait de la vie d'un homme l'enjeu d'une partie déloyale, et cette partie se trouvait perdue !

Il venait de tuer Clovis, car le corps humain étendu à ses pieds mourait frappé par lui, bien plus que par l'épée du général Carol, et la mort de l'artiste demeurait inutile.

La situation restait la même, seulement avec un crime de plus, crime sans but et sans résultat.

En une seconde, Georges avait pris un parti, — parti terrible, — mais le seul qui selon lui offrît une issue au labyrinthe dans lequel il était engagé.

Aussi, au moment où le général répéta ces mots : — Il est mort ! M. d'Entragues qui soutenait le corps près duquel il était agenouillé, se leva, mit dans son regard un éclair de haine, amoncela sur son front les tempêtes d'une profonde indignation, et dit à M. Carol avec l'accent du sarcasme insultant et du mépris amer :

— Oui, Monsieur. il est mort, bien mort ; et regardez-le, regardez-le mieux, regardez-le mieux en face, afin de ne l'oublier jamais, car vous l'avez assassiné !

— Assass'né ! — s'écria le général ; — qu'osez-vous dire, Monsieur !

— J'ose dire ce qui est vrai ! j'ose dire que vous avez tué cet homme qui vous épargnait, cet homme qui, plus habile que vous cent fois, se défendait à peine ; j'ose dire que vous l'avez tué par surprise, comme un traître, comme un lâche ; j'ose dire, Monsieur, et j'ose répéter, que vous l'avez assassiné !

Le général devint d'une pâleur effrayante ; il ne répondit pas un mot, mais se précipita vers d'Entragues, et au moment de s' heurter contre lui, il leva la main pour la laisser retomber sur sa joue.

Georges avait prévu ce mouvement, il arrêta net le bras du général, et le tenant à distance tandis que les autres témoins s'interposaient vivement, il lui dit :

— C'est bien, Monsieur, évitons les scènes de crocheteurs ; je tiens votre soufflet pour reçu, et j'en exige la réparation. Je ne pense pas que vous me refusiez !

Le général fit seulement un geste affirmatif, car si grande était sa fureur que ses dents claquaient et qu'il n'aurait pu articuler une parole.

— Je suis l'offensé, — poursuivit Georges, — nous nous

battrons au pistolet : mes témoins seront chez vous dans deux heures.

D'Entragues, ensuite, poussant jusqu'au bout sa comédie sacrilége, s'approcha du cadavre, dont il prit entre ses mains la main déjà raidie, et il ajouta :

— Pauvre ami, si Dieu est juste, et il le sera, demain je te vengerai !

Puis il s'éloigna avec le comte Abel, abandonnant sur le terrain le corps de Clovis, qu'il ne pouvait rentrer dans Paris sans se compromettre, et que nul parent, nul ami, ne devaient réclamer.

§

Voici comment M. d'Entragues employa sa journée.

Il alla d'abord chez le vicomte de Sanluces, qu'il pria de lui servir de témoin, le lendemain, conjointement avec le comte Abel.

M. de Sanluces accepta, et promit de se trouver à midi, rue Saint-Lazare, afin de s'entendre avec Georges avant d'aller soumettre le choix de l'heure et du lieu de la rencontre aux témoins du général.

Immédiatement après, Georges rentra chez lui et écrivit à tous les chevaliers du Lansquenet, qu'il convoqua chez lui, pour le soir même, à une réunion extraordinaire.

Cela fait, et les lettres envoyées, il déjeûna avec le comte Abel, et attendit M. de Sanluces, qui ne tarda pas à arriver.

Il fut convenu qu'Abel et le vicomte proposeraient de se rencontrer le lendemain à sept heures et demie du matin, à l'entrée de ces carrières abandonnées, qui se trouvent un peu plus loin que Montrouge, à gauche, sur la route de Fontenay-aux-Roses.

Les deux témoins revinrent au bout d'un quart d'heure de chez le général, et annoncèrent que l'heure et le lieu du rendez-vous avaient été acceptés.

Il était alors une heure ; Georges sortit, et s'en fut au tir de ***, où il se mit à casser des poupées.

L'habileté bien connue de M. d'Entragues avait presque passé en proverbe au tir dont il s'agit, aussi Georges ne vit pas sans étonnement le maître de l'établissement s'approcher de lui, une paire de pistolets à la main, et lui dire :

— Monsieur le comte veut-il me faire l'honneur de me permettre de lui proposer un pari ?

— Voyons ce pari, — répondit Georges.

— C'est tout simplement que j'ose défier Monsieur le comte de mettre sa première balle dans un carton de huit pouces, avec les armes que je tiens là.

— Qu'est-ce qu'elles ont donc d'extraordinaire ?

— Je prie Monsieur le comte de vouloir bien les examiner.

Georges prit les pistolets, les tourna, les retourna dans tous les sens, fit jouer les batteries, et ne trouva rien qui ne fut parfaitement conditionné et tout à fait normal.

— Et vous voulez parier ? — demanda-t-il.

— Si Monsieur le comte veut bien me le permettre.

— Mais, mon cher, je vous volerais.

— Je ne crois pas.

— Soit, vous ne vous en prendrez qu'à vous après.

— C'est bien comme cela que je l'entends.

— Quels seront les enjeux ?

— Si Monsieur le comte le veut bien, ce sera de mon côté la plus belle paire de pistolets qui soit dans le magasin, contre quinze louis de la poche de Monsieur le comte.

— Très-bien. Voilà les quinze louis.

— Et voici les pistolets : choisissez.

Georges désigna ceux qui lui parurent supérieurs et les plaça à côté de son enjeu, puis il dit :

— Par exemple, je prétends charger moi-même.

— Je ne demande pas mieux.

Georges prit le maillet, la poudre et la balle. Il mesura scrupuleusement la charge avant de l'introduire dans le canon, et poussa la balle avec des précautions infinies.

— Il est encore temps de vous dédire, — fit-il en mettant en joue le carton fixé au milieu de la plaque noire.

— Si Monsieur le comte le désire, je double le pari.

— Non, restons seulement dans nos premières conventions.

M. d'Entragues, qui d'habitude tirait très-vite et presque sans viser, ajusta lentement et visa avec un soin extrême ; puis, sûr du résultat, il pressa la détente, sans que son bras eût faibli, sans que sa main eût vacillé.

Le coup partit.

Georges poussa un cri de surprise.

La balle, à la vérité, n'avait point dévié de la ligne droite, mais elle avait frappé le rebord supérieur de la plaque de fer, trois pieds au-dessus du carton.

Ceci tenait tout simplement à une combinaison de la

forme intérieure du canon, et de la façon dont était placé le point de mire.

— Monsieur le comte a perdu ! — dit joyeusement l'armurier, en mettant les quinze louis dans sa poche.

Mais Georges se souciait bien vraiment de quelques napoléons, au moment où il entrevoyait un horizon nouveau, infâme, mais lumineux.

Au moment où le hasard mettait entre les mains du joueur déloyal, du duelliste perfide, des armes *biseautées*.

Il perdait quinze louis ; mais ces quinze louis payaient la vie du général Carol !

Georges rechargea les pistolets, et se remit à tirer.

Au bout de cinq minutes, ayant calculé l'*écart* de la balle, il arrivait au but aussi juste qu'avec des armes ordinaires.

— Combien voulez-vous de ces pistolets ? — demanda-t-il à l'armurier.

— Ils ne sont pas à vendre, monsieur le comte.

— Pourquoi ?

— Parce que je viens de les fabriquer tout exprès, et que j'espère bien gagner, grâce à eux, plus d'un pari semblable à celui que monsieur le comte vient de perdre.

— Bah ! vous en feriez d'autres, et si l'on vous en offrait un bon prix...

— Ah ! dame ! ça dépend...

— Voyons, dites vous-même, une somme... raisonnable.

L'armurier prit son carnet, parut faire un petit calcul, et posa un chiffre tellement exagéré, qu'il s'attendait à un refus courroucé de la part de M. d'Entragues.

Mais loin de s'étonner des excessives prétentions du brave fabricant, Georges, sans mot dire, tira de son portefeuille un billet de banque et lui tendit.

— Comment, monsieur le comte les prend ? — s'écria ce dernier tout stupéfait.

— Veuillez les mettre dans la boîte et les porter dans ma voiture, — répondit simplement Georges.

L'armurier s'empressa d'obéir, et peu d'instants après, le coupé du jeune homme s'arrêtait devant le magasin de Devismes, l'habile arquebusier du boulevard des Italiens.

— Je désire que ces pistolets soient complétement nettoyés d'ici à deux heures ; je les enverrai prendre, — dit Georges qui laissa la boîte chez Devismes, après avoir reçu la promesse que l'opération serait terminée à l'heure dite.

Du boulevard, Georges rentra chez lui et passa le reste de la journée à écrire et à faire divers comptes, dont nous connaîtrons dans un instant le but et le résultat.

VI

Les duels (suite).

A neuf heures du soir, les dix Chevaliers du Lansquenet, (on se rappelle que la mort de lord William Stloobomby les avait reduit à onze), les dix Chevaliers du Lansquenet arrivaient chez M. d'Entragues.

Diverses poignées de mains furent échangées, plusieurs conversations particulières s'établirent et devinrent peu à peu générales et bruyantes.

— Je suis à vous dans un instant Messieurs, — dit le comte d'Entragues, — permettez-moi seulement de vous quitter pour une seconde, je vais chercher quelque chose dans ma chambre à coucher et je reviens.

Et Georges sortit du salon.

A peine avait-il refermé la porte derrière lui, que chacun s'interrogeait avec anxiété sur les causes de la réunion.

— Qu'y a-t-il ?

— Que nous veut-il ?

— Que se passe-t-il ?

— Que s'est-il passé ?

Demandaient à la fois le prince Krakopouloff, Antonio-
Miso, le baron Aymeric Croisé de La Croisette, chevalier
de plusieurs ordres et commandeur de quelques autres,
et sir Edward Nasomby.

— Il a l'air sombre...

— Soucieux...

— Préoccupé...

— Inquiet...

Firent observer successivement le chevalier d'Astré, le
marquis de Borgues, sir John Babibernet, et le baron
Péregode.

— Ceci est évident! — appuya judicieusement sir
Edward Nasomby.

— Mais qu'a-t-il ?

— Que peut-il avoir?

— Que va-t il nous annoncer?

— Une mauvaise nouvelle, sans doute!

— Sans aucun doute ! — fit Nasomby.

— Messieurs, une idée... — dit à voix basse le baron
de La Croisette.

— Voyons l'idée, — firent tous les chevaliers en s'approchant, à l'exception du vicomte de Sanluces et du
comte Abel, qui sans doute en savaient plus long que les
autres, et qui restèrent à l'écart.

— Le comte d'Entragues s'est constitué notre tréso-
sier... — dit La Croisette en mettant une sourdine à son
organe et en prêtant l'oreille afin de ne pas se laisser surprendre en flagrant délit de suppositions malveillantes
par le retour imprévu de Georges.

— Après ?... — demandèrent les chevaliers.

— Comme trésorier, — poursuivit le baron, — il possède la libre disposition des fonds de la communauté... s'il avait, par une imprudence quelconque, compromis notre argent...

— Ébréché...

— Dissipé...

— Englouti le magot !

Dirent plusieurs voix à la fois.

— Il nous a convoqués pour nous annoncer ce malheur, de là son air soucieux...

— Préoccupé...

— Inquiet...

— Il ne sait comment s'y prendre pour la confession...

— Ce qui explique son embarras...

— Son trouble...

— C'est évident...

— C'est certain !

— Ce n'est pas douteux ! — fit Nasomby.

— Mais, — dit une voix, — nous ne laisserons pas la chose se passer ainsi...

— Non certes... — fit le baron : — d'Entragues a des propriétés, il est riche... il a perdu notre argent, il faut qu'il nous le rende...

— Et il nous le rendra, — s'écria le prince Krakopouloff.

— Bon gré mal gré...

— Dussions-nous l'y contraindre...

— Dussions-nous employer la violence...

— Oui, la violence ! — répéta Nasomby.

— Et voici ce que je propose... — reprit le baron de La Croisette.

On se pressait autour du vieux chevalier pour entendre sa motion, et il allait parler au moment où Georges rentra.

A sa vue, tout bruit s'éteignit soudain et le calme le plus profond reparut comme par enchantement.

M. d'Entragues alla prendre place au fauteuil de la présidence et posa sur le bureau une enveloppe très-épaisse, scellée d'un quadruple cachet, une petite cassette et une seconde enveloppe beaucoup plus mince et non cachetée.

Un sentiment de curiosité avide s'empara aussitôt de tous les assistants.

Georges prit l'attitude d'un homme qui se dispose à parler, et chacun attendit dans un religieux silence.

On eût entendu voler une mouche.

— Messieurs, — dit le comte d'Entragues avec cet accent de circonstance que savent employer tous les orateurs, — depuis notre dernière réunion, nous avons eu à déplorer une perte bien douloureuse, je veux parler de la fin prématurée et à jamais regrettable du très-honorable lord William Stloobomby, l'un des membres les plus distingués de l'ordre des *Chevaliers du Lansquenet!*

(*Émotion générale*).

Georges reprit :

« L'inexorable main de la mort a décomplété ce nombre de dorze, ce nombre presque cabalistique qui faisait notre orgueil et notre force, nous ne sommes plus que onze chevaliers, et à ce moment même où j'ai l'honneur de vous parler, il est parmi nous un homme dont les heures sont comptées sans doute, un homme qui demain peut-être à neuf heures du matin aura cessé de vivre! »

(*Sensation profonde, inquiétude de tous, effroi de quelques-uns*)

— Cet homme c'est moi ! — continua M. d'Entragues.

(*Stupéfaction de l'auditoire*).

— Je me bats en duel demain matin, et j'ai pour témoins deux de vous, le comte Abel et le vicomte de
Sanluces.

(*Exclamations en sens divers*).

— Vous vous battez !

— Est ce possible ?

— Mais pourquoi ?

— Mais comment ?

— Si vous succombez qu'allons-nous faire?

— Vous nous appartenez !

— Les chevaliers du Lansquenet ne se battent jamais!

— Nous nous y opposons !

— Nous ne le souffrirons pas !

La voix de Georges domina le tumulte, et il coupa
court à toutes les interpellations en disant :

— Si je me bats, Messieurs, c'est pour vous, pour nous
tous, car mon adversaire est le général Carol, l'amant de
Perdita qui peut nous perdre, et qui nous a échappé !

(*Consternation des assistants*).

Georges poursuivit :

— J'espère sortir vainqueur de la lutte que j'entre-
prends. Pourtant, comme il faut tout prévoir, comme le
contraire peut arriver, j'ai résolu de vous rendre des
comptes, et de vous prouver que les intérêts que vous
m'avez confiés, n'ont point périclité entre mes mains.

(*Vive sympathie, — approbations chaleureuses*).

M. d'Entragues, prit sur le bureau l'enveloppe épaisse,
scellée de quatre cachets, et dit en la montrant aux chevaliers :

— Je dois compte à l'association d'une somme de cent vingt-deux mille trois cent quatre-vingts francs. Cette enveloppe renferme cent billets de banque de mille francs. En désirez-vous la vérification immédiate ?

Et tout en parlant, Georges parut disposé à briser les cachets.

— Non ! non ! — cria-t-on tout d'une voix.

— Nous nous en rapportons à vous !

— Entièrement !

— Complétement !

— Nous avons confiance !

— Toute confiance ! — fit sir Edward Nasomby.

Georges remercia du geste, et poursuivit :

— L'appoint de la somme est contenu en monnaie d'or, dans la cassette que voici. Or, comme mon intention est, si le sort m'est favorable demain, de rester votre trésorier, puisque vous avez bien voulu m'appeler à cette dignité, voici les dispositions que j'ai jugé convenable de prendre.

Georges ramassa sur le bureau la seconde enveloppe et en lut tout haut la suscription, qui était ainsi conçue :

« Ceci est mon testament. »

Puis il ouvrit cette enveloppe en tira une feuille de papier pliée en quatre, et dit :

— Je passe sur les clauses de cet acte qui ne vous concernent en rien, et j'en arrive à celle qui est pour l'association d'un intérêt direct.

Voici cette clause :

*« Je donne et lègue en toute propriété, à mon vieil et respectable ami, le baron Aymeric Croisé de La Croisette, chevalier de plusieurs ordres, etc., le mobilier garnissant l'appartement que j'occupais rue Saint-Lazare, n° *** ;*

désirant qu'il en soit mis immédiatement en possession.
Tous les objets contenus dans l'appartement et dans les di-
vers meubles, de quelque nature que puissent être ces objets,
linge, bijoux, argenterie, valeurs et argent comptant font
partie intégrante du legs que je prétends faire à M. le ba-
ron de La Croisette.

Le futur légataire, quitta sa place tout ému, et faisant
semblant d'essuyer une larme d'attendrissement, vint se
jeter dans les bras de M. d'Entragues, qui eut toutes les
peines du monde à modérer cette accolade intéressée.

— Ce testament, — poursuivit Georges, — sera demain
dans un portefeuille qui ne me quittera point, et dont mes
témoins s'empareront immédiatement si je succombe. Maintenant veuillez prêter toute votre attention à ce que je vais
faire devant vous.

Georges ouvrit un des tiroirs du bureau, y plaça la cassette et l'enveloppe aux billets de banque, referma le tiroir
à double tour, prit deux bandes de papier, puis allumant
à l'une des bougies un bâton de cire à cacheter rouge,
apposa sur le tiroir un double scellé, à l'empreinte de ses
armes.

— Veuillez prendre ce cachet, comte Abel, — dit alors
M. d'Entragues, — vous, baron de la Croisette, chargez-
vous de cette clef, et ne vous désaisissez ni l'un ni l'autre
de ces objets. Dans le cas où je ne reviendrais pas vivant,
le baron de la Croisette convoquerait une assemblée générale pour le jour de sa mise en possession, la levée des
scellés aurait lieu devant vous tous, et vous vous parta-
geriez immédiatement les fonds de la communauté.

M. d'Entragues cessa de parler.

De toute part des marques d'approbation éclatèrent,

vivaces et multipliées; on s'empressait autour de Georges, on l'accablait de serrements de main, et d'assurances de la part prise par chacun au danger qu'il allait courir.

— Merci, messieurs, — dit-il alors pour se débarrasser de cette foule importune. — Merci et adieu. J'espère vous revoir encore, car un secret pressentiment ne dit que mon heure n'est pas sonnée. Mais dans ce moment je suis accablé de fatigue, et je vais, comme Condé avant la bataille de Rocroi, dormir jusqu'à l'heure du combat!

Le comte Abel et le vicomte de Sanluces promirent d'arriver, rue Saint-Lazare, à six heures le lendemain matin, et les chevaliers du Lansquenet se séparèrent, enchantés de la loyauté parfaite, et des grandes façons de leur dictateur.

Georges n'avait pas plutôt fermé la porte de son appartement sur le dernier d'entre eux, qu'il revint auprès du bureau, rompit les scellés, ouvrit le tiroir avec une seconde clef, vida l'or que contenait la cassette, ouvrit l'enveloppe dont il tira une quarantaine de billets de banque (le reste était du papier gris), mit l'or dans une bourse et les billets dans un portefeuille, referma le tiroir, reposa de nouveaux scellés grâce à un cachet resté en sa possession et identiquement semblable au premier, puis, satisfait de sa soirée, il alla se coucher et s'endormit.

§

Quand on sort de Paris par la barrière d'Enfer, la route qui conduit à Fontenay-aux-Roses, une fois le *petit* et le *grand* Montrouge dépassés, traverse pendant l'espace d'une lieue ou une lieue et demie, un pays d'une monotonie désespérante.

De chaque côté du chemin s'étendent des champs peut-être fertiles, mais fort ingrats à considérer au point de vue du paysagiste et de l'amateur de pittoresque.

Ça et là, quelques arbres maigres et étiolés tranchent sur le ciel à l'horizon, mais les points culminants du tableau, sont formés par un grand nombre de ces roues gigantesques exhaussées sur un massif de maçonnerie, et qui servent à amener au niveau du sol les pierres extraites des carrières.

C'est à l'entrée de l'une de ces carrières, située sur la gauche, à quelques centaines de pas de la route, que le rendez-vous de M. d'Entragues et du général Carol avait été fixé.

Le temps était loin d'être aussi beau que la veille. Le dégel arrivait, il ne pleuvait pas, mais un brouillard assez épais rampait à la surface de la terre, et ne permettait point de distinguer les objets à deux portées de fusil, à travers son voile grisâtre et cotonneux.

A l'heure convenue tous nos personnages étaient réunis dans l'intérieur même de la carrière, et abrités de l'humidité du ciel par la voûte creusée dans la pierre qui s'élevait au-dessus d'eux.

Le général Carol était très-pâle, on voyait que les terribles souvenirs de la veille avaient agi fortement sur lui, et peuplé de visions effrayantes la nuit qu'il venait de passer.

Deux ombres sanglantes s'étaient en effet dressées sans relâche au chevet de sa couche : celle de l'amant de sa femme, de Charles Royer, tué par lui, un an auparavant, et celle du pauvre Clovis dont le cadavre était à peine refroidi.

Et le général avait beau se répéter que dans ce double duel, il avait eu pour lui le bon droit et la loyauté, il n'en était pas moins en proie à un sinistre pressentiment, et son esprit paraphrasait involontairement ces paroles de l'Evangile.

« *Celui qui frappe avec l'épée, périra par l'épée!* »

Le visage de Georges n'exprimait aucune émotion, à peine, si, par intervalles, une ride légère se creusait entre ses sourcils, et venait donner à son regard une expression plus sombre.

Le général avait apporté ses armes.

Le comte Abel tenait à la main cette fameuse boîte à pistolets, que nous connaissons.

Disons tout de suite, afin d'expliquer la scène que nous allons mettre sous les yeux de nos lecteurs, que les témoins de M. d'Entragues étaient au courant de ce qui devait se passer, et que la leçon leur avait été faite d'avance.

Le comte Abel et le vicomte de Sauluces s'approchèrent des seconds de M. Carol, et le comte Abel prenant la parole dit en s'adressant au général D*** :

— Vous n'avez, Monsieur, aucune modification à proposer à ce qui a été convenu hier entre nous.

— Aucune... — répondit M. D***.

— Ainsi les conditions du combat restent les mêmes?

— Exactement.

— Trente pas de distance, et la nécessité de tirer au troisième coup frappé dans la main...

— C'est cela même.

— Veuillez me dire, Monsieur, quelles sont les armes que vous avez apportées?

— Des pistolets de tir ordinaires, — répondit le général
D*** en ouvrant la boîte.

— Vous appartiennent-ils ?

— Non, ils appartiennent au baron Carol.

— Ah !

— Trouveriez-vous quelque inconvénient à l'emploi de
ces pistolets ?

— Aucun, si vous m'affirmez que M. Carol ne s'en est
jamais servi.

— Voilà ce que je ne puis vous dire, mais je vais le lui
demander à lui-même, consentez-vous à vous en rapporter
à son affirmation ou à sa dénégation ?

— Tout à fait.

M. D*** s'approcha du général Carol, et revint au bout
d'une seconde dire au comte Abel :

— Le général possède ces pistolets depuis un an, et s'en
est servi plusieurs fois.

— Alors, je ne puis les accepter, il y aurait pour mon
ami le comte d'Entragues un désavantage trop évident.

— Je comprends ceci, mais comment faire ?

— J'avais prévu le cas, et j'ai apporté d'autres armes.

— Qui sont étrangères au comte d'Entragues.

— Oui.

— Ne les a-t-il même jamais essayées ?

— Jamais ! ces pistolets m'appartiennent, ils sont tout
neufs, et n'ont servi à qui que ce soit : voyez d'ailleurs.

Le comte Abel ouvrit la boîte, et tendit un pistolet au
général D*** qui introduisit son petit doigt dans le canon,
et le retira vierge de cette crasse noire qui subsiste quand
on s'est servi d'une arme.

— Votre parole m'aurait suffi, — dit M. D*** en rendant le pistolet au comte Abel, — et comme j'assume sur ma tête, en qualité de témoin, une responsabilité très-grave, je vous prie de vouloir bien me la donner.

— Je vous *donne ma parole d'honneur*, — dit Abel sans hésiter, — que ces pistolets n'ont jamais été essayés par le comte Georges d'Entragues.

— C'est bien, il ne nous reste plus qu'à charger les armes, et à laisser agir ces Messieurs.

§

Cinq minutes après les deux adversaires étaient placés en face l'un de l'autre à une distance de trente pas.

Le comte Abel frappa une première fois dans ses mains.

Georges et le général levèrent à la fois leurs pistolets et visèrent.

M. D*** donna le second signal.

Le général murmura faiblement le nom de *Perdita*.

Le troisième et dernier coup fut frappé par le comte Abel.

Le général pressa la détente de son arme.

Les échos de la carrière répétèrent la détonation en l'agrandissant d'une façon lugubre.

La balle fit jaillir un éclat de roche à quatre pieds au-dessus de la tête de Gorges.

Georges visait toujours.

— Tirez! mais tirez donc! — crièrent à la fois les deux témoins du général.

Le coup partit.

M. Carol lâcha son pistolet, tourna sur lui-même et tomba.

.   .   .   .

.   .   .   .

Un instant après le comte Abel regagnait Paris en compagnie du vicomte de Sanluces, et Georges d'Entragues montant dans son coupé de voyage qui stationnait non loin de là attelé de quatre chevaux, criait aux postillons, comme à la fin du prologue de cette histoire, quoique d'une voix moins joyeuse :

— Route de Normandie. Cent sous de guides.

VII

Je vais revoir ma Normandie...

Musique de F. Bérat.

Les postillons, largement payés faisaient claquer leurs fouets, éperonnaient leurs chevaux haletants, et brûlaient le pavé de la grande route, tandis que Georges, enfoncé dans l'un des angles de sa voiture, fredonnait machinalement :

> Je vais revoir ma Normandie,
> C'est le pays qui m'a donné le jour.
>
> . . . .
> . . . .

Jamais, nous prendrions sur nous de l'affirmer, depuis que Frédéric Bérat créa cette mélodie devenue populaire, jamais la pensée d'un chanteur n'avait été plus loin des paroles et des sons qu'il articulait à son insu.

M. d'Entragues, en effet, récapitulait dans son esprit tout ce qu'il avait osé déjà pour se rapprocher d'un bu incertain, et s'épouvantait presque en songeant à tout ce qui lui restait encore à oser.

Il n'avait jusqu'alors reculé devant rien, et ses mains pour la première fois venaient de se tacher de sang.

Qu'allait-il faire désormais? Par quels moyens arriverait-il à rompre le mariage du prince de Falkenberg et de mademoiselle de Choisy? Il l'ignorait encore, mais sa décision fermement, irrévocablement prise, était de brûler ses vaisseaux et de jouer le tout pour le tout,

Déjà son âme, bronzée au feu de l'enfer, ébauchait dans la brume de l'avenir de vagues projets de violences et de rapt, et ses lèvres murmuraient cependant :

> Je vais revoir ma Normandie,
> C'est le pays qui m'a donné le jour...
>
> .   .   .   .
>
> .   .   .   .

Tranquille désormais du côté de Perdita, puisque la mort du général Carol privait la jeune fille de ses dernières ressources et de son seul moyen d'action, il rêvait quelque piége nouveau, et cette fois plus terrible, dans lequel il la put entraîner, afin de se venger ainsi des angoisses morales et des nuits d'insomnie dont elle avait été la cause ; et tandis qu'il brisait en imagination la vie de cette femme, dont le seul crime était d'être sa sœur et d'avoir peut-être un compte terrible à lui demander plus tard , il répétait encore ce refrain si champêtre et si *pastoral :*

> Je vais revoir ma Normandie,
> C'est le pays qui m'a donné le jour...
>
> .   .   .   .

§

Nul incident ne signala le voyage de M. d'Entragues, dont le coupé s'arrêta le surlendemain dans la journée devant la grille du petit château de Cussac.

La chanoinesse, que son état de souffrance obligeait à voyager fort lentement, était arrivée seulement depuis quelques heures.

— Comment se porte ma tante, et comment a-t-elle supporté les fatigues de la route ? — demanda Georges au domestique qui vint le recevoir, au moment de sa descente de voiture.

— Madame la comtesse va beaucoup mieux qu'on aurait pu l'espérer, — répondit le vieux valet de chambre ; — elle sera bien surprise et bien heureuse de voir monsieur le comte.

Georges se hâta de se rendre au salon.

La chanoinesse s'était assoupie dans une *bergère* au coin du feu ; elle n'entendit point le bruit des pas de son neveu, assourdis d'ailleurs par l'épaisseur des tapis, mais l'abominable petit chien dont nous avons jadis entretenu nos lecteurs, le hargneux et dernier représentant de la dynastie des *Carlins*, dormait sur les genoux de sa maîtresse, et ce roquet, complètement oublieux des bons procédés et des gimblettes dont Georges l'avait comblé pour se concilier ses sympathies, lors de son dernier voyage à Cussac, se mit à faire un épouvantable vacarme.

La bonne chanoinesse s'éveilla, et voyant son neveu devant elle, elle passa la main sur ses yeux, se croyant le jouet d'un songe décevant.

v.   5

Mais Georges parla, et madame de Boisjol put se convaincre que ce qu'elle prenait pour une apparition était bien la réalité.

Il est inutile de répéter ici les exclamations d'étonnement et les innombrables questions, auxquelles Georges, se gardant bien de révéler le véritable motif de son départ de Paris, répondit seulement, qu'inquiet de la santé de sa tante, et tourmenté de l'avoir vue se mettre en route, souffrante comme elle l'était, il n'avait pu résister au désir de venir passer quelque temps avec elle.

Profondément émue de cette éclatante preuve de tendresse, madame de Boisjol versa des larmes de joie, tout en serrant les mains de son neveu, et pendant plus d'une grande demi-heure elle oublia de regarder la tabatière d'or dont le médaillon représentait nn beau gentilhomme en costume de guidon des mousquetaires noirs, le seul amour de sa jeunesse.

Le valet de chambre avait dit vrai du reste, en assurant à M. d'Entragues que la chanoinesse allait mieux qu'il n'eût été possible et permis de l'espérer.

Soit que le changement d'air eût contribué à redonner un peu de ton aux organes affaiblis, soit que la joie de voir son dernier désir accompli et de se rapprocher de l'unique endroit du monde qu'elle aimât, eût ranimé les lueurs défaillantes de la vie prête à s'éteindre, l'état de madame de Boisjol s'était visiblement amélioré, et si le péril n'avait pas tout à fait disparu, il semblait du moins indéfiniment éloigné.

Le lendemain, dans la matinée, Georges écrivit un mot à Jules de Nodèsme et le fit porter au château par un exprès.

Il prévenait le vicomte de son arrivée à Cussac, lui annonçait sa très-prochaine visite, et le priait de l i envoyer un cheval de selle qui le dispen ât de recourir à la poste de Granville pour ses courses dans les environs.

Le soir même un domestique amenait à Georges le plus joli cheval anglais des écuries du vicomte, et lui remettait un billet, par lequel Jules le suppliait de lui consacrer au moins une semaine.

Deux jours se passèrent. — Georges ne sortait pas, il paraissait soucieux, préoccupé, et la chanoinesse s'étonnait de son air sombre et de ses fréquentes distractions, qu'elle attribuait pourtant au chagrin qu'il devait ressentir de voir rompu tout projet de mariage avec la charmante Esther de Choisy, dont il était en ce moment si près.

Ce que supposait la chanoinesse était après tout fort vraisemblable, quoique cela ne fût point exact.

La préoccupation de M. d'Entragues tenait à ce qu'il attendait avec une prodigieuse impatience une lettre du comte Abel et que cette lettre n'arrivait pas.

Enfin, le troisième jour, pendant le déjeuner, le domestique qui, chaque matin, allait chercher à la ville les lettres et les journaux, rapporta à Georges l'épître si vivement désirée.

Il se hâta d'aller se renfermer dans sa chambre et voici ce qu'il lut :

« Sans aucun doute, mon ami, vous m'accusez de la plus impardonnable négligence et vous vous en prenez à moi du retard, bien involontaire cependant, des pages que vous lisez en ce moment.

« Vous allez voir que j'eusse commis, en vous écrivant

plutôt, une action odieuse et maladroite, car j'aurais fait naître en vous de désolantes inquiétudes, que je suis en mesure de calmer aujourd'hui.

» Qu'eussiez-vous dit, qu'eussiez-vous fait sous le coup de foudre de cette nouvelle tombant sur vous à l'improviste :

LE GÉNÉRAL CAROL N'EST PAS MORT !

» Et cette phrase terrible eût été, il y a deux jours, la seule phrase de ma lettre, car cela n'est que trop vrai, le général Carol vit encore !

» Rassurez-vous cependant et continuez à lire. Voici les faits :

» Au moment où nous quittâmes ensemble la carrière de Montrouge, notre conviction à tous était que votre adversaire avait instantanément succombé à la blessure qu'il venait de recevoir.

» Le chirurgien lui-même partageait cette croyance, et MM. D... et ***, en transportant dans leur voiture le corps inerte et raidi de M. Carol, étaient persuadés qu'ils ne tenaient entre leurs bras qu'un cadavre.

» Votre balle en effet avait frappé le sommet du crâne, déchiré les chairs, entaillé profondément l'os, et l'on devait croire, au premier examen, que le cerveau tout entier était fracturé.

» Il n'en était rien cependant, car à peine transporté chez lui et placé sur son lit (je tiens ces détails du chirurgien), M. Carol entr'ouvrit les yeux, et les referma aussitôt en poussant un long soupir.

» Deux médecins, des plus célèbres de Paris, furent immédiatement appelés, un appareil fut posé sur la blessure, et ces messieurs déclarèrent que le général en réchapperait peut-être si l'épouvantable commotion reçue par le cerveau ne déterminait pas une fièvre cérébrale.

» Jusqu'au lendemain matin, tout parut aller mieux pour lui, c'est-à-dire pour nous plus mal. M. Carol, à la vérité, ne reprenait pas connaissance, mais la fièvre cérébrale ne se déclarait point.

» Enfin commença le premier accès, et le général n'ouvrit les yeux que pour entrer dans un paroxisme de délire furieux, qui était à ce qu'il parait, la chose du monde la plus effrayante à voir.

» Malgré le sang qu'il avait perdu, et la faiblesse qui devait en résulter, quatre hommes vigoureux avaient une peine infinie à le contenir sur son lit et à l'empêcher de se lever, de tout briser dans son appartement, et de se jeter lui-même par la fenêtre.

» Il est résulté de cela que le *tétanos* s'est joint à la fièvre cérébrale, et qu'à l'heure où je vous parle M. Carol est à l'agonie.

» Il sera mort ce soir ou demain, ceci n'est pas douteux, et dans tous les cas, si un hasard miraculeux et presque sans exemple dans les fastes de la médecine venait à le sauver, il demeurerait pour le reste de ses jours tout à fait *idiot* et complétement *crétin*, ne sachant plus distinguer sa main droite de sa main gauche, l'*as de Pique* de la *dame de Cœur*, et une bouteille de Bordeaux d'une bouteille de Chambertin.

» Tel est *l'arrêt des princes de la science*, comme on le dit, et comme l'écrivent ces messieurs, quand ils font eux-mêmes leurs propres biographies.

» Vous voyez, mon cher ami, que le danger n'existe plus, et que si vous aviez pris, sans le vouloir, le chemin le plus long pour arriver au but, vous êtes en fin de compte arrivé tout de même.

» La belle Perdita qui, par parenthèse, est la cause de tout ce qui nous arrive de fâcheux, ne quitte pas le chevet de son presque défunt protecteur, et il paraît qu'elle fait l'admiration générale par son chagrin profond et par son dévouement quasi filial.

» Les témoins de M. Carol se sont conduits en galants hommes, et personne ne se doute seulement que c'est vous qui vous êtes battu.

» Du reste, ce silence est dans leur intérêt aussi bien que dans le nôtre, car on a trouvé au bois de Boulogne, le corps de ce pauvre diable de Clovis Bisbille. On croit à un assassinat, la justice informe et il n'est bruit dans tout Paris que de ce mystérieux événement.

» Grands ou petits, les journaux en rebattent soir et matin les oreilles de leurs abonnés, et une foule de crieurs de ruisseaux hurlent à ce propos dans les rues, une multitude de *canards* plus apocryphes les uns que les autres.

» Cela est tout à fait réjouissant!

» Nos collègues, les *chev. du Lans.*, ont pris une part bien vive à l'heureuse issue de votre duel, et me chargent de vous dire q'ils sont tous heureux de vous savoir vivant et bien portant.

» Notre honorable ami le baron Aymeric, Croisé de la Croisette, a ajouté en signe de joie une décoration nouvelle à ses ordres déjà si nombreux.

» J'en arrive maintenant, mon cher Georges, à ce qui me concerne particulièrement.

» J'ai un service à vous demander.

» Voilà, ce dont il s'agit.

» Tout mon argent, vous le savez, est employé à des spéculations très-fructueuses, mais qui souvent ne me permettent point de réaliser mes fonds du jour au lendemain.

» Or, je me trouve avoir besoin tout de suite de quatre ou cinq billets de mille francs.

» Vous êtes un ami, par conséquent je puis vous dire pourquoi cet argent m'est indispensable.

» Figurez-vous que, depuis quelques semaines, j'ai la folie d'avoir une maîtresse, et qui plus est la folie d'en être très-passionnément amoureux.

» Vous ne comprenez point cela, vous cœur de bronze !

» Cette maîtresse est la plus ravissante fille du monde et s'appelle Albertine.

» Je crois qu'elle vous connaît, car l'autre jour j'ai, par hasard, prononcé votre nom devant elle, et je l'ai vue tressaillir.

» Elle a nié le fait, mais n'importe, je suis persuadé qu'elle vous connaît, et plus intimement peut-être que je n'aurais lieu de le désirer.

» Quand je l'ai prise elle manquait de tout, et il m'a fallu, par conséquent, l'équiper et la nipper de la tête aux pieds. Cela ma coûté pas mal d'argent.

» Mais ce qui m'a surtout mis à sec, c'est une excellente occasion qui s'est présentée avant-hier.

» Une marchande à la toilette de ma connaissance, faisait vendre par ministère d'huissier et pour cause de billets non payés, le mobilier de notre ancienne hôtesse *Mirabelle*, vous savez, rue de Provence.

» J'ai acheté le tout, et j'ai immédiatement installé mon Albertine.

» L'affaire est excellente, mais il a fallu payer comptant et cela a employé mes derniers louis.

» Veuillez donc m'envoyer par le retour du courrier une traite à vue de quatre ou cinq mille francs sur votre banquier.

» Je vous rembourserai cela à votre arrivée à Paris, si mieux vous n'aimez vous payer vous-même sur ma part des fonds de notre société qui sont déposés entre vos mains.

» Je compte sur votre obligeance.

» Il me semble, et je crois que vous le pensez comme moi, que rien ne s'oppose à votre très prochain retour.

» La campagne, du reste, à cette époque de l'année ne doit pas vous sembler une chose bien gaie.

» Enfin, si vous jugez convenable de prolonger encore quelque temps votre absence, ce que votre réponse m'apprendra, vous pouvez compter que je vous tiendrai fort exactement au courant de tout ce qui se passera.

» Nous avons tous le désir de vous serrer la main, et je vous prie d'être convaincu que je suis plus encore que les autres.

» Tout à vous de cœur,

» Comte ABEL.

» Paris, ce..... 1845. »

La lettre que nous venons de reproduire en son entier, ne nous paraît point avoir besoin de commentaires, elle eut pour effet de dissiper immédiatement les nuages sombres qui couvraient le front de M. d'Entragues.

Ce dernier répondit quelques lignes, glissa sous l'enveloppe cinq billets de mille francs, il fit porter le tout à la poste, après avoir écrit l'adresse du comte Abel.

Le lendemain matin, Georges montait à cheval, et prenait au galop de chasse la route du château de No-dêsmes, en fredonnant encore :

> Je vais revoir ma Normandie,
> C'est le pays qui m'a donné le jour !.....

. . . .

. . . .

VIII

Pivoine.

Il nous paraît tout à fait inutile d'entrer dans de longs développements sur la manière amicale et empressée dont Georges d'Entragues fut accueilli par son ami trop confiant.

Danaë, elle aussi, attendant pour laisser éclater sa haine que l'heure de la vengeance fût venue, se montra souriante et gracieuse, et joignit ses instances à celles du vicomte, pour obtenir de Georges qu'il vînt passer quelques semaines avec eux.

Les projets de M. d'Entragues, projets dont les résultats vont incessamment se dérouler devant nos yeux, exigeaient sa présence en Normandie pendant un temps plus ou moins long; il se rendit donc à l'invitation de Jules et vint dans les premiers jours de la semaine suivante s'établir à Nodêsmes.

Il avait prié Jules de lui assigner pour logement un petit pavillon à un seul étage, situé à trois ou quatre cents pas du château, et sur une des façades duquel une porte de derrière ouvrait sur la campagne.

Le vicomte, tout en prévenant son hôte qu'il serait infiniment moins bien dans ce pavillon que dans le corps de logis principal, céda à son désir, et Georges prit possession du *cottage* qu'il convoitait.

Voici quelles étaient les dispositions intérieures de cette villa rustique.

Au rez-de-chaussée, il n'y avait qu'une seule pièce, sorte de vestibule dallé de grandes pierres polies. Un poêle en occupait le centre, et servait à procurer une température modérée aux orangers, aux grenadiers et aux lauriers-roses qu'on y transpostait au commencement de chaque hiver, et qui, rangés sur quatre lignes et laissant entre eux de petitss entiers, changeaient ce vestibule en une véritable serre chaude.

Au fond, une porte, fermée à l'intérieur par une solide serrure et par de doubles verroux, communiquait avec la campagne.

Dans l'angle de droite, un escalier en bois aux marches peintes et cirées, conduisait à l'unique chambre du premier étage.

Cette chambre, destinée sans doute à loger quelque hôte, dans le cas où tous les appartements du château se seraient trouvés occupés, ce qui arrivait assez fréquemment lorsque vivait le grand père du vicomte actuel, était meublée à l'ancienne mode, et paraissait par cela même d'une extrême élégance.

Des tapisseries de haute lice, représentant divers sujets mythologiques, couvraient les murailles. Un lit à baldaquin et à rideaux de vieux lampas, avec quelques fauteuils en bois de chêne sculpté, et deux ou trois siéges plus modernes, complétaient le mobilier.

Un petit cabinet de toilette, pratiqué dans l'épaisseur même de la muraille, avait été muni tout récemment de divers objets de comfort et de luxe, dont le séjour du vicomte à Paris lui avait démontré la nécessité absolue.

§

C'était le lendemain du jour où M. d'Entragues était venu s'établir chez son candide ami.

Il pouvait être dix heures du matin. Le soleil avait percé les nuages et faisait resplendir le givre aux branches des arbres du parc.

Une couche de neige assez épaisse était tombée depuis deux jours.

Georges, la veille au soir, avait inutilement cherché le sommeil ; d'étranges préoccupations, le tourmentant sans relâche, ne lui permirent point de fermer les yeux pendant la plus grande partie de la nuit. Vainement il prit dans les rayons d'une petite bibliothèque qui se trouvait là, *les Épreuves du sentiment*, par M. d'Arnaud Baculard : ces pages soporifiques ne produisirent point sur lui leur effet accoutumé, et le jour allait bientôt paraître, quand il réussit enfin à s'endormir.

Aussi, malgré l'heure avancée, malgré les flots de lumière qui pénétraient dans la chambre et jouaient sur le tapis, malgré les pétillements du feu que le valet de chambre avait allumé deux heures auparavant, Georges dormait encore,

Une voix fraîche qui chantait au dehors le tira à demi de ce profond sommeil.

Il lui sembla dans le premier moment qu'il entendait dans un rêve une mélodie connue.

En effet, les sons qui frappaient son oreille n'étaient pas nouveaux pour lui.

Il ouvrit tout à fait les yeux, se souleva sur son coude, écouta, et se souvint aussitôt des fugitives chansons de la jolie Pivoine, chansons qui l'avaient tant frappé lors de sa première visite au château de Nodêsmes.

Il se jeta à bas de son lit, passa à la hâte un vêtement, et s'approcha de la fenêtre.

Un gracieux spectacle, digne des pinceaux de Greuze ou de Watteau, s'offrit alors à ses regards.

Pivoine, car c'était bien elle, debout non loin du pavillon, et armée d'un léger balai formé de tiges de bouleaux, écartait la neige de manière à tracer sur la terre durcie un espace vide et circulaire.

L'air froid du matin colorait ses joues des nuances les plus vives, et ajoutait encore à l'expression de sa ravissante physionomie.

Elle continuait d'écarter la neige, et tout en agrandissant son cercle, elle chantait les paroles suivantes, qui n'étaient point des vers à coup sûr, mais auxquelles un instinct poétique inné donnait une sorte de mesure et de rime, car elle improvisait en chantant :

> Petits oiseaux des bois
> Venez, venez, venez,
> Il fait froid, les cieux sont glacés,
> Venez, venez à moi !
>
> . . . .

Alouettes,
Fauvettes,
Pierrots tapageurs
Et voleurs,
Petits oiseaux des bois,
Venez, venez à moi !

. . . .

Partout la neige blanche,
Comme un manteau couvre le sol.
En vain le gentil rossignol
Appelle et gémit sur sa branche,
La linotte, pauvre petite,
Crie, affamée et sans abri,
Le chardonneret cherche un gîte,
Et vole au coin du feu d'un laboureur ami.

. . . .

Petits oiseaux des bois,
Venez, venez à moi,
Vous avez froid, vous avez faim,
Et je vous apporte du grain.

. . . .

Pivoine en ce moment jugea que son cercle était assez large. Elle posa contre le tronc d'un arbre son balai de bouleau, prit dans l'intérieur de son tablier qu'elle avait retroussé devant elle, quelques poignées de blé, d'avoine, de chenevis et d'autres menues graines, et les répandit en les éparpillant sur le sol, puis elle s'éloigna de quelques pas.

Au bout d'une seconde, toute une bande de petits oiseaux qui voletaient et se becquetaient sur les branches voisines, se précipitèrent comme un tourbillon vivant et firent disparaître en un clin d'œil les provisions que venait de leur distribuer leur gentille ménagère.

Pivoine alors frappa dans ses mains, poussa un petit cri de joie et disparut en courant dans le taillis.

— Jolie fille, pardieu! — se dit Georges d'Entragues, en fermant le rideau et en commençant sa toilette. — J'y avais déjà pensé dans le temps... Mais alors, j'avais bien autre chose à faire, tandis qu'aujourd'hui, dans ce maudit pays, où je m'ennuie... Enfin, nous verrons!

§

Vers le milieu de ce même jour, Georges laissant Jules de Nodêsmes roucouler son amour aux pieds de Danaë, quitta le château et s'enfonça dans le parc, où il se mit à errer sans but, creusant son esprit pour trouver un moyen d'apprendre ce qui se passait dans la famille de Choisy, et cherchant par quelle ruse habile il pourrait se ménager des intelligences dans la place, et se mettre en rapport avec Esther.

Mais son imagination, d'ordinaire si fertile, ne lui suggérait rien, absolument rien, et il en était réduit à se frapper le front, comme certains auteurs, lorsqu'ils éprouvent le besoin de commander à l'inspiration rebelle, quand un incident inattendu vint changer complétement l'ordre de ses idées.

Un petit rire frais et léger se fit entendre à quelques pas derrière lui; il se retourna et aperçut Pivoine qui d'un air tout à la fois naïf, étonné et moqueur le regardait gesticuler.

La jeune fille, dès qu'elle vit les yeux de M. d'Entragues fixés sur elle, fit une légère révérence, tourna sur ses talons et s'enfuit.

— Mademoiselle... — dit Georges, en faisant quelques pas pour la rejoindre.

Elle continua de courir.

— Mademoiselle Pivoine... — reprit le jeune homme.

Pivoine, en s'entendant nommer, s'arrêta, revint auprès de Georges et lui dit avec un vif sentiment de curiosité :

— Tiens, vous savez mon nom, Monsieur : qui donc qui vous l'a appris?

Georges ne put retenir un léger sourire.

— Mais Mademoiselle, — répondit-il, — il y a fort longtemps que je vous connais.

— Vous? — fit Pivoine de plus en plus surprise.

— Sans doute, et d'une façon très-particulière.

— Vous vous moquez! — dit la jeune fille.

— Pas le moins du monde.

— Mais je ne vous ai jamais vu, moi, Monsieur.

— Je le sais bien...

— Ah!

— Et d'ailleurs vous pourriez fort bien m'avoir rencontré sans vous en souvenir, tandis que moi c'est différent.

— Pourquoi donc? — demanda-t-elle.

Georges hésita avant de répondre, car il sentait sur ses lèvres une de ces formules de galanterie qui n'ont plus cours aujourd'hui que dans les devises de bonbons du *Fidèle berger*; pourtant, réfléchissant qu'il parlait à une *ingénue de village*, il répliqua, non sans rougir :

— Parce que, lorsqu'on a eu le bonheur de vous entrevoir une fois, Mademoiselle, on se souvient de vous toute sa vie !

Ce compliment parut très-bien tourné à Pivoine qui baissa les yeux, sourit à demi, et minauda fort agréablement en tortillant le coin de son tablier.

— Cette petite promet beaucoup ! — se dit Georges.

— Voulez-vous, — reprit-il tout haut, — voulez-vous que je vous rappelle les circonstances dans lesquelles j'eus le bonheur de vous apercevoir... trop peu, mais assez cependant pour que votre gracieuse image restât à tout jamais gravée là ?

Georges accompagna cette phrase bucolique, du geste à l'usage de tous les jeunes premiers de vaudeville, c'est-à-dire qu'il posa la main sur son cœur.

— Dame, Monsieur... je veux bien... — répondit Pivoine en relevant à demi ses grands yeux, et en s'avouant à elle-même que Georges était le plus charmant cavalier qu'eût jamais rêvé son imagination de jeune fille.

Nous n'affirmerions point que Pivoine se servit de ce mot : *cavalier*, qu'elle ignorait sans aucun doute, mais elle y suppléa par un équivalent.

— Reportez vos souvenirs, — dit M. d'Entragues, — reportez vos souvenirs aux premiers jours du mois de janvier de cette année... y êtes-vous ?

— J'y suis.

— Rappelez-vous une petite source ombragée par un vieux saule, et située dans ce parc même, là-bas, du côté de l'avenue. Savez-vous ce que je veux dire ?

— Parfaitement.

— C'était par une belle après-midi, — une jeune fille, la plus jolie qu'il soit possible d'imaginer, se mirait dans la source, et couronnait sa tête brune d'une guirlande de roseaux...

— Ah ! — fit Pivoine.

— Cette délicieuse enfant se croyait seule, bien seule, — continua M. d'Entragues, — mais derrière le tronc du saule il y avait un jeune homme, qui suivait tous ses mouvements d'un regard surpris et charmé :

— Un jeune homme ! — dit Pivoine, en jouant la surprise avec une naïve habileté.

— Un léger bruit de feuilles sèches, — reprit Georges, — trahit, malheureusement trop tôt, la présence du spectateur indiscret, et la jolie fille s'enfuit comme une biche effarouchée. La coquette enfant, c'était vous, Mademoiselle, et le jeune homme c'était moi !

— Et après ? — demanda Pivoine.

— Deux ou trois jours s'étaient passés, — répondit M. d'Entragues, — j'étais encore dans ce parc, nous courions un chevreuil, M. de Nodèsmes et moi, et mon cheval m'emporta à travers le fourré vers un grand arbre au pied duquel s'adossait un banc rustique. Vous étiez assise sur ce banc, Mademoiselle ; mais cette fois vous n'étiez plus seule. Il y avait près de vous un jeune homme... Mon ami... le vicomte Jules de Nodèsmes...

Pivoine baissa la tête, rougit jusqu'au blanc des yeux, et tortilla plus que jamais la corne de son tablier.

— Il vous disait des paroles d'amour, — continua M. d'Entragues ; — il vous jurait une tendresse éternelle, vous lui répondiez d'une voix moqueuse, que s'il vous aimait réellement, l'idée ne lui viendrait point de s'en aller à Paris, et moi je m'étonnais qu'un homme qui chaque jour pouvait vous voir et vous parler, consentit à s'éloigner de vous, ne fût-ce que pour un jour, et je me répétais qu'à la place de mon ami j'aurais donné Paris, j'aurais donné le monde pour ne pas vous quitter.

— Et cependant, — murmura Pivoine, — et cependant il est parti !

— Il est parti, et il est revenu plus indigne que jamais de comprendre quel trésor il avait négligé...

— Pourquoi cela ?

— Ne savez-vous donc point qu'il n'est pas revenu seul ?

— Si, puisqu'il y a une belle dame au château.

— Sa maîtresse, — dit Georges.

— Sa maîtresse ! — s'écria Pivoine.

— Sans doute.

— Mon père m'avait dit, et tout le monde ici le croit, que cette dame était sa parente... et cependant je me doutais de quelque chose...

— Ah ! ah !

— Oui, je les voyais passer souvent tous les deux à cheval, et quand ils tournaient une allée bien déserte, quand il leur semblait être seuls, M. Jules passait le bras autour de la taille de cette dame, et s'approchait d'elle si près, si près, qu'on aurait juré qu'il l'embrassait.

— Et vous remarquiez cela... par hasard ?

— Dame, oui. Seulement, quelquefois je me cachais pour regarder...

— Par hasard... toujours...

— Certainement.... Comme elle est jolie cette dame !...

— Cent fois moins que vous !

— Vous le dites !

— Je le pense.

— Est-ce que vous la connaissez, elle ?

— Oui.

— Beaucoup ?

— Beaucoup.

— Est-ce qu'elle est riche ?

— Très-riche.

— Alors M. Jules l'épousera.

— Non, certainement.

— Pourquoi donc ?

— Par la meilleure de toutes les raisons.

— Laquelle ?

— Elle est mariée.

— Mariée, — s'écria Pivoine, — quelle horreur !

Georges sourit intérieurement de cette candide indignation.

— Mais, — reprit la petite fille : — puisque cette dame est mariée, comment a-t-elle pu se décider à quitter son mari et à venir ici avec M. Jules ?

— Il faudrait pour vous expliquer cela, vous raconter toute une histoire.

— Oh ! racontez-la moi, monsieur, je vous en prie, — fit Pivoine, dont la curiosité se trouvait excitée au plus haut point.

La conversation de la jeune fille et de M. d'Entragues avait continué tout en marchant, et les deux interlocuteurs se trouvaient en ce moment à quelques pas à peine du pavillon qu'habitait Georges.

— Oh ! racontez-la moi, racontez-la moi, — répéta Pivoine avec insistance.

— Volontiers, — répondit d'Entragues, — mais le froid devient vif, et les jolies couleurs roses de vos joues tournent

rapidement au violet .. entrons chez moi, nous serons bien
mieux pour causer.

— Chez vous ! — fit Pivoine en reculant instinctive-
ment. — Je n'oserai point.

— Pourquoi ?

— Dame...

— Est-ce que je vous effraie ? — demanda Georges en
riant.

— Oh ! non, monsieur... au contraire... mais...

— Mais quoi ?

— Dame... que dirait-on si on le savait ?

— On ne dirait rien, car il n'y a aucun mal à cela, et
d'ailleurs on ne le saura pas.

Pivoine fit un pas en avant, et poussée par la curiosité
et un peu aussi par M. d'Entragues, elle franchit le seuil
de la maisonnette.

— Montons, — dit Georges.

La pauvre enfant s'engagea dans l'étroit sentier pratiqué entre les caisses d'orangers, et ne remarqua point
que M. d'Entragues avait poussé sans bruit le verrou de
la première porte.

Quelle histoire raconta Georges à Pivoine ? Que se passa-
sa-t-il dans l'intérieur du pavillon ? Voilà ce que nous ne
savons pas.

IX

Intrigues.

La nuit porte conseil, dit-on.

Si jamais proverbe fut de tout point vrai, et reçut dans la vie une fréquente application, sans contredit c'est celui-là.

Dans le calme et le silence de la nuit, en effet, les idées germent, naissent, se développent, prennent une forme, revêtent un corps, s'il nous est permis de nous exprimer ainsi.

C'est pendant la nuit que le penseur édifie ses systèmes, bâtit ses théories.

C'est pendant la nuit que les œuvres d'imagination éclosent dans le cerveau des poëtes et des romanciers.

C'est pendant la nuit que l'intelligence planant, plus libre et plus forte, devient pour ainsi dire *lucide*.

Et c'est enfin pendant la nuit qui suivit les faits racontés par nous dans le précédent chapitre, que M. d'Entragues trouva le plan qu'il avait vainement cherché la veille, et qu'il s'empressa de mettre à exécution dès que parurent les premiers rayons du jour.

Sitôt habillé, il quitta sa chambre, descendit au rez-de-chaussée, tira les verroux de la porte qui donnait sur les champs, et prit la clef, qu'il mit dans sa poche, de manière à pouvoir ouvrir cette porte depuis l'extérieur.

Cela fait, il gagna les écuries du château, fit seller un cheval par un palefrenier à peine éveillé, et gagnant le premier chemin de traverse qui s'offrit à lui, s'enfonça au galop dans la campagne.

Au bout d'une heure et demie, il calcula qu'il devait être à trois lieues environ du château de Nodêsmes, et il ralentit l'allure de son cheval, se haussant parfois sur ses étriers, et regardant à droite et à gauche dans les champs, comme s'il cherchait quelque chose ou quelqu'un.

Tout en cheminant il arriva en face d'une petite maison d'assez misérable apparence, entourée d'un enclos que peuplaient des pommiers rabougris.

Sur le seuil de cette chaumière, un grand garçon bien bâti, mais de mauvaise mine, nettoyait un vieux fusil de chasse, tandis qu'un chien maigre et pelé suivait d'un œil attentif tous les mouvements de son maître.

Georges arrêta son cheval. Le grand garçon discontinua son opération de nettoyage, et regarda le nouveau venu d'un air étonné. Le chien se mit à grogner sourdement.

— Dites-moi, mon ami, — demanda M. d'Entragues, — y a-t-il moyen d'avoir un verre de cidre chez vous?

— Ça n'est pas une auberge ici, — répondit le paysan d'un ton bourru.

— Aussi, je ne vous le demande qu'à titre de service, — répliqua Georges, — et je vous prierai en échange de vouloir bien accepter ceci.

Et tout en parlant il tira de sa poche deux écus de cinq francs, qu'il tendit au paysan.

Ce dernier, à la vue de l'argent, changea immédiatement de physionomie.

— Donnez-vous donc la peine de descendre de votre bête, monsieur, — dit-il de l'air le plus gracieux. — Je vas vous tirer un *pichet* de cidre dans l'instant, et du fameux.

Puis le gros garçon se tourna du côté de l'enclos et appela :

— Oh ! eh ! Colas ! Colas ! arrive ici, *faignant !*

Un enfant de sept à huit ans, malingre et déguenillé, entendit cet appel et accourut clopin-clopant, car il était notablement boiteux.

— Empoigne la bride du cheval de ce bon monsieur, et tiens le bien solide, qu'il ne s'en aille point, — lui dit le paysan, qui ajouta en s'adressant à d'Entragues :

— Mais entrez donc, monsieur, entrez donc !

Au bout d'un instant le feu, ranimé dans l'âtre par un paquet de bruyères sèches, brillait d'un vif éclat, et Georges, assis à côté de la cheminée, trempait ses lèvres dans le contenu aqueux et fortement acidulé d'un verre qu'il venait de remplir, grâce au large pot de grès que le grand garçon avait posé sur une petite table à côté de lui.

M. d'Entragues entama la conversation, s'informa de la

position et des ressources de son hôte, et parut apprendre avec un vif intérêt que ce dernier s'appelait Joseph Kernac, n'avait plus ni père ni mère, vivait seul et dans une profonde misère avec l'enfant boiteux que nous l'avons entendu nommer Colas.

Le braconnage et la vente du gibier en provenant, subvenaient, quoique bien imparfaitement, à l'existence de ces deux pauvres êtres.

— En quoi consiste votre costume de chasse ? — demanda M. d'Entragues après plusieurs autres questions.

— En une blouse grise que je mets par-dessus ma veste, un vieux chapeau de feutre à larges bords pour me garantir de la pluie, et des guêtres de cuir, montant jusqu'à mi-jambes.

— Voulez-vous me montrer ces différents objets ? — demanda Georges.

— A quoi bon, monsieur ? ils n'ont rien de curieux, je vous assure, — répondit le paysan fort surpris de ce désir.

— N'importe... je serais bien aise de les voir.

— Au fait, — fit le braconnier, — ça m'est égal ; si c'est votre idée, je vais vous apporter le tout.

Et passant dans une autre pièce, il en ressortit au bout d'un instant et étala sous les yeux de Georges la blouse, les guêtres et le chapeau en disant :

— Vous voyez que ça n'était pas la peine...

— Combien voulez-vous de tout cela ? — demanda d'Entragues.

— Est-ce que vous avez envie d'acheter ces guenilles ?

— Oui.

— Mais moi, e ne peux pas les vendre.

— Pourquoi ?

— Parce que j'en ai besoin à tout moment, et que je compte aller à la chasse, pas plus tard que tantôt, tâcher de tuer quelque chose pour le dîner.

— Je comprends cela, mais je compte m'arranger de manière à ce que le service que j'attends de vous ne nuise en rien à vos intérêts... Je vous offre trois louis de votre équipement.

— Des louis de vingt-quatre francs ? — demanda le braconnier.

— Soit.

— Mais cela ferait soixante-douze livres.

— Juste.

— Et vous me proposez cela *pour de bon ?*

— Sans doute.

— Va comme il est dit ! — s'écria le jeune homme enchanté, — touchez-là, monsieur, c'est marché fait.

— Voilà l'argent, — dit Georges en tendant à son hôte trois napoléons et trois pièces de cinq francs.

— Il y a trois livres à vous rendre, monsieur, — dit le paysan. — et je n'ai pas la monnaie.

— Les trois livres sont pour Colas, — répondit d'Entragues en riant ; — obligez-moi seulement de faire de tout cela un paquet qui tienne le moins de place possib'e.

— Je le porterai moi-même si monsieur le désire.

— Cela n'est pas nécessaire, faites ce que je vous dis.

— Mais le chapeau ?

— Eh bien, roulez-le avec le reste, il m'est tout à fait

indifférent qu'il soit un peu plus ou un peu moins déformé.

Le braconnier obéit à l'instant, et Georges remontant à cheval au bout de quelques minutes, suspendait au pommeau de sa selle le petit paquet qu'on venait de lui préparer.

Une heure et demie après il arrivait, en longeant les murs du parc, près de l'issue dérobée du pavillon, il attachait sa monture à un arbrisseau, ouvrait la porte, grâce à la clef qu'il avait emportée, déposait son paquet à l'intérieur, et le cachait sous une caisse d'oranger ; puis, reprenant son cheval et regagnant l'avenue principale, il entrait au château, juste au moment où Jules de Nodèsmes et Danaë allaient se mettre à table pour déjeuner.

Vers midi, M. d'Entragues, prétextant une violente migraine, regagna son pavillon, et presqu'en même temps Pivoine, la gentille et naïve Pivoine, les yeux baissés et le front rougissant, venait l'y retrouver.

Que s'était-il donc passé la veille entre eux.

Notre chasteté de conteur ne nous permet point de le dire, et nous renvoyons nos lecteurs au conte du bonhomme Lafontaine : *Comment l'esprit vient aux filles.*

§

Le soir, Georges, dont la migraine avait disparu, prévint le vicomte qu'il serait absent pendant la plus grande partie de la journée du lendemain, son projet étant de partir de fort bonne heure pour aller à Cussac savoir des nouvelles de la bonne chanoinesse.

Jules lui propsa de l'accompagner, mais Georges déclina cette offre, et prit pour prétexte que, souffrante comme elle l'était, sa tante serait forcée, sans aucun doute, de se priver du plaisir de recevoir M. de Nodêsmes, ou fatiguée au plus haut point si elle le recevait.

Le vicomte n'insista pas, il était fort enchanté d'ailleurs de ne point éloigner de sa Danaë chérie, ne se fût-ce que pendant quelques heures.

Donc, le lendemain au point du jour, M. d'Entragues monta à cheval comme la veille, laissa sa monture à l'auberge du plus prochain village, revint au pavillon dans lequel il entra par la porte dérobée, changea ses vêtements contre le grossier costume de chasse qu'il avait acheté du braconnier, rabattit sur ses yeux les bords fripés du vieux chapeau de feutre, mit sur son épaule un fusil et gagna pédestrement le chemin qui conduisait au château de Choisy, parfaitement sûr de ne pouvoir être reconnu ou deviné par qui que ce fût, sous son déguisement agreste.

De Nodêsmes à Choisy, la course était longue, aussi Georges s'arrêta-t-il peu après la moitié du chemin pour déjeuner dans une ferme.

Réconforté par l'omelette au lard et par les côtelettes de mouton qui lui furent servies, il se remit en route, et arriva, un peu avant midi, auprès de la terrasse du haut de laquelle nous avons vu, au début de ce récit, mademoiselle de Choisy laisser tomber aux pieds de M. d'Entragues le camélia qu'elle tenait à la main.

Georges ne devait point songer à entrer au château, puisqu'il désirait que sa présence dans le pays ne fut pas même soupçonnée.

Il se mit donc à errer autour de l'enceinte des jardins, attendant que le hasard lui envoyât l'occasion dont il avait besoin pour se procurer les renseignements qu'il désirait avoir.

Cette fois, comme d'habitude, le hasard lui fut favorable, et l'occasion vint se présenter à lui sous sous la forme d'un valet de pied à veste rouge et à trogne bourgeonnée, lequel, quittant le château, se dirigeait vers l'un des cabarets du village.

Il est bon de faire savoir à nos lecteurs que M. de Choisy, depuis le jour où il s'était dit en faisant la roue : *Ma fille sera princesse!* avait jugé convenable de remplacer ces vieux et fidèles serviteurs par une valetaille insolente, dont le grand mérite, à ses yeux, était d'avoir hanté les antichambres les plus aristocratiques de Paris.

Georges aborda le domestique qui chantonnait un air de romance en se balançant sur ses hanches avec le dandinement le plus impertinent, et lui dit :

— Eh! l'ami...

— L'ami! — s'écria le valet courroucé, — dites donc, vous l'homme, est-ce que nous avons gardé... quéque chose ensemble?

— Pas d'impertinence, je vous prie! — fit M. d'Entragnes, dont le ton sec et hautain laissa si bien percer l'habitude du commandement, que le valet, comprenant à qui il avait affaire, malgré les vêtements inélégants de son interlocuteur, ôta machinalement sa casquette et répondit :

— Qu'est-ce qu'il y a pour le service de monsieur?

— J'ai quelque chose à vous dire, allons dans un endroit où l'on ne puisse pas nous voir causer depuis le château.

— Nous serons parfaitement derrière ce petit mur, — fit le domestique.

— Aimez-vous les billets de banque? — demanda Georges à brûle-pourpoint, lorsqu'ils se trouvèrent dans l'endroit désigné, à l'abri de tout regard indiscret.

— Beaucoup plus que les coups de cravaches, — répondit le valet avec un sourire qu'il crut rendre spirituel.

— En voici un qu'il ne tient qu'à vous de gaguer, — dit M. d'Entragues, et tout en parlant il déploya un billet de cinq cents francs qu'il venait de tirer de sa poche.

Le valet lorgna du coin de l'œil avec convoitise le précieux papier de soie, et répondit :

— Si ça se peut, ça me va.

— Ça se peut, et c'est facile.

— De quoi s'agit-il ?

— De me donner différents renseignements dont j'ai besoin.

— Ah! ah! — se dit le domestique, — il y a par là-dessous quelque affaire d'amour ! — Le rusé coquin avait remarqué déjà l'élégance de la chevelure de Georges, la bague armoriée qu'il portait au doigt, et l'épingle de cravate que dans sa précipitation il avait oublié d'ôter, et qui contrastait d'une façon singulière avec l'ensemble de son déguisement.

— Je parie qu'il s'agit de mademoiselle, — reprit-il à haute voix avec un gros rire qui témoignait la plus complète satisfaction de sa perspicacité.

— Vous avez deviné juste, — répondit M. d'Entragues,

— je désire savoir si l'époque du mariage de mademoiselle Esther est fixé.

— Comment le serait-elle, puisque le prince est parti, là-bas, dans son pays, et qu'on n'a point encore connaissance de l'époque de son retour? et puis, d'ailleurs, Mademoiselle est tombée très-malade tout en arrivant ici, et, quoiqu'elle aille un peu mieux, il n'est pas du tout sûr qu'elle en réchappe!

— Malade!.. à ce point!!.. en danger!! — s'écria Georges, — est-ce possible? est-ce possible?

— Certainement, les médecins ne quittent guère le château, mais comme je vous le disais tout à l'heure, elle va un peu mieux...

— Et quelle est cette maladie terrible?

— Je ne sais plus trop le nom que lui donnent ces Messieurs, mais il y a la fièvre, le délire, et tout le tremblement.

— Tenez, — dit Georges en tendant le billet de banque au valet, — ceci est à vous, et bien d'autres ensuite, si vous voulez faire exactement ce que je vous dirai.

— Je ne demande pas mieux, d'autant plus que, puisque monsieur me paye, je me regarde comme étant au service de Monsieur.

— Chaque matin, fit le comte d'Entragues à qui le souvenir du moyen employé par Lovelace pour faire parvenir ses lettres à Clarisse Harlowe suggéra un expédient, — chaque matin vous écrirez en quelques lignes ce qui se sera passé la veille au château, vous y joindrez le bulletin de la santé de mademoiselle Esther, et vous cacherez votre billet ici...

Et Georges désigna une petite excavation pratiquée dans la muraille entre deux pierres disjointes.

— Monsieur peut s'en rapporter à mon exactitude.

— Quand j'aurai besoin de vous voir, vous trouverez en déposant votre lettre, un mot de moi, par lequel je vous donnerai rendez-vous pour le lendemain, soit dans l'endroit même où nous sommes, soit dans une auberge du village.

— C'est convenu.

— Comment vous appelez-vous ?

— Autrefois j'avais nom Baptiste, mais M. de Choisy m'a débaptisé, et je m'appelle aujourd'hui *Lafleur*.

— Eh bien, Lafleur, je compte sur vous.

— Monsieur en aura pour son argent.

— Je viendrai demain.

— Le billet y sera.

— Surtout pas un mot à qui que ce soit.

— Monsieur n'a qu'à dormir sur les deux oreilles : le mystère c'est mon fort.

— C'est bien.

Le valet s'en alla tout joyeux cacher son trésor au château, et Georges reprit pensif et soucieux le chemin de Nodêsmes.

Et tandis que le danger planait sur la tête de cette douce enfant par laquelle il se savait aimé, M. d'Entragues, le roué infâme, calculait avec une anxiété peu touchante que la mort d'Esther serait peut-être le grain de sable qui viendrait renverser l'édifice, le char de ses projets.

X

Monsieur Lafleur.

Trois semaines s'étaient écoulées.

Presque chaque jour le comte d'Entragues allait à Choisy chercher les lettres de M. *Lafleur*, et comme il ne lui eût pas été possible de faire tous les matins à peu près deux lieues et demie à pied, il allait à cheval, renonçant, momentanément du moins, à tout déguisement, et avec cette seule précaution de se mettre le moins possible en vue du château, et de ne rester dans ce dangereux voisinage que le temps strictement nécessaire pour visiter l'intérieur de la boîte aux lettres d'un genre peu ordinaire, dont il était sinon l'inventeur, du moins le metteur en œuvre.

Les nouvelles relatives à la santé d'Esther, devenaient de plus en plus satisfaisantes; un mieux sensible s'était déclaré, et la jeune fille entrait en pleine convalescence.

Il n'était nullement question du retour de M. de Falckenberg.

Un beau jour, le comte d'Entragues trouva dans la ca-
chette du vieux mur une épître fort longue et forte mbrouil-
lée, de laquelle il lui fut impossible de comprendre un
seul mot, car le style de M. Lafleur, ne brillait, nous devons le dire, ni par la concision, ni par la netteté.

En conséquence Georges écrivit quelques mots au
crayon, sur une page arrachée de son portefeuille, et assi-
gna un rendez vous à son argus pour le lendemain à
midi.

Nous allons mettre nos lecteurs au courant de ce qu'il
apprit à ce rendez-vous, et nous tâcherons de suppléer,
dans notre récit, aux circonstances que Lafleur ne pouvait pas connaître.

La veille, au moment où mademoiselle de Choisy quittait son lit pour la première fois et s'asseyait, bien faible
et bien languissante encore, dans un immense fauteuil
placé au coin du feu de sa chambre à coucher, une lettre
était arrivée.

Cette lettre, revêtue d'une multitude de timbres étrangers, pouvait rivaliser avec un message diplomatique, par
la largeur de son enveloppe et par la dimension de son
armorié.

M. de Choisy l'ouvrit avec empressement, et donna
presque aussitôt des signes non équivoques de profonde
consternation et presque de désespoir.

Immédiatement après, malgré les larmes de sa fille et
les prières de sa femme, il fit remplir deux ou trois malles
de linge et des vêtements nécessaires pour un long
voyage, il envoya chercher des chevaux à Granville,
monta en voiture, et se mit en route suivi d'un seul
domestique.

Voilà ce que savait Lafleur. Voici maintenant ce qu'il ignorait.

La lettre qui venait de produire sur M. de Choisy une si vive impression, était de l'intendant du prince de Falckenberg.

Ce dernier mandait au vieux gentillâtre que son maître venait de subir avec une violence extrême les atteintes d'une maladie contagieuse, commune en ce moment dans le pays, qu'il était entre la vie et la mort, et que les médecins de la localité désespéraient de le sauver.

— Mais alors il est perdu! — s'écria M. de Choisy. — Les Esculapes de cette contrée lointaine, sont, sans aucun doute, des ignorants qui me laisseront mourir mon gendre... et mon gendre mort, où trouverais-je un autre prince à faire épouser à ma fille?... Il n'y a pas à balancer, il faut partir, m'emparer en traversant, Paris du plus célèbre de nos médecins, et le conduire en toute hâte en Pologne avec moi !

Nous savons que le vieux Normand mit à exécution, sans retard, la résolution qu'il venait de prendre, et nous le laisserons, si vous le voulez bien, voler au secours du très-illustre personnage qui devait greffer sur l'arbre généalogique des Choisy, son écusson princier et sa couronne fermée.

Est-il besoin de dire que M. d'Entragues éprouva une joie vive de l'éloignement de M. de Choisy, éloignement qui, combiné avec l'absence du prince Falckenberg, le laissait à peu près maître du terrain.

Quelques semaines se passèrent. La convalescence d'Esther faisait des progrès rapides, et la jeune fille reprenait peu à peu les habitudes de sa vie. Déjà le médecin avait permis la cessation de tout régime alimentaire, et autorisé deux heures de promenade vers le milieu de la journée, quand le ciel était pur, l'air doux et le soleil tiède.

Une légère pâleur, un amaigrissement à peine sensible telles étaient désormais les seules traces de la maladie à laquelle Esther avait failli succomber.

Tous les matins Georges allait à Choisy chercher des nouvelles, et chaque soir, sur les onze heures, au moment où il quittait le vicomte et Danaë, pour regagner son pavillon, Pivoine, s'échappant furtivement du corps de logis qu'elle habitait avec son père, venait rejoindre le jeune homme dont elle ne se séparait qu'au point du jour.

Le moment était enfin arrivé pour M. d'Entragues d'en venir au dénouement de l'intrigue qu'il avait si longuement et si patiemment combinée.

En conséquence il écrivit à Esther la lettre suivante :

« Depuis le jour, Mademoiselle, où j'ai reçu de vous les quelques lignes qui ne s'effaceront jamais ni de ma mémoire ni de mon cœur, et qui se terminaient par ces mots : *on m'emmène, sauvez-moi !* je n'ai eu qu'une pensée, qu'un but et qu'un désir, c'est de vous prouver que je suis digne de la confiance, et j'oserai le dire, de l'affection que vous avez daigné me témoigner.

» Je vous aime, vous le savez, Mademoiselle. Faire de vous la compagne de ma vie. c'est le plus beau rêve de mon âme, un moment j'ai pu croire que ce rêve allait se réaliser, un obstacle imprévu s'est placé soudainement entre le bonheur et moi !

» J'ai bien souffert alors, Mademoiselle ! j'ai souffert autant peut-être que dans ces jours d'angoisse dont nous sommes encore si près, et pendant lesquels, je venais chaque matin caché sous des vêtements grossiers, m'informer, le cœur torturé d'inquiétude, si vous étiez vivante encore, ou si votre âme d'ange était remontée au ciel.

» Dieu vous a sauvé de la mort, c'est à moi de vous sauver maintenant de ce mariage détesté qui flétrirait votre vie et tuerait mon bonheur!

» Cette union maudite, croyez-le bien, Esther, n'aura pas lieu, moi vivant!

» Il faut que je vous voie, Mademoiselle, il faut que je vous parle de mes projets, que je vous dise ce que je compte faire et ce que je dois entreprendre.

» Un des domestiques de votre père, me procurera les moyens d'entrer demain dans votre jardin à la tombée de la nuit. Je me glisserai dans le massif d'arbres verts qui touche à la serre que nous avons visitée ensemble, le jour où pour la première fois j'eus le bonheur de vous voir.

» Vous y viendrez, n'est-ce pas?

» Songez que sans vous avoir vue, je n'oserai rien commencer...

» Songez que le temps marche et que l'heure perdue ne se retrouvera peut-être plus.

» Aussi, n'hésite pas, Mademoiselle, confiez-vous à mon amour à ma loyauté...

» Mon honneur est là qui vous répond du vôtre... »

. . . .

Cette lettre achevée, M. d'Entrages monta à cheval, et s'en fut rejoindre Lafleur, à qui il avait donné rendez-vous, dans une petite auberge voisine de la grande route.

— Quoi de nouveau ? — lui demanda-t-il en l'abordant.

— Rien, monsieur le comte, — répondit le domestique.

Georges avait depuis peu jugé convenable d'apprendre son véritable nom au loyal serviteur de M. de Choisy.

— Pas de lettre de votre maître à sa femme ?

— Non, monsieur le comte.

— C'est bizarre !

Georges ignorait encore que le Normand fut allé en Pologne, soigner le prince de Falckenberg.

— Monsieur le comte a-t-il quelque chose à me commander aujourdh'ui ?

— Oui.

— J'attends les ordres de monsieur le comte.

— D'abord, vous allez vous faire renvoyer par madame de Choisy.

— Renvoyer ! ! — s'écria Lafleur, est-ce que monsieur le comte parle sérieusement ?

— Sans doute.

— Mais que deviendrai-je après ?

— Je vous prends à mon service, voici la première année de vos gages.

Et Georges tendit au domestique un billet de mille francs.

— C'est différent ! — fit Lafleur, quand faut-il me faire mettre à la porte.

— Dès ce soir.

— Très-bien... Il y a dans le cabinet de Monsieur, un certain grand papier pendu contre le mur et couvert de ces petits brimborions qu'on peint sur les portières de de voiture, ils y tiennent tous dans la famille comme à la prunelle de leurs yeux, quoique ça ne vaille pas quatre sous, je vas le déchirer en rentrant, sans avoir l'air de l avoir fait exprès, et je suis sûr de recevoir immédiatement mon paquet.

— Vous aurez quelques instructions à exécuter auparavant.

— De quoi s'agit-il?

— De deux choses.

— Lesquelles?

— D'abord, vous vous procurerez la clé de la petite porte du fond du jardin, de façon à pouvoir me l'apporter.

— C'est facile, justement je sais où on la met.

— Ensuite vous remettrez secrètement entre les mains de mademoiselle Esther, la lettre que voici.

— Ça sera fait.

— Vous avez des vêtements à vous?

— Certainement.

— Vous quitterez la livrée des Choisy et vous viendrez me rejoindre au château de Nodêsmes.

— Justement j'ai une livrée de fantaisie que je mets quand je suis sans place, elle est gris de fer avec des passe-poil bleus et des boutons jaunes ornés d'une simple couronne.

— Fort bien. Je vous attends ce soir avec la clé.

— Je serai exact, et la lettre remise... A propos, monsieur le comte, dois-je dire aux domestiques du château de Nodêsmes, que je sors du service de M. de Choisy?

— Non. Vous répondrez tout simplement aux questions

que l'on vous fera, que vous m'avez été envoyé par un de mes amis de Paris.

§

Le soir même, Lafleur donnait à son nouveau maître la clé qu'il avait volée, et s'installait au château en qualité de valet de chambre de Georges.

XI

Esther.

Le lendemain, un peu après le milieu de la journée, Georges quittait secrètement le pavillon, revêtu, cette fois, des vêtements qu'il avait achetés au braconnier quelques semaines auparavant.

A la tombée de la nuit, il s'introduisait dans le jardin du château de Choisy, et, se glissant à la faveur du crépuscule parmi les massifs et le long des murs, il arrivait, sans avoir été aperçu, jusqu'au bouquet d'arbres verts qu'il avait désigné à la jeune fille.

Un silence profond régnait dans le jardin et dans les champs environnants, l'obscurité croissait rapidement, et quelques fenêtres de l'habitation s'éclairaient l'une après l'autre.

Pendant près d'une demi-heure, M. d'Entragues eut la crainte que mademoiselle de Choisy, arrêtée par quelque obstacle imprévu, ou retenue par sa virginale timidité, ne vînt pas au rendez-vous ; mais enfin une forme blanche se dessina dans les ténèbres, un pas léger se fit entendre sur le sable fin des allées, et Esther, les joues rougissantes de pudeur et le cœur violemment ému, arriva auprès de Georges.

— Que vous êtes bonne d'être venue, et que je suis heureux de vous voir! dit M. d'Entragues d'une voix contenue et passionnée, et en prenant l'une de ses mains qu'elle dégagea au moment où il allait la porter à ses lèvres.

— Voulez-vous donc me faire repentir de la confiance que j'ai eue en vous? — demanda la jeune fille d'un ton de doux reproche. — Jusqu'à tout à tout à l'heure, reprit-elle, j'ai hésité devant la démarche que je fais en ce moment; et, si le péril qui nous menace tous les deux n'avait pas été imminent, croyez bien que rien au monde ne m'aurait décidée à venir.... Le temps presse... ajouta-t-elle, hâtons nous... d'une seconde à l'autre, on peut me chercher... m'appeler... Qu'avez-vous à me dire?

— J'ai à vous répéter ce que je vous ai écrit hier : que votre mariage avec un autre n'aura pas lieu, moi vivant!..

— Par quels moyens l'empêcherez-vous?

— Veuillez me dire, d'abord, si l'absence de monsieur votre père n'a point quelque rapport avec l'événement que nous redoutons.

— Ne le savez-vous donc pas? — fit Esther.

— Je ne sais rien, — répondit d'Entragues.

La jeune fille raconta en quelques mots les causes et le but du voyage de M. de Choisy.

— Qui sait, — dit Georges, après avoir écouté ce récit, — qui sait si, dans ce moment, le hasard ne combat pas pour nous, et si la mort de cet odieux prince ne va pas rompre d'une façon toute naturelle des projets qui me désespèrent ?..

— Mais si le contraire arrivait?.. — demanda la jeune fille.

— Alors, il ne resterait plus qu'à choisir entre deux partis.

— Deux partis, dites-vous?..

— Le premier, celui que j'allais embrasser quand M. de Falckenberg a quitté précipitamment Paris, était d'aller chez lui, de le provoquer, de me battre avec lui et de le tuer...

— Du sang! — s'écria Esther épouvantée, — du sang!

— Il le faudrait bien...

— Et si vous succombiez dans la lutte?

— Je n'aurais pas, au moins, la douleur de vous perdre...

— Et moi, je resterais abandonnée, abandonnée au prince qui m'aurait conquise à la pointe de l'épée !.. Oh! non... c'est impossible !

— Mais je serai vainqueur.

— Qui sait? Et puis, d'ailleurs, comment mon père vous accueillerait-il, vous, le meurtrier de l'homme auquel il me destine?... Georges, Georges, je vous le dis, ce projet est insensé.

— Il en reste un second...

— Lequel?

— Fuir...

— Avec vous ?

— Avec moi.

— Quitter le toit de mon père... en me cachant... la nuit... comme une femme déshonorée... en y laissant la honte et le désespoir... Jamais, Monsieur, jamais!

— C'est le seul moyen, cependant, d'éviter un mariage odieux.

— Oui... mais ce moyen est infâme !

— Pourquoi ?.. Quitter la maison paternelle, pour y revenir bientôt avec un mari... avec l'homme que naguère votre famille acceptait, et qu'elle ne pourra plus repousser... est-ce un crime, Esther ?.. est-ce même une faute ?..

M. d'Entragues allait continuer, la jeune fille l'interrompit en lui disant d'une voix douce et grave :

— La femme que vous aimez, Georges, la femme que vous destinez à porter votre nom, ne transigera jamais avec ses devoirs, même quand l'accomplissement en serait douloureux... N'insistez donc pas, mon ami; ce serait inutile.

— Mais que faire ?.. alors, que faire ?

— Attendre.

— Attendre !.. Eh ! le pouvons-nous ?.. Vous le disiez vous-même tout à l'heure, le péril est imminent !

— Le ciel fera peut-être un miracle...

— Il n'y a d'autres miracles en ce monde que ceux que produisent l'énergie et la volonté; et ceux-là, vous me défendez même de les entreprendre...

En ce moment, une fenêtre s'ouvrit au rez-de-chaussée du château, et madame de Choisy appela par deux fois :

— Esther ! Esther !

— Me voici, maman... je rentre... — répondit la jeune fille.

— Je vous le répète, il faut attendre, — reprit-elle, en tendant sa main à M. d'Entragues, — attendre et espérer !

— Vous reverrai-je, au moins ? — dit Georges.

— Oui.

— Quand ?

— Dans trois jours.

— Où ?

— Ici... à la même heure...

Puis, Esther s'enfuit rapidement et disparut dans les ténèbres.

— Elle a résisté, — se dit M. d'Entragues en reprenant le chemin de Nodêsmes. — Cela devait être... je m'y attendais ; mais elle y viendra ! il faudra bien qu'elle y vienne !

§

Deux ou trois entrevues, à peu près semblables à celle que nous venons de raconter, eurent lieu dans un laps de quelques jours, entre mademoiselle de Choisy et le héros de notre récit.

Georges, avec cette habileté diplomatique que nous lui connaissons, amenait peu à peu la jeune fille à se familiariser avec les projets de fuite qu'elle avait si vivement repoussés d'abord, et qu'elle continuait de rejeter bien loin, mais avec plus de fermeté apparente que de véritable résolution.

D'Entragues, enfin, était venu à bout d'introduire dans l'esprit d'Esther, par gradations insensibles, cette maxime qui a fait tant de révolutions : à savoir que *quand ceux qui gouvernent sont des tyrans, la révolte devient un droit !*

Les jeunes femmes en général, et les jeunes filles en particulier, sont faibles et crédules comme les peuples ; bien souvent, hélas ! pour les perdre, il suffit d'un adroit sophisme heureusement exploité par de hardis agitateurs.

Seulement, dans l'un de ces cas, l'agitateur se nomme *Lovelace;* dans l'autre, il s'appelle *Mirabeau.*

Un soir, mademoiselle de Choisy arriva tout éplorée au rendez-vous.

— Qu'avez-vous, Esther ?.. qu'est-il arrivé ? — demanda Georges, au comble de l'anxiété.

— Nous sommes perdus ! — répondit la jeune fille, — tout à fait perdus ! Notre dernier espoir s'évanouit !..

— Comment ?.. pourquoi ?.. Parlez... au nom du ciel !.. Mais parlez donc !

— Mon père a écrit...

— Eh bien ?

— Il revient...

— Seul ?

— Non... hélas ! non, il n'est pas seul !.. — fit Esther avec désespoir.

— Ainsi, le prince...

— Le prince est guéri... le prince l'accompagne... Et mon père termine sa lettre en disant que, dans huit jours, je serai la femme de M. de Falckenberg !

— Dans huit jours ! — répéta Georges d'une voix sourde. — Eh bien! dans huit jours, moi, je serai mort !

Cette phrase mélodramatique, dont M. d'Entragues avait soigné l'intonation d'une façon toute particulière, fit son effet habituel, et la jeune fille s'écria, épouvantée :

— Mort !.. Que dites-vous, Georges ? qu'osez-vous dire ?

— Je dis, répondit le jeune homme, exploitant avec succès ces cordes basses et vibrantes que Frédérick-Lemaître trouve dans quelques-uns de ses rôles ; — je dis que je me briserai le crâne avant que le désespoir m'ait complétement brisé le cœur !

— Mais vous voulez donc me rendre folle tout à fait, en ajoutant une douleur à mes douleurs, une torture à mes tortures... Que parlez-vous de suicide, et pourquoi pensez-vous à mourir ?

— Parce que tout me trahit! parce que tout m'abandonne! le hasard, le ciel et vous-même...

— Moi, je vous trahis! moi, je vous abandonne! moi! moi!...

Et la voix d'Esther se perdit dans un sanglot étouffé.

— Parce que, — continua d'Entragues, — je suis sûr à présent que vous ne m'aimez pas!

— Je ne vous aime pas! oh! mon Dieu! il dit que je ne l'aime pas!

Et la pauvre enfant, dans une suprême angoisse, tomba à genoux devant M. d'Entragues en levant vers lui ses mains jointes.

C'eût été là à coup sûr un désolant, un hideux spectacle, que de voir le chevalier du Lansquenet, l'homme infâme, le roué au cœur de bronze, jouant avec un audacieux sang-froid son épouvantable comédie, vis-à-vis de cette adorable et naïve jeune fille, courbée à ses pieds et frémissante de désespoir.

— Non, vous ne m'aimez pas, — continua-t-il avec un horrible sang-froid ; — refuseriez-vous, si vous m'aimiez, de sauver notre bonheur à tous deux, en fuyant avec moi?

— Eh bien ! — répondit Esther en se relevant, — puisqu'il le faut, puisque vous le voulez... fuyons...

— Vous consentez ? — s'écria Georges avec un indicible accent de triomphe.

— Je consens... Quand partirons-nous ?

— Demain.

— A quelle heure ?

— A onze heures du soir, tout sera disposé...

— Je serai prête. Où me prendrez-vous ?

— A cette porte du jardin par laquelle j'entre le soir.

— C'est bien. -

— Mais d'ici à demain, dites-moi, Esther, mon Esther, ne changerez-vous point de résolution...

— Non ! — répondit la jeune fille avec une fermeté singulière.

— Vous me le jurez ?

— Je vous le jure. A votre tour maintenant, Georges ; j'ai, moi aussi, un serment à vous demander.

— Je suis prêt à le faire, et prêt à le tenir !

— Je vais demain, sous la sauvegarde de votre honneur, rompre violemment avec ma vie de jeune fille... Je vais sortir comme une enfant maudite de cette maison, où j'ai vécu heureuse... Me jurez-vous que, dans trois jours, je pourrai de nouveau en franchir le seuil, et dire bien haut et à tous : Je suis la femme de l'homme que j'aimais, je suis la femme de Georges d'Entragues !

— Je le jure !

— Georges, jurez-le moi sur la mémoire de votre mère.

— Sur la mémoire de ma mère, Esther, je vous le jure !

— C'est bien, mon ami ; maintenant, adieu. Soyez-en sûr, demain je ne faiblirai pas !

Il est bon de faire remarquer à nos lecteurs, pour leur expliquer le serment un peu naïf exigé par mademoiselle de Choisy, que la presque totalité des jeunes filles de France n'ont jamais feuilleté le Code Napoléon, au titre : *Des actes de l'état civil*, et qu'elles croient avec la plus religieuse bonne foi à la possibilité des mariages impromptus, secrets et romanesques, si fort en vogue du temps des livres de ce bon M. Ducray-Duménil.

Fasse le ciel que l'auteur des *Chevaliers d. Lansquenet* ne vienne point détruire cette douce illusion, et renverser d'un souffle les brillants châteaux de cartes de tant de jeunes imaginations.

Les deux amants se séparèrent.

XII

Esther et Pivoine.

Voici quelles furent les instructions données par M. d'Entragues à Lafleur, dans le cours de la journée du lendemain :

1° Aller à Cussac, muni d'une lettre de Georges, et mettre en bon ordre le coupé de voyage qui avait été laissé chez la chanoinesse;

2° Retenir quatre chevaux de poste, et les faire amener à Cussac, à huit heures du soir ;

3° Enfin, atteler à neuf heures et s'arranger de façon à ce que le coupé stationnât de dix heures à minuit à l'endroit de la grande route, le plus rapproché du chemin de traverse qui conduisait au château de Choisy.

Tranquille sous ce rapport, et certain que ses ordres seraient fidèlement exécutés, Georges sut commander à sa physionomie, et son attitude pleine de calme et de naturel vis-à-vis du vicomte et de Danaë, ne purent faire soupçonner ni à l'un ni à l'autre que quelques heures à peine le séparaient de l'éclat d'un grand événement.

La nuit vint.

Presque aussitôt après le dîner, M. d'Entragues s'excusa de quitter précipitamment ses hôtes, et rejeta son absence sur la nécessité absolue où il se trouvait de répondre à plusieurs lettres qu'il avait reçues de Paris le matin même.

Sitôt arrivé dans son pavillon, Georges, craignant la visite habituelle de Pivoine, visite qui, ce soir-là, lui eût été singulièrement à charge, poussa les verroux de la porte d'entrée, et monta l'escalier qui conduisait à sa chambre à coucher.

Cette fois, M. d'Entragues ne revêtit point les vêtements du braconnier, il passa seulement par-dessus ses habits un ample paletot de couleur foncée, et assujettit dans la poche de côté de sa redingote, le portefeuille qui contenait ses billets de banque.

— Le sort en est jeté ! se dit-il après avoir achevé ses préparatifs, et en mettant son chapeau sur sa tête, je touche au but, et rien ne peut désormais m'empêcher de réussir ! à moi la fortune, à moi l'avenir ! Mon étoile, un moment voilée, brille là-haut comme autrefois, et ne se ternira plus !

Puis, M. d'Entragues, terminant cet ambitieux monologue, descendit au rez-de-chaussée, ouvrit la porte dérobée qu'il repoussa négligemment derrière lui et se trouva dans la campagne.

L'obscurité était profonde.

C'étaient de ces ténèbres lourdes et compactes qu'on désigne assez habituellement par ce dicton vulgaire : *Il fait noir comme dans un four !*

De grands nuages épais et sombres couraient sur la surface du ciel, et interceptant la pâle clarté des étoiles rendaient la nuit plus impénétrable encore.

Il fallait toute l'habitude qu'avait M. d'Entragues du chemin qu'il parcourait en ce moment, pour se diriger parmi les inégalités du terrain, et au milieu des haies et des fossés qui étendaient en tout sens autour de lui leur inextricable réseau.

Georges avançait pourtant, il avançait d'un pas lent, mais sûr.

Tout à coup il s'arrêta brusquement et prêta l'oreille.

Il lui avait semblé, tandis qu'il traversait un petit bois, entendre derrière lui le bruit des feuilles sèches foulées par un pied léger.

Il écouta donc, et chercha d'un regard inquiet à percer l'épaisseur des ténèbres.

Mais tout se fit soudainement silencieux autour de lui, et les ténèbres restèrent insondables.

D'Entragues crut s'être trompé, et poursuivit sa route.

Trois fois encore, à trois reprises différentes, un bruit semblable à celui qu'il avait entendu déjà, vint agiter le cœur du nocturne aventurier, sans qu'il lui fût possible de découvrir la cause de ce bruit.

Une vague inquiétude s'empara de son esprit, et il se mit à marcher plus vite.

Enfin une faible lumière se dessina à quelque distance ; cette lumière brillait à l'une des fenêtres du château de Choisy.

Georges arrivait.

Il était en ce moment dix heures et demie.

D'Entragues entra dans le jardin.

§

Onze heures sonnaient au moment où M. d'Entragues, soutenant à son bras Esther pâle et tremblante, franchit avec elle la petite porte qui donnait sur les champs.

Une terreur instinctive fit tressaillir soudain mademoiselle de Choisy, dont la main pesa plus fort sur le bras de son guide.

— Venez, Esther, — lui dit Georges, — venez et ne tremblez point ainsi ; je vous aime, vous le savez ; je vous aime, je vous respecte, et toute ma vie est à vous !

Mais Georges n'avait pas achevé cette phrase qu'une femme surgit devant lui, dans les ténèbres, en criant :

— Menteur ! menteur !

— Que veut dire ceci ! — murmura M. d'Entragues foudroyé par ce nouvel obstacle.

— Oh ! qui que vous soyez, — continua l'apparition menaçante, en s'adressant à Esther, — qui que vous soyez, n'écoutez pas cet homme, ne le croyez pas, ne le suivez pas ! il vous tromperait comme il m'a trompée, car il est mon amant... oui, mon amant... l'amant de Pivoine !

Et Pivoine, car c'était elle, enlaçant Georges de ses deux bras, lui dit d'une voix suppliante, et passant sans transition de la fureur à la prière :

— Tu m'appartiens... tu es à moi... je t'aime, Georges... je t'aime... Tu ne vas pas me quitter... ni m'abandonner... n'est-ce pas ?

Mais déjà M. d'Entragues avait pris un parti, il repoussa la pauvre enfant avec une violence telle, qu'elle alla

tomber presque sans connaissance à quelques pas de lui,
et il s'écria :

— Cette fille est folle, Esther! elle est folle! je vous le
jure, car, moi, je ne la connais pas !

Esther n'était déjà plus là pour entendre ces mots; dès
le début de la courte scène que nous avons racontée, elle
s'était enfuie, pleine de terreur et d'indignation dans les
profondeurs du jardin.

D'Entragues se mit à sa poursuite, mais sans parvenir
à la joindre.

Quand, furieux et désespéré, il revint auprès de la petite
porte, Pivoine avait disparu.

XIII

Un assassinat.

Voici en quelques lignes l'explication des événements qui terminent le précédent chapitre.

Pivoine, gracieuse fleur des champs de Normandie, Pivoine, dont la charmante image a passé trop vite parmi les sombres profils des personnages de notre récit, s'était éprise d'un violent amour pour Georges d'Entragues devenu son amant.

Etrange mystère du cœur des jeunes filles ! cet homme qui dès la première heure avait obtenu presque par la violence, ce qu'elle eût refusé longtemps à la passion candide de Nodèsmes, était pour elle, peut-être à cause de cela, le type suprême de la force unie à la beauté.

Elle l'aimait avec idolâtrie, avec respect, et aussi avec terreur.

Elle avait deviné cette nature énergique que rien n'arrêtait, que rien ne faisait hésiter.

Un sourire de Georges lui semblait une faveur inespérée,

et quand le regard de son amant se faisait sombre, quand son front se faisait rêveur, une tristesse immense et jalouse s'emparait de la jeune fille, car elle sentait que dans la vie du comte d'Entragues, elle, la pauvre Pivoine, n'était rien, ne pouvait rien être.

Le soir où elle vint détruire par sa présence inattendue les audacieux projets de Georges, voilà ce qui s'était passé.

Le hasard voulut qu'elle se trouvât dans le vestibule formant serre chaude, au moment où le dictateur des Chevaliers du Lansquenet rentrait au pavillon.

Souvent elle allait passer de longues heures dans cette pièce, où, appuyée au rebord d'une caisse d'oranger, elle laissait aller son âme à quelque douce rêverie d'amour et de bonheur.

Ce jour là elle éprouvait cette disposition d'esprit sombre et mélancolique, qui bien souvent, quoi qu'on en dise, est l'avant-coureur de quelque événement funeste.

Un quinquet fixé contre la muraille ne répandait dans la serre qu'une lueur faible et indécise. Georges en entrant ne vit point Pivoine, que masquait une double rangée de grenadiers et de lauriers-roses.

La jeune fille allait lui parler quand elle entendit pousser le double verrou de la première porte. Cette circonstance l'étonna, et le cœur agité d'une émotion instinctive, elle garda le silence et attendit.

M. d'Entragues gagna sa chambre, et au bout de peu d'instants Pivoine le vit revenir enveloppé de son paletot et son chapeau sur la tête.

Au lieu de rentrer dans le parc par l'issue ordinaire, Georges, nous le savons, ouvrit la porte dérobée qui donnait sur la campagne, et sortit.

Agitée par un pressentiment jaloux, Pivoine rouvrit derrière lui la porte qu'il avait mal fermée et se mit à le suivre.

Grâce à l'obscurité profonde et aux difficultés du terrain, Georges marchait lentement, aussi n'eût-elle pas de peine dans le premier moment à mesurer ses pas sur les pas de son amant.

Mais la route était longue, Georges marchait toujours, et peu à peu la pauvre petite sentait son pied devenir plus lourd.

A plusieurs reprises, nous le savons, elle avait trahi le secret de sa présence en heurtant quelque cailloux, ou en froissant indiscrètement les feuilles sèches, nous savons aussi que Georges s'était alarmé de ces bruits, sans pouvoir en deviner la cause

Enfin la faible lumière qui brillait à l'une des fenêtres du château de Choisy, devint visible et sembla se rapprocher peu à peu.

Il était temps.

Pivoine ne marchait plus qu'avec peine, et une assez grande distance la séparait de M. d'Entragues.

Quand elle arriva près de la petite porte du jardin, Georges était entré déjà, et, désespérant de pouvoir le rejoindre dans des lieux inconnus, épouvantée d'ailleurs par la pensée de braver seule les ténèbres de cet endroit qui n'était plus la campagne, Pivoine s'adossa à la muraille, et résolut d'attendre le retour de Georges.

Elle n'attendit pas longtemps, M. d'Entragnes reparut bien vite avec Esther. Nous savons ce qui se passa alors.

Mademoiselle de Choisy, éclairée par les paroles de la paysanne sur les sentiments de celui à qui elle allait con-

fier son bonheur et son avenir, s'enfuit tremblante et dé-
solée, regagna le château, s'enferma dans sa chambre et
passa le reste de la nuit dans des sanglots amers.

Quand Georges, après avoir si brutalement repoussé et
renversé sa maîtresse, renonçant d'ailleurs à retrouver et
à ramener Esther, revint dans l'endroit où il avait laissé
la jeune fille presque évanouie, Pivoine avait disparu.

La pauvre enfant s'était relevée, le cœur et le corps
brisés, à moitié folle, et s'était mise à courir sans but et
sans direction, ne songeant qu'à s'éloigner du lieu où était
M. d'Entragues, et se disant que s'il la retrouvait après ce
qui venait de se passer, il la tuerait pour se venger.

Elle ne revint d'ailleurs au château de Nodêsmes, ni
cette nuit-là, ni le lendemain.

On ne la revit plus. On n'entendit plus parler d'elle
dans le pa s.

Vainement son p r dése p r, ai ement le vicomte
lui-même fire t toutes les déma hes écessaires pour
jeter quelque lumière sur ce te inc ncevab e d sparition;
tout f t inutile, et le bruit c urut que la jeune fille avait
p ri dans quelque étang.

Selon son habitude du reste, le bruit public affirmait
u e erreur. N us savons de science cer a ne que la j le
N r nde it en core, et un prochain ouvrage portan ce
simple titre : PIVOINE, prend aux lecteurs des *Chevaliers du Lansquenet* ce qu'était devenue la maîtresse, ou
plutôt a victime du comte d'E tragues.

§

Huit jours après la tent ti avortée de notre héros,

M. de Choisy arriva, ramena t triomphalement avec lui s u gendre futur le prince de Falckenber .

La ma adie, à l quelle ce dernier ve ait d'écha per, avait complété la déva tat o physique de sa cad que et débile personne.

Le prince n'était plus qu'une sor e de cadavre ambulant au uel il restait à p ine le souffl .

Si l sther eût été l'une de ces j unes filles, malheureuse e t si nombreuses à l'époque où nou vivons, et chez lesquelles la voix d'une raison froide, égoïste et précoce, p rle plus haut que les instincts de la jeunesse et du cœur, elle se fut réjouie de marcher à l'autel avec ce v eillard impuissant qui la laisserait après quelques mois d'un mariage incomplet, ve ve, princesse et dix fo s millionnaire.

Mais l'âme d'Esther était tou à la foi trop f ac ie et trop aïve pour admettre u sembl ble calcul, et rien ne saurait exprimer la p ofonde douleur ave laquelle elle voyait s'approcher l'époque fixée pour une union désormais inévitable, douleur qui s'augmentait encore de la terri le déception qu'elle venait d'éprouver.

M. de Choisy ne te ait aucun compte d dé e poir d sa fille, et ne demandait qu'une hose au ciel, c'était de vo r M. de Falckenberg rolo ger sa fr le existence as ez longt mps pour épouser Est er.

P u lui m ort it d'ailleurs que le pri ce s'éteignit immédiateme t près la cérémonie nupti l .

E conséquence on ne négligea rien pour arriver dans le plus bref dél i à la célébratio du m riage.

Les dispenses furent obten ues, l'indispensable public tion e ans eut lieu, et le jour solennel fut fixé.

Qui croirait que d'ans un semblable état de choses, Georges put conserver le moindre espoir d'en arriver à ses fins ?

Et pourtant cela était. M. d'Entragues ne regardait point encore la partie comme perdue; il était décidé à courir une dernière chance, audacieux autant que ces joueurs désespérés qui, après avoir perdu les trois quarts et demi de leur fortune, aventurent ce qui leur reste sur une carte ou sur un coup de dés.

Son projet du reste était simple, et sa simplicité même pouvait être un gage de succès.

Il s'agissait de s'introduire pendant la nuit dans le château de Choisy, de pénétrer dans la chambre d'Esther, d'employer au besoin la force pour déshonorer la jeune fille, puis d'attendre avec une audacieuse impudence que le jour vint éclairer ces actes infâmes et soulever et immense scandale.

Georges savait à merveille que la violation nocturne d'un domicile et le crime qui devait en résulter pouvaient le conduire en cour d'assises; mais il savait aussi que bien rarement, une famille consent à dévoiler devant les tribunaux la honte de son enfant, et que, le plus souvent, un mariage devenu nécessaire absout le criminel de son forfait et la victime de son déshonneur.

M. d'Entragues, grâce aux indications qui lui furent données par Lafleur, l'ancien domestique des Choisy, traça donc un plan exact de l'habitation, de manière à pouvoir facilement arriver à la chambre d'Esther.

Voici quelle était la disposition intérieure du château, du moins dans cette partie qu'il importait à Georges de connaître.

Au rez-de-chaussée, outre la porte principale qui ouvrait sur le vestibule, et qu'il eût été difficile de forcer, il y avait, dans l'aile gauche du bâtiment, une porte vitrée, protégée en dehors par une persienne, et donnant accès dans la salle de billard. Depuis cette première pièce, un couloir assez large communiquait avec l'escalier.

Au premier étage se trouvait une galerie qui régnait dans toute la longueur du principal corps de logis. La première porte, à gauche, conduisait à l'appartement conjugal de M. et de madame de Choisy; la porte du fond, d'après les renseignements de Lafleur, menait à la chambre d'Esther.

Le jour, ou plutôt la nuit que M. d'Entragues s'était désignée à lui-même, arriva, et il se mit en route sur les onze heures du soir, de façon à arriver à Choisy un peu avant une heure du matin.

XIV

Un assassinat.

Georges s'était muni de plusieurs de ces instruments d'effraction qui sont à la fois à l'usage des voleurs et à l'usage de certains amoureux; nous voulons parler de crochets, limes, etc., etc.

Il pénétra sans difficultés dans le jardin, grâce à la clef qui était restée en sa possession. Une seule lumière brillait à l'une des fenêtres du château; il fut impossible à Georges de s'orienter suffisamment pour découvrir si cette lueur partait de la chambre d'Esther ou de celle de M. de Choisy.

Le ciel était pur et la nuit assez transparente pour qu'il fût possible de se retrouver sans trop de peine au milieu du labyrinthe des allées et des massifs.

Georges arriva tout auprès du bâtiment, tourna le corps de logis principal et atteignit enfin la porte-fenêtre de la salle de billard.

Nous avons dit qu'une persienne extérieure s'ajustait contre cette porte. D'Entragues, avec une habileté qui lui eût suscité des envieux parmi les plus illustres hôtes de Rochefort et de Toulon, introduisit un fil de fer, façonné en forme de crochet, entre les lames de la persienne, et fit sauter l'espagnolette. Restait la porte vitrée. Une bague que Georges portait au doigt, et dans laquelle un petit diamant était incrusté, lui servit à couper fort délicatement l'un des carreaux. Cela fait, il ouvrit et se trouva dans la maison.

Avec des précautions et des tâtonnements infinis, car il lui fallait agir dans une obscurité complète, notre héros gagna le couloir et trouva l'escalier.

Le reste n'était plus qu'un jeu d'enfant, puisqu'il ne s'agissait, désormais, que de suivre la galerie du premier étage dans toute sa longueur pour arriver à la porte du fond, qui était celle de la chambre d'Esther.

Georges y fut dans un instant.

Une pensée inquiétante l'assaillit tandis qu'il posait la main sur le bouton de la serrure : peut-être le verrou intérieur était-il poussé, et alors comment faire ?

Georges voulait bien du bruit et du scandale, mais plus tard. User de violence en ce moment n'aurait servi qu'à le faire arrêter comme voleur, et la réputation d'Esther n'eût point été même compromise.

Cette crainte, du reste, était chimérique : l'espagnolette joua sans bruit sous la main de M. d'Entragues, et la porte céda.

Il entra.

La chambre était éclairée ; un large paravent, qui masquait le lit tout entier, ne permettait point de voir, depuis l'endroit où se trouvait Georges, si mademoiselle de Choisy était couchée et endormie.

L'audacieux jeune homme referma la porte avec les mêmes précautions qu'il avait mises à l'ouvrir, fit tourner doucement dans la serrure la clef qui se trouvait à l'intérieur et qu'il mit dans sa poche; puis, amortissant ses pas et étouffant le bruit de sa respiration, s'approcha du paravent.

Les lames fragiles du meuble chinois s'écartèrent sous ses doigts crispés par l'impatience, et il vit...

Il vit un homme, un vieillard, le front chauve, le visage livide, qui, assis devant une petite table, et enveloppé dans les plis d'une longue robe de chambre en cachemire rouge, le regardait d'un œil hagard.

Ce vieillard, nos lecteurs le devinent, était le prince de Falckenberg.

Depuis quelques semaines, madame de Choisy, inquiète du dépérissement d'Esther, que rongeait sourdement le chagrin, lui avait fait dresser un lit auprès du sien, et M. de Falckenberg s'était installé dans l'ancienne chambre de la jeune fille, destinée à devenir l'appartement conjugal.

Malgré son prodigieux aplomb, Georges ne put s'empêcher de reculer d'un pas.

Le prince quitta son siège, courut tout effaré près de la cheminée, et étendit la main pour saisir le cordon de la sonnette.

Mais Georges, qui avait prévu ce mouvement, sut en prévenir l'effet; il rejoignit le prince, le força à se rasseoir, et lui dit, en tirant de sa poche un couteau-poignard qu'il ouvrit :

— Pas un mot, pas un cri, ou vous êtes mort.

— Qui êtes-vous?.. que voulez-vous?.. comment êtes-vous entré ici?.. — demanda M. de Falckenberg d'une voix que la terreur et l'émotion rendaient tremblante et indistincte.

— Je ne suis ni un assassin ni un voleur, — répondit Géorges d'un ton bas et rapide. — Il dépend de vous que je ne vous fasse aucun mal; ainsi, pas de bruit, pas de cris, et je vous dirai tout ce que vous voulez savoir.

— Vous prétendez n'être point un voleur... — fit le prince, un peu rassuré par les paroles de d'Entragues; — alors, expliquez-moi, je vous prie, pourquoi vous vous trouvez dans ma chambre au milieu de la nuit, et pourquoi vous me menacez encore en ce moment du couteau que vous tenez à la main?..

— Vous êtes le prince de Falckenberg? — dit Georges, répondant par une question à la question qui venait de lui être adressée.

— Oui.

— Vous allez épouser mademoiselle Esther de Choisy?

— Oui.

— Eh bien! je viens vous dire que ce mariage ne peut point se faire.

— Pourquoi?

— Parce que je ne le veux pas!

— Vous ne le voulez pas!..

— Non!

— Vous?

— Moi.

— Mais qui donc êtes-vous, Monsieur?

— Ceci ne vous regarde point!

— Il me semble pourtant...

— Il vous semble mal... Qu'il vous suffise de savoir que j'ai sur Esther des droits incontestables, et que je ne suis nullement disposé à les abdiquer en votre faveur. La démarche que je fais en ce moment doit, ce me semble, en être pour vous une preuve plus que suffisante !

On voit que Georges, dont la barque venait encore une fois d'échouer si près du port, essayait d'arriver à son but en procédant par intimidation vis-à-vis d'un vieillard qu'il supposait faible, craintif et impressionnable.

— Au moins, Monsieur, — répliqua le prince, — puis-je savoir de quelle nature sont ces droits dont vous parlez?..

La voix de M. de Falckenberg était, en prononçant ces mots, moins émue et moins altérée : aussi Georges fut frappé comme d'un souvenir vague, et se dit qu'il avait déjà, autrefois, entendu cette même voix ; mais il ne put, dans ce moment, préciser le lieu, l'époque, ni les circonstances.

— Je veux bien vous répondre, — fit-il, — que je m'oppose à votre mariage, parce que je suis l'amant de mademoiselle de Choisy.

— Son amant... heureux ? — demanda le prince, sans paraître autrement étonné de la proposition qu'avançait M. d'Entragues.

— Tout ce qu'il y a de plus *heureux*, — répondit ce dernier avec un sourire intraduisible.

Le prince venait de prendre un parti : quelques minutes d'examen attentif lui avaient permis de reconnaître M. d'Entragues, et il voulait à tout prix se débarrasser de ce dangereux visiteur, dont il ne pouvait d'ailleurs s'expliquer la présence, se doutant bien que le jeune homme n'avait point pénétré dans le château, à une heure du matin, dans le seul but d'avoir une explication avec lui.

— Je reconnais, Monsieur, — répliqua-t-il aussitôt, — que des droits semblables à ceux dont vous parlez sont imprescriptibles ; mais pensez-vous que telle soit l'opinion de M. de Choisy, et qu'il consente à vous accorder la main de mademoiselle Esther, que vous me paraissez disposé à obtenir par des procédés un peu lestes ?

— Je n'en doute pas, — répondit Georges, enchanté de la tournure que prenait l'entretien. — Le seul obstacle à cette union, c'est vous ; faites-moi place, et j'arrive au but.

— Vous avez une façon de demander les choses qui n'admet guère de refus, — dit le prince en désignant le couteau-poignard que Georges tenait toujours, — et je regrette d'avoir l'air, dans ce moment, de céder à la violence et à la menace, tandis que je ne fais qu'obéir à une délicatesse toute naturelle. Je vous répète donc que je reconnais vos droits sur mademoiselle de Choisy, et que, dès ce matin, je dégagerai ma parole vis-à-vis de son père, vous laissant ainsi le champ libre.

— En vérité ? — fit Georges d'un air peu convaincu.

Une facilité si grande ne lui paraissait, en effet, pas très-naturelle : il lui semblait que son rival prenait trop vite son parti.

— Croyez-vous donc, Monsieur, — répliqua ce dernier d'un air de hauteur merveilleusement jouée, — croyez-vous donc que le prince de Falckenberg consente jamais à épouser avec connaissance de cause la maîtresse du comte d'Entragues !

Certes, le prince avait été bien loin de prévoir l'effet de cette dernière phrase : cet effet fut foudroyant.

— Mon nom ! — s'écria Georges, — mon nom !.. Vous savez mon nom !.. Et moi, je vous connais... je me souviens... je vous ai vu... mais où?... mais quand ?... Qui êtes-vous, enfin... Monsieur?

— Ce n'était pas moi ! ce n'était pas moi !... — balbutia le vieillard, qui perdait la tête, épouvanté des suites terribles que pouvait avoir son imprudente phrase.

Mais Georges ne l'écoutait pas. Il avait appuyé ses deux mains sur les épaules du prince, et il regardait avec une fixité dévorante ce visage bouleversé.

Soudain, une lueur se fit dans le cahos de ses souvenirs ; il lui sembla qu'on déchirait un voile, qu'un coup de pinceau magique rendait toute sa ressemblance à un portrait presque effacé ; et il se frappa le front, en s'écriant d'une voix étouffée par l'émotion et la colère :

— Le comte de Fly ! le comte de Fly !

— Non !.. non !.. non !.. jamais... non... ce n'est pas moi... je le jure !.. — murmurait le prince, éperdu de terreur sous l'étincelle sinistre qui jaillissait des regards de Georges.

— Le comte de Fly ! — répéta le jeune homme en croisant ses bras sur sa poitrine, et en devenant calme tout à coup, mais d'un calme plus effrayant encore que sa fureur. — Vous voilà donc, enfin... là... sous mon pied... vous qui fûtes pour moi le génie du mal ! Vous voilà donc, vous, dont les leçons m'ont amené peu à peu jusqu'aux derniers degrés du crime et de l'infamie !.. Vous voilà, vous qui m'avez perdu, qui m'avez volé, qui vous êtes joué de moi, qui vous êtes moqué souvent, bien souvent, de ma crédulité stupide, et qui vous trouvez encore aujourd'hui sur mes pas, pour achever de perdre ma vie et de briser mon avenir!.. Comte de Fly! comte de Fly! je ne sais pas si c'est le ciel ou si c'est l'enfer qui vient de nous mettre en face l'un de l'autre; mais je sais bien que je vais me venger!..

— Grâce! grâce! pitié!.. — criait le prince, presque agenouillé devant Georges, — pardonnez-moi... ne me tuez pas!.. Je suis bien faible... bien vieux... bien usé... toute ma fortune sera pour vous... toute... tout entière... après moi... et je suis riche... bien riche... riche de beaucoup... beaucoup de millions!

—Mensonge! — répliquait Georges. — Tes titres sont faux... ta fortune n'existe pas... tu n'es que ruse et fourberie... mais tu ne me tromperas plus! Comte ou prince, pour toi, tout est fini!

—Au secours! au secours! hurla le vieillard, qui vit d'Entragues marcher sur lui, le couteau levé.

Georges s'élança pour arrêter ces clameurs; le prince eut le temps d'arriver auprès de la fenêtre, qu'il ouvrit, et il se jeta en dehors, sur le balcon, en criant plus fort que jamais :

— Au secours! au sec...

Il n'eut pas le temps d'achever. D'une main, Georges lui ferma violemment la bouche; de l'autre, il lui plongea dans la poitrine son couteau jusqu'au manche.

Le corps du prince se roidit dans un suprême effort; puis, abandonné à lui-même, il bascula par son propre poids, et de l'appui de la fenêtre tomba lourdement sur le sol.

D'Entragues eut, en ce moment, l'incroyable présence

d'esprit de saisir sur la table la bourse et la montre du prince, qu'il lança dans le jardin, afin de faire croire à un vol ; puis, se suspendant au balcon par les deux mains, il se laissa rouler le long de la muraille, toucha terre à deux pas du cadavre, et s'enfuit, ne laissant derrière lui aucune trace de sa présence qui pût attirer un jour sur sa tête la responsabilité du meurtre.

FIN DE LA PREMIÈRE PARTIE.

DEUXIÈME PARTIE.

TOUT EST BIEN, QUI FINIT BIEN.

Exposé de faits.

L'assassinat du prince de Falckenberg produisit, non-seulement dans le pays, mais encore dans toute la France, une très-grande sensation.

Rien n'était en effet plus dramatique et plus intéressant, du moins à en croire les journaux de Normandie, qui furent presque immédiatement copiés par ceux de Paris, puis par ceux de l'Europe entière.

Nous pensons être agréables à nos lecteurs en reproduisant littéralement le texte du premier article publié sur ce sujet, article dont s'énorgueillit longtemps le rédacteur en chef du *Progressif de la Manche*.

« *Un épouvantable événement vient de jeter l'effroi dans notre belle contrée, et de porter la désolation au sein de l'une* des plus honorables familles dont la vieille Normandie puisse être fière à juste titre.

» Euménides, divinités redoutables et détestées, pourquoi donc êtes-vous ainsi sorties de l'enfer? pourquoi vous a-t-on vu secouer vos flambeaux pestilentiels, et infecter de votre odieux poison le cœur dépravé d'un abominable assassin, juste au moment où l'hyménée allait allumer ses flambeaux.

» Pourquoi ces cris de rage, ces torches incandescentes? et n'est-ce point ici le lieu de s'écrier avec le poëte :

Pour qui sont ces serpents qui sifflent sur vos têtes?

» Un illustre et noble étranger, le prince de F***, avait tout récemment recherché la main d'une belle et riche héritière, frais bouton de rose, orgueil de nos champs, ornement de nos vallées.

» La recherche du prince de F*** avait été agréée ; le noble fiancé était venu faire élection de domicile chez les parents de la jeune vierge. Les bans avaient été affichés à la mairie de la paroisse de C***, et déjà l'on tendait de festons et de guirlandes le seuil de la chambre nuptiale, quand fut perpétré le crime inouï, dont notre âme est émue et notre pensée frissonnante?

» La nuit était sombre, tout dormait, hors l'assassin perfide qui rampait dans l'ombre et se glissait comme un serpent!

» Un cri, cri d'angoisse et de désespoir, traverse tout d'un coup le silence et l'obscurité.

» On accourt, et l'on trouve au bas de la fenêtre de sa chambre à coucher, le corps inanimé du prince, percé de part en part d'un coup de poignard dans la région du cœur.

» La mort, à ce qu'il paraît, a été instantanée.

» Les expressions nous manquent pour peindre le désespoir de tous les membres de la respectable famille, dans laquelle allait entrer le prince de F***.

» Il nous faudrait la plume d'aigle de Tacite, unie à la plume de cygne de l'immortel et tendre Racine, pour narrer dignement cette scène déchirante.

» Le noble étranger, dont nous déplorons la perte si tragique et si prématurée, s'était fait généralement chérir de tous, et en particulier de ceux qui l'ont connu, par l'aménité de ses mœurs, et surtout par la droiture et la loyauté sans tache de son caractère.

» Le meurtrier est arrêté. La justice informe. Nous tiendrons nos lecteurs au courant des débats de cet important procès. »

Les lecteurs des *Chevaliers du Lansquenet* sont probablement fort surpris du fait mis en avant dans la dernière phrase du *Progressif de la manche*, à savoir l'arrestation de l'assassin.

Quelques lignes vont nous suffire pour expliquer cette assertion, et pour en finir complétement avec le meurtre de l'ex-comte de Fly.

Il y a dans le *Cuisinier royal* cet aphorisme bien connu, et que ne renierait point, sans doute, M. de la Palisse : *Pour faire un civet de lièvre, prenez un lièvre.*

La justice procède d'habitude comme le *Cuisinier royal*. Quand un crime a été commis, il lui faut un criminel, et presque toujours elle vient à bout de se procurer le criminel demandé.

Or, un aréopage, fût-il composé des sept sages de la Grèce, n'est point, et ne peut point être infaillible. A plus forte raison ne peut-on pas attendre cette infaillibilité de douze ignorants qui, sous prétexte de *jury*, et pensant à toute autre chose, l'un à ses bœufs, l'autre à son commerce de bonnets de coton, un troisième à ses infortunes conjuga'es, viennent écout r de longs plaidoyers, puis les dépositions d'une foule de témoins souvent menteurs ou corrompus, et condamnent ensuite aux travaux forcés ou à la p ine de mort un pauvre diable qui n'en peut mais.

Quelquefois le jury se trompe, mais qu'importe? on a puni le coupable, ou ce qui revient au même le *coupable supposé*; la justice est satisfaite!

Donc, pour en revenir au procès Falckenberg, la gendarmerie arrêta le lendemain du meurtre un individu de mine fort suspecte, errant à l'aventure dans les Lois.

Il fut reconnu, après mûr examen, que cet individu éta t un forçat en rupture de ban, échappé un mois auparavant du bagne de Rochefort.

Depuis son évasion, ce forçat se cachait où il pouvait, et la nuit du meurtre il dormait dans une cabane abandonnée, à une lieue à peine du château de Choisy.

Le crime lui fut immédiate.ient imputé, et il dût passer en cour d'assises sous prévention d'assassinat.

Comme l'accusation était à tout prendre fort vraisemblable, et comme il fut impossible au malheureux de démontrer son alibi, MM. les jurés n'hésitèrent point à répondre affirmativement sur la question de meurtre commis sans circonstances atténuantes.

L'innocent forçat monta sur l'échafaud en protestant de sa non-culpabilité, ce qui causa à tous les honnêtes gens l'indignation la plus véhémente. — La justice est une belle chose!

Nous renvoyons d'ailleurs les curieux à la *Gazette des*

Tribunaux et au *Droit,* qui rendirent un compte fort détaillé des débats, à l'époque même du procès.

§

Après les événements qui venaient de se passer, M. d'Entragues avait compris que le seul parti qu'il eut à prendre était de s'éloigner de la Normandie, sauf à s'en rapprocher plus tard, si les circonstances devenaient telles qu'il pût, avec quelques chances de succès, se remettre sur les rangs pour obtenir la main d'Esther.

En conséquence, il prit congé du vicomte de Nodêsmes, passa deux jours à Cussac, où madame de Boisjol continuat à aller de mieux en mieux, et regagna Paris.

La lettre du comte Abel ne l'avait point trompé relativement au général Carol.

Ce dernier s'était remis peu à peu des suites de la terrible blessure qu'il avait reçue dans son duel avec Georges, mais à mesure que les forces physiques revenaient, on s'apercevait davantage que l'ébranlement du cerveau avait porté un coup funeste à l'intelligence du vieux soldat.

Le général n'était point fou, si par *folie* on sous-entend soit une démence furieuse, soit les divagations et les aberrations de la pensée.

Le général ne *pensait* même pas; il semblait avoir perdu avec la mémoire la conscience de lu-même. Sombre et taciturne, il passait des journées entières sans qu'il fut possible de lui arracher une parole; s'il disait quelques mots, ces mots n'avaient aucune suite, et si grande que fut la bonne volonté qu'on y put mettre, il n'eût point été possible de leur découvrir un sens.

V;

Perdita ne quittait presque jamais son protecteur, et sans cesse elle déployait autour de lui tout ce que la tendresse filiale peut inspirer de soins tendres et empressés.

Les informations de la justice, relativement à la mort de Clovis Besbille, n'avaient amené aucun résultat, et cette affaire avait été mise en oubli.

Mazagran, sous le pseudonyme coquet d'*Albertine* (pseudonyme qu'elle avait pris pour éviter le fâcheux éclat de sa trop grande célébrité polka te), Mazagran, disons-nous, venait d'être installée par le comte Abel, dans l'ancien appartement de Mirabelle, appartement situé, comme on le sait, dans la maison même dont Perdita occupait le premier étage.

Rosolio disparaissait complétement de l'horizon : sans doute la police s'était emparée de lui, dans quelqu'un de ces coups de filets qu'elle jette de temps à autres sur la boueuse écume des flots parisiens.

L'Enrhumé avait été assommé par un de ses plus intimes amis, à la suite d'une discussion assez vive, engagée après boire dans l'un des petits cabarets borgnes de la barrière du Combat, discussion dans laquelle ne pouvant crier assez haut, et pour cause, il avait, comme argument péremptoire, jeté une bouteille vide à la tête de son adversaire.

L'Amour, enfin, qui s'était juré de découvrir le véritable auteur de l'enlèvement de Perdita, et qui mettait à cette trouvaille un intérêt presque personnel, passait les journées entières à guetter son inconnu dans tous les lieux publics de Paris.

Or, le séjour de M. d'Entragues en Normandie, nous

dispense d'affirmer à nos lecteurs que cette recherche avait été jusqu'alors sans résultat.

§

Dans le cours de la vie réelle, le temps ne marche pas, il vole.

Qu'elles soient pleines de joies ou pleines de douleurs, les années se succèdent avec une rapidité magique, et l'homme passe de l'adolescence à la vieillesse, comme le cœur glisse d'un amour flétri qu'il croyait éternel, à une passion nouvelle qui passera comme la première.

Dans notre récit, comme dans la vie, le temps a marché, et nous retrouvons aujourd'hui M. d'Entragues, huit jours à peu près avant l'échéance des lettres de change volées par lui au vicomte de Nodèsmes, et données en garantie à Salomon David l'usurier.

Nous allons ici nous trouver forcé d'entrer dans quelques détails sur le mécanisme de la jurisprudence commerciale à notre époque. Ces détails sont indispensables pour arriver au drame qui terminera ce livre : nous espérons qu'on voudra bien les lire avec attention et sans trop d'ennui.

M. de Balzac a prouvé d'ailleurs par quelques-uns de ses meilleurs romans, qu'il y avait souvent plus d'intérêt dans l'histoire d'un protêt et dans l'analyse de tel ou tel aricle du Code de procédure civile, que dans maint autre récit, moins sérieux quant au fond et plus accidenté quant à laforme.

Roueries.

Il ne restait plus que huit jours, avons-nous dit, avant l'échéance des lettres de change de Jules de Nodêsmes.

M. d'Entragues écrivit à son ami, et sous le prétexte de faire faire quelques réparations à son propre logis, il le pria de l'autoriser à occuper pendant une ou deux semaines, l'appartement qui avait été laissé libre par son départ.

Le vicomte répondit en envoyant l'ordre de mettre Georges en possession immédiate, ce qui fut fait.

Les huit jours s'écoulèrent.

Le 15 août, à onze heures du matin, Salomon David, en personne, se présenta chez le concierge de l'hôtel, et demanda M. de Nodêsmes.

Georges avait donné la consigne de laisser arriver jusqu'à lui tous ceux qui désireraient parler au vicomte.

Salomon fut introduit.

Georges s'attendait à cette visite, et le juif le trouva dans le petit salon, dont la position isolée et les tentures épaisses étoufferaient les paroles et ne les laisseraient point arriver aux oreilles indiscrètes, si toutefois quelqu'un avait eu l'intention d'écouter.

— Eh ! bonjour, mon cher monsieur Salomon, — fit Georges, de l'air le plus gracieux; — il y a fort longtemps que je n'ai eu le plaisir de vous voir.

— Monsieur le comte est bien bon de s'en être aperçu... — répondit le juif, en cherchant Nodêsmes du regard.

— Vous n'avez pas cessé de vous bien porter, j'espère ? — demanda d'Entragues avec cet intérêt hypocrite, dont notre grand Molière a mis l'expression dans la bouche de son Don Juan, dans la fameuse scène de M. Dimanche.

— Ma foi, — fit Salomon, — ça ne va pas plus mal, sauf, que le ventre augmente un peu trop.

— Donnez-vous donc la peine de vous asseoir.

— Ceci n'est pas de refus, car il fait terriblement chaud.

Et Salomon se jetait sans façon dans un fauteuil, en s'essuyant le front avec un splendide *foulard de Lyon*.

— Peut-être avez-vous soif ? — demanda d'Entragues.

— Franchement, je vous avouerai que je prendrais volontiers un verre de bière.

Georges sonna, et dit au domestique d'apporter un carafon de vin de Xérès frappé.

— Ah ça ! — dit Salomon, après avoir avalé successivement deux verres de vin d'Espagne, — je viens pour la petite affaire en question.

— Je sais... je sais... — fit d'Entragues.

— Est-ce que je n'aurai pas le plaisir de voir monsieur le vicomte?

— Lui! — dit Georges.

— Sans doute.

— Et comment voulez-vous le voir?

— Pardieu, comme on voit... avec les yeux.

— Alors prenez le chemin de fer.

— Pourquoi cela?

— Mon ami Nodèsmes est en Normandie.

— Ah! ah! — fit Salomon.

— Cela vous étonne? — demanda Georges.

— On devrait toujours se trouver chez soi un jour d'échéance, — répondit sentencieusement le juif.

— Mais je suis ici, moi, — dit M. d'Entragues, — et cela suffit.

— Ah! ah! — fit Salomon de nouveau, — et vous avez l'argent, fort bien. De mon côté, j'ai sur moi les titres, tant ceux souscrits par M. de Nodêsmes, que les vôtres. Je vais en opérer l'échange immédiat contre sept cent vingt-cinq mille francs, en bonnes espèces sonnantes et métalliques, ou en billets de la banque de France, ainsi qu'il a été convenu.

Et tout en parlant Salomon tira de la poche de côté de sa redingote, une volumineuse liasse de papiers qu'il se préparait à étaler sur la table placée à côté de lui, quand M. d'Entragues l'arrêta du geste, et dit :

— Ça n'est pas la peine.

— Comment! ça n'est pas la peine? — demanda Salomon.

— Vous ne serez pas payé aujourd'hui.

— Ceci change l'état de la question, mais à vrai dire je m'y attendais.

— Mon cher monsieur Salomon ?... — fit d'Entragues.

— Monsieur le comte ?...

— Causons un peu de nos affaires, je vous prie.

— Elles sont très-claires et parfaitement simples, nos affaires, — répondit l'usurier, — du reste, j'attends ce que monsieur le comte me fera l'honneur de me dire.

— Vous ne demandez, n'est-ce pas, qu'à rentrer dans votre argent ?

— Avec un honnête intérêt : mon Dieu, oui, pas autre chose.

— C'est ce qui vous arrivera fort prochainement.

— Je l'espère fichtre bien comme ça !

— Peu vous importe d'ailleurs le moyen ?

— Oui, pourvu que le moyen soit légal.

— Je dois vous avouer que lorsque mon ami le vicomte de Nodêsmes a signé pour moi ces lettres de change, il ne s'attendait point à ce qui arrive aujourd'hui.

— Qu'est-ce qui arrive ? — demanda Salomon.

— Je veux dire que le vicomte croyait et croit encore que je payerai à l'échéance.

— Naïf jeune homme ! — murmura le juif.

— Vous et moi, — reprit d'Entragues, — nous savions à quoi nous en tenir, et notre intérêt à tous les deux est de le forcer à s'exécuter.

— Lui ou vous, — fit Salomon, — peu m'importe.

— Oui, mais il m'importe beaucoup que ce ne soit pas moi.

— Dites vite ce que vous avez à me demander, car je suis pressé, — s'écria le juif : — j'ai de l'argent à tou-

cher chez un épicier de la rue de la Chaussée-d'Antin, et
il payera celui-là... ça n'est pas un gentilhomme...

Georges se mordit les lèvres, et poursuivit :

— Vous allez poursuivre le vicomte...

— Je n'avais pas besoin que vous me le disiez, — fit
Salomon.

— Vous allez le poursuivre, — continua d'Entragues, —
mais dans le plus grand secret, il faut qu'il n'apprenne les
poursuites que le jour où il aura sur la gorge l'épée à
deux tranchants de la contrainte par corps et de la saisie
immobilière, alors il voudra éviter le scandale d'un procès
en Cour royale et il paiera.

— Possible; mais je ne puis pas éviter qu'il n'ait connaissance des actes qui lui seront signifiés...

— J'en fais mon affaire ; ayez soin seulement que votre
huissier envoie tout son papier timbré sous enveloppe, et
et ne parle à personne dans la maison.

— Ça peut se faire ; je vous conseille cependant de décider votre ami à s'exécuter tout tranquillement, car s'il
a l'air de vouloir me procurer du désagrément je lui rends
les titres et je vous exproprie.

— Encore une fois soyez tranquille... Quel est votre
huissier.

— César Pinon.

— Un infâme gueux, ça me va parfaitement.

Salomon acheva de vider le flacon de Xérès et quitta
son siége.

Georges se leva pour le reconduire.

— Monsieur le comte, j'ai l'honneur de vous saluer...
demain matin je ferai dénoncer le protêt.

— Fort bien ; au revoir, mon cher monsieur Salomon.

Le gentilhomme reconduisit l'usurier jusqu'à l'antichambre, et tandis que, aussitôt après l'avoir quitté, il s'écriait énergiquement :

— Canaille !

Salomon murmurait en traversant la cour :

— Filou !

Voilà ce qui peut et ce qui doit s'appeler, selon nous, la véritable *entente cordiale.*

§

Le lendemain en effet le *protêt* était dénoncé, c'est-à-dire que le non-paiement des lettres de change était constaté par ministère d'huissier.

Puis vint *l'assignation* à comparaître à huitaine par-devant messieurs les juges consulaires au Tribunal de commerce.

Personne ne se présentant pour défendre Jules de Nodèsmes, le jugement qui le condamnait à payer *par toutes voies de droit et même par corps,* fut obtenu contre lui par défaut.

Ce jugement fut *signifié* au domicile du vicomte, le *commandement* et la *contrainte* vinrent ensuite.

Georges, entre les mains de qui toutes ces pièces de procédure avaient été remises, et qui les avait fait successivement disparaître, alla chez l'huissier, et s'informa du jour auquel, lui César Pinon, devait se présenter pour exécuter et saisir.

L'officier ministériel qui pour cent sous aurait vendu

son père, ne résista point aux deux louis que lui donna M. d'Entragues, à qui il dit tout ce qu'il voulait savoir, en se mettant d'ailleurs à sa complète disposition.

En sortant de chez l'honorable César, Georges écrivit à Danaë et le pria de trouver un prétexte pour ramener immédiatement le vicomte à Paris.

Les prétextes sont la chose du monde qui manque le moins aux femmes, surtout aux jolies femmes.

Quatre jours après, Nodêsmes descendait rue Saint-Lazare, tandis que madame la duchesse, revenue seule. de même qu'elle était partie seule, regagnait son petit hôtel des Champs-Élysées.

III

Le traquenard.

M. d'Entragues n'eut pas la moindre peine à persuader à Jules de Nodêsmes qu'il était convenable de célébrer son retour à Paris par un déjeûner d'hommes, et de payer ainsi les politesses qu'il avait reçues pendant le cours de l'hiver, devoir dont son brusque départ pour la campagne l'avait empêché de s'acquitter plus tôt.

En conséquence, le vicomte fit ses invitations, dans lesquelles il ne manqua point de comprendre le baron Aymeric Croisé de la Croisette, chevalier de plusieurs ordres et commandeur de quelques autres, le prince Krakopouloff, le baron Péregode, Antonio Miso, sir Edward Nasomby, et plusieurs autres honorables gentilshommes, dont il avait pu apprécier les mœurs agréables et le commerce facile.

Le déjeûner fut gai. Georges, mû sans doute par quelque arrière pensée, s'efforçait de le rendre de plus en plus animé et bruyant ; il s'était placé à côté de Nodêsmes, et il faisait circuler le vin de Champagne avec une activité telle, que tous les convives, l'amphytrion en tête, arrivaient rapidement à cet état un peu excentrique qui, dans la brumeuse Albion, met en fuite les prudes Anglaises.

En ce moment un domestique s'approcha du vicomte et lui dit quelques mots tout bas.

— Qui est-ce ? — demanda Jules.

— Ce monsieur n'a pas dit son nom, — répondit le valet.

— Allez lui demander ce qu'il veut : je suis occupé et je ne puis recevoir.

Le domestique sortit.

M. d'Entragues s'efforçait de dissimuler une émotion puissante, et de grosses gouttes de sueur perlaient sur son front, quoiqu'il affectât un air indifférent.

Le valet de pied rentra au bout d'une minute.

— Eh bien ? — fit Nodêsmes.

— Ce monsieur a répondu que M. le vicomte ne le connaissait pas et qu'il avait à parler à M. le vicomte pour affaires très-pressantes.

— Au diable les affaires ! — s'écria Jules, — je n'ai pas d'affaires ! dites à cet individu qu'il revienne.

— Mais, mon ami, — dit d'Entragues intervenant tout d'un coup, — si l'on a réellement quelque chose d'important à vous communiquer...

— Ça m'est bien égal ! on repassera...

— Voulez-vous que j'aille savoir de quoi il est question ?

— Ma foi, vous me ferez plaisir, j'en serai débarrassé.

Georges gagna l'antichambre.

Quand il reparut dans la salle à manger, sa figure exprimait une vive contrariété, il toucha du bout du doigt l'épaule de Nodêsmes.

— De quoi s'agissait-il ? — demanda ce dernier.

— Voulez-vous venir pendant une seconde au salon avec moi ? — fit d'Entragues.

— Pourquoi faire ?

— J'ai deux mots à vous dire.

— Dites-les moi ici.

— Cela ne se peut pas.

— Eh bien, vous me les direz plus tard !

— Il est indispensable que ce soit tout de suite.

— Allons, j'y vais ! — murmura Jules en se levant et en exprimant, par un soupir d'impatience, le mécontentement qu'il éprouvait de se voir ainsi intempestivement déranger.

— Voyons, qu'est-ce que vous avez à me dire ? — grommela-t-il en se laissant tomber sur un divan, et en s'efforçant de faire passer sa serviette tout entière par les boutonnières de son habit.

— Il s'agit d'une chose infiniment désagréable!

— Bah ! — fit le jeune homme en levant sur Georges ses yeux étonnés.

— Ce n'est point grave, du reste, mais c'est ennuyeux à l'excès !

— Bah ! — répéta Jules.

— On vient saisir chez vous.

— Allons donc! quelle plaisanterie ! — s'écria le vicomte en se levant tout d'un coup.

— Ce n'est malheureusement pas une plaisanterie.

— Saisir, dites-vous ! mais pourquoi ? mais comment ? je n'ai pas de dettes, moi !

— Je vous demande pardon, vous en avez une.

— Laquelle ?

— Les vingt mille francs que vous avez empruntés à Salomon, et pour lesquels vous lui avez fait une lettre de change dont nous avons tous les deux oublié l'échéance.

— Ah ! fichtre !

— Avez-vous en ce moment la somme nécessaire pour payer ?

— Non.

— Je l'ai, moi, et je puis vous l'offrir.

— Cher ami, vous me sauvez la vie ! — s'écria Jules en prenant la main de M. d'Entragues et en la lui serrant avec une reconnaissance expansive.

— Seulement, — fit Georges, — je ne pourrai la réaliser que demain matin.

— Prions l'huissier d'attendre à demain.

— Il refusera.

— Vous croyez ?

— Les huissiers refusent toujours ces choses-là, et d'ailleurs la loi leur défend d'accorder aux débiteurs le moindre délai sans l'assentiment des créanciers.

— Comment donc faire ?

— Rien n'est plus simple : formez opposition au jugement.

— A quoi cela servira-t-il ?

— A empêcher l'huissier de passer outre, et à nous donner le temps de payer.

— Alors, formons opposition... mais comment ?

— Attendez-moi là un instant.

M. d'Entragues revint bientôt avec une feuille de papier timbré, qu'il était allé demander à César Pinon.

Il posa cette feuille devant Jules, et lui présenta une plume.

— Après? — demanda le vicomte.

— Écrivez au bas de la page : *Bon pour opposition*, et signez.

— Voilà.

— Fort bien ! Je vais donner ceci à l'huissier et le mettre à la porte.

— C'est tout?

— Absolument.

— Je compte d'ailleurs sur votre obligeante promesse de solder demain matin cette petite dette...

— Vous avez raison d'y compter.

— Je vous rendrai cela à la fin de la semaine.

— Quand vous voudrez... Ma bourse est toujours et complètement à votre disposition.

L'huissier partit, et M. de Nodesmes enchanté retourna se mettre à table.

§

L'auteur des *Chevaliers du Lansquenet* a sous les yeux un petit poëme, en fort peu de chants, qui est intitulé : *Clichy*, et dont le père lui est inconnu.

Ce petit poëme, lequel, par parenthèse, renferme des choses assez curieuses, est destiné sans doute à ne jamais voir le jour. Nous allons en citer la première strophe, non parce qu'elle est la meilleure de l'ouvrage, mais parce

v.

qu'e'le nous amène tout naturellement à ce que nous avons à dire.

Voici cette strophe :

Si vous avez subi ces lugubres procès
De vos biens au pillage annonçant le décès;
Si, le cœur plein de rage et gonflé de déboire,
Vous avez d'un *protêt* déchiffré le grimoire,
Et bravé les décrets du hideux tribunal,
Au Palais de la Bourse assemblant son sénat,
Et laissé par lambeaux s'envoler votre aisance
En frais de Cour royale ou de première instance,

. . . .

Vous avez, dans un sombre et fatal horizon,
De la dette écrasante entrevu la prison !

. . . .

Il faut en effet avoir passé par la désastreuse filière des gens de justice et des papiers timbrés, pour connaître certains détails qu'on ignorerait toujours sans cela.

Ainsi, la plupart de nos lecteurs ne se doutent même pas que lorsqu'on vient de former opposition à un jugement par défaut, il est essentiel de renouveler cette opposition dans les trois jours, sinon le jugement se trouve, sans autres formalités, définitif et exécutoire.

Voilà ce que Nodêsmes ignorait de la façon la plus complète, et ce que son excellent ami Georges d'Entragues se garda bien de lui apprendre; ce qui fait qu'au moment où le vicomte se croyait à l'abri de toute poursuite, le danger planait sur sa tête, menaçant et inévitable.

§

Huit jours s'étaient écoulés depuis le déjeuner qui commence ce chapitre, lorsque, vers les six heures du matin, le domestique de Jules entra dans la chambre à coucher de ce dernier, qui dormait encore, et lui dit d'un air effaré :

— Monsieur... Monsieur...

— Qu'y a-t-il?... que voulez-vous?... — s'écria Jules, réveillé en sursaut.

— La cour est pleine de gardes municipaux, et il y a dans l'antichambre cinq ou six individus de très-mauvaise mine qui demandent à vous parler sur-le-champ. N'était les municipaux, je croirais que les autres sont des voleurs, car ils en ont tout à fait l'air...

— Cinq ou six individus, — dites-vous?

— Oui, Monsieur.

— Et ils me demandent?

— C'est-à-dire, il y en a un qui porte la parole pour les autres : que dois-je répondre?

— Que je m'habille, et que je vais aller voir ce qu'on me veut.

Jules, très-surpris et un peu troublé, sautait à bas de son lit, et se disposait à passer un pantalon et une robe de chambre, quand le domestique sortant pour aller exécuter l'ordre qu'il venait de recevoir, fut violemment repoussé dans l'intérieur par un individu qui entra le poing sur la hanche, l'air insolent et le chapeau sur la tête.

Pour le portrait de ce quidam, nous ne saurions mieux faire que de reproduire la description faite par le pauvre Clovis Bisbille, dans sa lettre à Georges d'Entragues qui termine le quatrième volume de ce livre :

« *Une figure carrée et sale, de grosses mains carrées et*

sales, *et de larges pieds également carrés, qui devraient être également sales.* »

On a reconnu, nous le supposons, Rigobert, Maclou, Médard Enserin, officier-garde du commerce.

— Qu'est-ce que c'est que ce manant? — demanda vivement le vicomte à son domestique, — et pourquoi le laissez-vous entrer ici?

— Avec ça que j'ai demandé la permission! — répliqua Enserin, — je suis en règle, force à la loi!

IV

Le traquenard (*suite*).

M. de Nodêsmes, exaspéré par l'insolence du garde de commerce, et ne pouvant supposer d'ailleurs que ce dernier fût dans son droit, puisqu'il croyait les vingt mille francs dus à Salomon payés depuis huit jours par M. d'Entragues, et qu'il ignorait l'existence des titres qu'on allait lui présenter, saisit une cravache qui se trouva sous sa main et fit voler à quatre pas le chapeau d'Enserin, en s'écriant :

— Sortez d'ici ! sortez à l'instant !

— Bah ! — fit le garde en ricanant, et en s'adossant à la cheminée.

— Sortez ! — répéta Jules, — ou j'envoie chercher le commissaire de police !

— Le commissaire ! — fit Enserin, — la blague est bonne !

— Baptiste, — dit Jules en s'adressant à son domes-

tique qui était resté là, la bouche béante, — allez chercher
le commissaire!

— Minute, mon garçon, — répliqua le garde en ricanant plus que jamais, — ça n'est pas la peine de vous déranger; il est là, le commissaire...

— Infâme canaille! — s'écria M. de Nodèsmes, — vous
en avez menti ' vous êtes un voleur! ainsi sortez, ou je ne
réponds de rien!

Et le jeune homme, emporté par sa fureur croissante,
ouvrit son secrétaire et prit un pistolet qu'il arma.

Enserin de int très-pâle, et bondit du côté de la porte
en hurlant :

— Au secours! main-forte! à moi, monsieur le commissaire! on m'assassine...

— Te tairas-tu, brigand! — fit Nodèsmes, — te tairas-tu!...

Mais déjà la chambre était pleine de monde; quatre recors se précipitèrent sur le vicomte, lui arrachèrent son
arme, et le jetèrent sur le lit où ils le continrent, malgré
ses cris et sa résistance.

En même temps, un homme d'un certain âge et d'un
extérieur respectable, attachant en toute hâte autour de
ses reins une écharpe tricolore, s'approcha de Jules en
disant :

— Que se passe-t-il? et pourquoi Monsieur oblige-t-il
par sa résistance à employer la force contre lui?

— Le commissaire! le commissaire! .allez chercher le
commissaire! — répétait Jules, en se débattant toujours
plus fort.

— C'est moi, monsieur, — fit l'homme à l'écharpe.

— Est-ce vrai? — demande Nodèsmes.

— Ce doute est injurieux ! — répliqua le fonctionnaire d'un ton digne.

— Alors, — murmura le jeune homme, — ordonnez qu'on me laisse libre de mes mouvements, et je m'expliquerai avec vous.

— Lâchez monsieur, — dit le commissaire.

— Mais... — fit Enserin, qui n'était pas encore revenu de ses frayeurs.

— Je vous dis de lâcher Monsieur !

Les recors obéirent.

Jules se releva. Il était pâle, sa figure décomposée faisait mal à voir, et ses yeux s'injectaient de sang, par suite de ses efforts violents et désespérés.

— C'est vous qui êtes le commissaire ? — demanda-t-il à la seule des personnes présentes dont la figure lui parut honnête.

— C'est moi.

— Alors Monsieur, veuillez m'expliquer comment il se fait que vous sanctionniez par votre présence une violation de domicile, et les ignobles traitements que ces hommes viennent de me faire subir ?

— Quoique votre question soit posée d'une façon qui me paraît fort peu convenable, — répondit le magistrat, — je veux bien prendre en considération ce que votre position actuelle a de pénible, et vous dire que je ne sanctionne point par ma présence une violation de domicile, mais bien un acte légal.

— Un acte légal !! — répéta Jules stupéfait, et n'en pouvant croire ses oreilles.

— Sans doute.

— Mais alors qui est donc cet homme ?

Et monsieur de Nodêsmes désigna Enserin.

— Officie-garde du commerce! — répondit ce dernier en se rengorgeant avec satisfaction dans sa cravate.

— Et qu'est-ce qu'il me veut? — ajouta le vicomte.

— La question est cocasse! — fit Enserin.

— Je ne vous parle pas, — dit Jules d'un ton méprisant.

— Il vient, — répondit le commissaire, — réclamer de vous une somme importante, en vertu d'un jugement dont il est porteur, et pour l'exécution duquel il a réclamé mon assistance, que je n'ai pu lui refuser, quoique des actes semblables me répugnent souverainement.

— Eh! monsieur le commissaire, — dit Jules, — si cet homme, au lieu d'entrer chez moi avec une impudence et une grossièreté inqualifiables, m'avait dit tout simplement de quoi il était question, nous aurions évité une scène bien pénible... Je croyais être libéré depuis huit jours de la somme qu'il me demande et que je vais lui donner.

— Vous allez payer? — demanda le commissaire.

— A l'instant.

Enserin parut livré à la plus profonde surprise, il poussa le coude à l'un de ses mouchards et lui dit à demi-voix :

— Bah! il va payer! faut qu'il soit crânement *calé* tout de même!

Jules, qui, la veille, avait touché des fonds chez son banquier, ouvrit le secrétaire, prit dans un tiroir vingt-et-un billets de mille francs et les présenta au garde du commerce.

Ce dernier les reçut du bout des doigts, les tourna, les retourna, les compta et dit :

— Qu'est-ce que c'est que ça ?

— Pardieu vous le voyez bien ! s'écria le vicomte qui sentait renaître sa colère.

— Vous donnez ceci à mes hommes, histoire de leur offrir un léger pour-boire ? — demanda Enserin avec un accent et un regard ironiques.

— Monsieur le commissaire, vous entendez cet homme ? — dit, en s'adressant au magistrat, Nodêsmes dont le sang bouillonnait.

— Est-ce que ce n'est point là l'intégralité de la somme due ? — demanda le commissaire au garde.

— Fichtre, je le crois bien ! — s'écria ce dernier.

— De combien s'agit-il donc ?

— Ah ! une bagatelle en sus !

— Mais enfin !

— Mon commissaire, j'exécute pour *sept cent vingt-cinq mille francs !* plus les frais.

— *Sept cent vingt-sept mille francs !* — répéta Jules, en se laissant tomber sur une chaise comme s'il eût reçu un coup de massue.

— Ne le saviez-vous point ? — demanda le commissaire.

— Mais cela n'est pas vrai ! — s'écria le vicomte en se relevant, — cela n'est pas vrai ! ne le croyez point, cet homme est un menteur !... un menteur ou un fou !

Le magistrat embarrassé se tourna vers le garde et sembla l'interroger du regard.

— Mon commissaire, voici les titres, — fit Enserin en présentant une masse de papiers timbrés. — Examinez.

Le commissaire parcourut la liasse, vérifia la valeur des lettres de change et dit :

— C'est exact.

— Exact ! — s'écria Jules pâle d'émotion et de fureur contenue, — vous dites que cela est exact, quand moi je sais que cela est faux ! quand moi je jure sur mon honneur et devant Dieu, que je ne dois que vingt mille francs ! !

— C'est possible, mais vous avez souscrit des valeurs pour une somme de beaucoup supérieure.

— Jamais ! — dit Jules.

— Reconnaissez-vous votre signature ?

Et le commissaire montra les lettres de change au jeune homme, en ayant néanmoins la précaution de les mettre à l'abri de toute tentative violente.

Nodêsmes jeta un regard sur les chiffons qu'on mettait sous ses yeux, son visage se décomposa de plus en plus, et il murmura :

— Ma signature ! ma signature ! !

— Eh bien ? — demanda le magistrat, touché du complet anéantissement de Jules.

— Oui... — dit ce dernier d'une voix entrecoupée ; — oui... c'est ma signature... et pourtant... je n'ai pas signé ! !

— Accuseriez-vous donc quelqu'un de faux ?

— Je... ne sais... mais... mais je n'ai pas signé !...

— Tout ça c'est des manières, mon commissaire, — interrompit Enserin ; ce Monsieur savait parfaitement à quoi s'en tenir et connaissait l'existence des titres, puisqu'il y a huit jours il a formé opposition au jugement, opposition qu'il n'a pas renouvelée en temps utile, et que voici...

Cette preuve parut convaincante au commissaire, qui donna l'ordre de passer outre.

— Allons, filons! — fit le garde du commerce, en posant sa main sur l'épaule du vicomte.

Ce dernier frémit comme au contact d'une bête venimeuse, et demanda :

— Où me mène-t-on ?

— A Clichy, parbleu! — répondit Enserin.

— Si toutefois vous ne pouvez pas payer, — ajouta le commissaire. — Le pouvez-vous?

— Non, — dit Jules.

— Alors, en route, — reprit le garde; — leste et preste!

— Vous menerez Monsieur en *référé*, — dit le magistrat; — peut-être le président trouvera-t-il un vice de forme dans la procédure et ordonnera-t-il la mise en liberté.

— Ah! ouiche! je t'en souhaite! — murmura Enserin entre ses dents; — mais ça m'est égal, nous irons en référé, c'est toujours une *vacation* de dix francs!

Jules, qui était si complètement absorbé, qu'il avait pour ainsi dire perdu la conscience de ses actes, acheva de s'habiller, et monta sans aucune résistance dans le fiacre qui attendait à la porte de l'hôtel, et dans lequel s'entassèrent, en outre, le garde du commerce avec trois recors, lesquels barricadèrent littéralement les deux portières à l'aide de leurs jambes et de leurs bras.

Le quatrième recors monta derrière en guise de valet de pied, et trois gardes municipaux suivirent à cheval.

On conviendra que le pauvre Nodêsmes était bien gardé!

Le silence le plus profond régna de part et d'autre pendant quelques minutes, mais tout à coup Ensérin jugea convenable de s'adresser à son prisonnier et de lui dire :

— Est-ce que monsieur le vicomte a l'espoir de passer ses cinq ans dans la maison de plaisance où nous le conduisons ?

Le grand air et le mouvement avaient peu à peu triomphé de l'accablement de Jules, et il répondit en aplatissant Enserin sous le plus écrasant regard de mépris qui puisse jaillir d'une prunelle d'homme :

— Est-ce que cela vous regarde !

L'officier ministériel ne se tint pas pour battu, il fit de sa main droite une sorte de cornet, et haussant les épaules, glissa ces deux mots dans l'oreille d'un de ses recors :

— *Chic Monte-Cristo* (1) !

Puis, pendant tout le reste du voyage, il se renferma dans sa dignité et resta muet.

On arriva à la place du Palais-de-Justice, et le fiacre s'arrêta devant la grille.

Les recors descendirent les premiers.

Enserin saisit l'un des bras du vicomte, et son principal acolyte s'empara de l'autre.

Ils traversèrent ainsi la salle des Pas-Perdus, au milieu d'une haie de curieux, et gagnèrent la chambre des référés.

M. le président de B. n'écouta pas un mot de ce que lui dit Jules, trouva la procédure parfaitement en règle et signa l'ordre d'incarcération immédiate.

---

(1) Historique. — Ceci est arrivé au fils d'un pair d'Angleterre.

La salle des Pas-Perdus fut retraversée, et le prisonnier, toujours flanqué de son escorte, remonta dans le
fiacre qui s'arrêta enfin devant la haute et sombre porte
de la prison pour dettes.

§

Or, depuis la rue Saint-Lazare, un homme caché au
fond d'un cabriolet de régie, avait suivi le fiacre pas à pas,
et ne s'éloigna que quand le guichet de la dette se fut
refermé sur Nodêsmes.

Cet homme était Georges d'Entragues.

V

Clichy.

La cérémonie qui s'était pratiquée à la grille du Palais-de-Justice, se renouvela au guichet de la prison ; et, comme Enserin craignait de la part du vicomte quelque tentative d'évasion, ou tout au moins quelque résistance, il lui mit la main sur le collet et le transporta, pour ainsi dire, dans l'intérieur de la première salle.

Cette salle était ornée de deux ou trois surveillants en uniforme vert-sombre, portant sur les boutons de leur habit un *œil* entouré de cette légende :

PRISONS DE LA SEINE.

Après ce premier guichet se trouve une large cour. Les bâtiments du fond sont occupés par le directeur, M. Lepreux.

Enserin, Nodêsmes et les recors traversèrent cette cour ; on ouvrit un second guichet, puis une lourde grille en fer tourna sur ses gonds, un coup de cloche annonça l'ouverture de cette grille, et l'on introduisit au greffe le nouvel arrivant.

Quelques mots avant d'aller plus loin; nous tâcherons d'être brefs.

On a beaucoup écrit sur la prison pour dettes.

On a surtout écrit beaucoup d'absurdités.

Ainsi, pour ne citer que deux ou trois exemples, M. Louis Reybaud, dans un libre devenu célèbre, et qui mérite sa célébrité : *Jérôme Paturot*, M. Louis Reybaud, disons-nous, amène son héros à *la Dette*, et le promène, durant un certain nombre de pages, dans un lieu fort pittoresque, fort original, fort drôlatique, et qui sera tout ce qu'on voudra, excepté la maison de Clichy, numéro 68.

Dans cette partie du récit de M. Reybaud, il n'y a pas une page, pas une phrase, pas un mot qui ne tombe à faux et n'implique la plus parfaite ignorance des lieux et des habitudes qu'il a voulu décrire.

Ceci fait, sans contredit, l'éloge du crédit et de l'ordre de M. Reybaud, qui n'est sans doute jamais venu à Clichy; mais cela fait le plus grand tort à sa conscience et à son exactitude de narrateur et d'historien.

Nous en dirons autant de M. Alphonse Karr, qui, dans un de ses romans dont le titre nous échappe, a composé un petit Clichy fantastique et de pure imagination, essentiellement paradoxal et réjouissant au dernier point.

M. Léon Gozlan, lui aussi, en écrivant *Aristide Froissard*, a donné l'essor aux ailes de la fantaisie, à l'endroit de la prison pour dettes, et. . . . .

Mais à quoi bon nous ériger en censeurs austères, nous qui devons, plus que bien d'autres, redouter si souvent les férules acérées de la critique.

Bornons-nous à souhaiter à ces Messieurs quelques mois de séjour dans cette maison qu'ils connaissent si mal, séjour qui les mettra à même de confesser leurs erreurs et de les réparer avec connaissance de cause.

Revenons à notre récit :

Tous nos lecteurs ont admiré *le Dernier jour d'un Condamné*, ce beau livre de Victor Hugo, et se rappellent l'énergique et saisissante peinture du ferrage des galériens dans la cour de Bicêtre.

L'acte de *l'écrou* produit une sensation morale proportionnellement semblable à la sensation physique racontée par le poëte.

Voici pourquoi.

Le forçat, au moment où l'on vient de river à son cou l'anneau de fer qui le rive à son compagnon de chaîne, se trouve violemment jeté en dehors de la société; il cesse d'être un homme, pour devenir une *chose*, un *numéro*, une partie intégrante du bagne.

De même, à l'heure où le détenu vient d'être inscrit sur le grand livre de la dette, il ne s'appartient plus à lui-même ; il n'est plus qu'un *gage* enregistré et numéroté, un *objet* valant soit cinq cents francs, soit cinq mille francs, mais, dans tous les cas, propriété exclusive de son créancier.

Une fois que Nodèsmes fut *écroué* avec toutes les formes voulues, M. l'Éveillé le confia à un gardien qui, après lui avoir fait franchir un nombre respectable de grilles, le *lâcha* à l'entrée de la longue galerie qui règne le long de la prison, et qui, soutenue par de massives colonnes, a, d'un côté, les cellules du rez-de-chaussée, de l'autre, des portes et des fenêtres cintrées, doublées de grilles en fer et ouvrant sur le jardin.

Rien ne peut rendre l'impression produite sur l'âme de Jules, lors de ce premier regard désolé qu'il jeta sur la prison.

Il était alors neuf heures du matin.

Le temps était sombre et la galerie presque déserte.

Quelques hommes en blouse, charretiers et porteurs d'eau, tous à moitié ivres, buvaient au guichet de *la cantine* un mélange acide et malfaisant, connu généralement sous le pseudonyme de vin blanc.

Leur naissante ivresse s'exhalait en chansons immondes, en ignobles injures, lancées de l'un à l'autre sous forme de dialogue et de passe-temps joyeux.

Si l'on voulait trouver l'équivalent de ces chansons et de ces injures, ce n'est pas même dans le vocabulaire des halles qu'il faudrait aller le chercher, mais dans ces bouges mal famés, dans ces tavernes repoussantes, où l'argot est une langue, le vin violet une boisson, et l'ivresse un état normal.

C'est dans cette longue et triste galerie, au milieu de ces êtres déguenillés (on peut mettre en prison pour une dette de 200 francs), que Nodêsmes se trouva jeté...

Jeté soudainement, jeté à l'improviste, par un concours de ces circonstances étranges qui ne se rencontrent que dans les rêves, quand les rêves sont des cauchemars, sans deviner pourquoi il y était venu, sans savoir ni quand, ni comment il en pourrait sortir !

Dans l'avant-dernière cellule à gauche, au bout de la galerie, se trouve la bibliothèque.

Cette bibliothèque contient quelques douzaines de mauvais livres dépareillés, qui se louent au profit de la *Société philanthropique* fondée pour améliorer le sort des plus pauvres d'entre les détenus.

Le préposé à la location vend, en outre, du papier, des plumes, de l'encre, enfin *tout ce qu'il faut pour écrire*, comme disent les faiseurs de vaudevilles.

Nodèsmes fit emplette de ces diverses choses, et adressa deux lettres, ou plutôt deux billets, qui se ressentaient de l'extrême désordre de son esprit, l'un à Georges d'Entragues, l'autre à la duchesse de Sandoval.

Nous allons le laisser, attendant avec une avide impatience la double réponse de sa maîtresse et de son ami ; et nous demandons à nos lecteurs de nous pardonner si nous effleurons en passant une question déplacée peut-être dans ces pages futiles, question d'une gravité immense, celle de la contrainte par corps.

Nous serons ennuyeux peut-être, mais à coup sûr nous serons brefs.

§

* Beaucoup de gens, d'après les menteuses descriptions dont nous parlions au commencement de ce chapitre, se figurent que la prison pour dettes est un lieu de délices tout peuplé de viveurs émérites, qui viennent, entre des flacons de champagne et de jolies pécheresses, se retremper pendant quelques mois d'isolement et de repos forcé,

* La plus grande partie des détails suivants est empruntée à une brochure publiée sous ce titre : *Pétition adressée par des habitants de Paris, à MM. les Pairs et à MM. les Députés, sur la contrainte par corps.*

et boire joyeusement à la santé de leurs créanciers *floués* et confondus.

D'autres, en très-grand nombre, se persuadent avec la plus consciencieuse bonne foi, que l'incarcération est une sauvegarde pour le commerce, et apporte une garantie de plus dans les transactions commerciales.

Nous allons voir ce qui, après mûr examen, peut et doit rester debout de ces deux croyances, de ces deux opinions.

D'abord, les fils de famille, ces charmants vauriens que les vaudevilles à flons-flons nous peignent avec tant d'amour, sont rares à Clichy, excessivement rares. Quand le hasard en amène quelques-uns, ce sont ceux qui ont longuement épuisé la patience et l'indulgence paternelles, et pour qui des dettes dix fois payées déjà n'ont point été une leçon suffisante.

Ces fils de famille ne boivent pas de vin de Champagne sous les verroux. L'argent leur manque pour en acheter; et puis... le vin de Champagne n'entre pas à Clichy.

Adieu les flons-flons et les jolis couplets!

Et si l'on se figure que la contrainte par corps tient en bride ces pauvres fous, livrés par leurs passions, par leurs caprices, et surtout par l'exploitation des faux amis et des lorettes altérées, aux griffes crochues des harpagons, c'est là une complète erreur, une étrange et profonde illusion.

La contrainte par corps, loin d'être un épouvantail pour le fils de famille à qui il faut de l'argent à tout prix, n'est pour lui qu'un jeu, et, bien plus, lui devient souvent un moyen de crédit.

Sans la contrainte par corps, en effet, il n'y aurait pas dans tout Paris un usurier assez hardi pour escompter le signature d'un jeune homme qui n'a pour toute fortune que de lointaines espérances.

Mais la prison pour dettes est là, et l'usurier, sachant à merveille qu'aucune famille dans l'aisance ne laissera son fils cinq ans à Clichy, spécule sur la tendresse d'un père, et ouvre sa bourse, dont il fermerait rigoureusement les cordons dans le cas contraire.

Le jeune homme est-il à Clichy, vous croyez peut-être que la prison le corrigera? Point du tout. L'oisiveté, l'oisiveté, cet état pire que le vice, pire que la débauche, l'oisiveté, mauvaise conseillère s'il en fût, trouble son esprit, détraque son cerveau déjà faible, le livre sans défense aux plus fatales suggestions. L'ennui arrive. De nouveaux et ruineux emprunts sont contractés n'importe à quel prix, de nouveaux engagements sont signés dans l'intérieur même de cette prison sur laquelle on comptait comme leçon et comme punition, et, en définitive, le fils de famille sort de Clichy plus endetté et plus corrompu qu'il ne l'était en y entrant.

Voilà les résultats de la contrainte par corps appliquée aux jeunes gens. Ils sont remarquables!

Occupons-nous maintenant des effets en matière commerciale, de cette même contrainte, maintenue par la loi du 17 avril 1832.

VI

Clichy (suite).

La contrainte par corps, malgré les efforts généreux tentés en diverses époques par la population tout entière pour la déraciner du sol français, se traîne honteusement dans nos Codes, d'où n'ont pu la chasser les deux révolutions successives de 89 et de 1830 (1). En voici les résultats :

Croit-on trouver dans les prisons de la dette des débiteurs de mauvaise foi, entrés sous les verroux la poche pleine de billets de banque ?

Croit-on y rencontrer des gens habiles à masquer leurs ressources pour échapper au paiement de créances légitimes, affichant un cynisme impudent, narguant leurs créanciers à travers les grilles, et faisant bon marché de leur liberté et de leur honneur, pourvu qu'ils puissent sauvegarder pour l'avenir une fortune honteusement acquise ?

(1) La plupart des renseignements qui forment la base de ce chapitre, et dont nous garantissons l'exactitude, sont empruntés d'une façon presque textuelle à la brochure déjà citée.

C'est là une profonde et singulière erreur.

Les prisonniers pour dettes sont, du moins en grande partie, de pauvres pères de famille, des débiteurs malheureux et de bonne foi, que l'inhumanité de leurs créanciers a plongés dans le gouffre de la misère.

Ceux-là ne possèdent rien, rien au monde. Avant de se laisser conduire en prison, ils ont épuisé jusqu'au dernier sou de leurs ressources pécuniaires; il ne leur reste pour se nourrir eux-mêmes, et souvent leur famille entière, que la paye dérisoire que leur accorde la loi! (vingt sous par jour, qui se réduisent à treize, déduction faite des frais *de pistole, de linge et d'entretien du fourneau commun*).

Ceux-là ne narguent pas leurs créanciers, mais ne tendent pas non plus vers lui leurs mains suppliantes, sachant à merveille que les prières ne peuvent rien sur un homme sans cœur et sans entrailles, qui veut de l'argent, rien que de l'argent, et qui répond, quand on le sollicite de rendre au moins l'air de la liberté au détenu qui va mourir : *Eh bien! qu'il crève, mais qu'il crève en prison* (1).

Peut être encore croit-on trouver sous les verroux de la dette des négociants, des banquiers, des gens de commerce en un mot.

Erreur! plus que jamais erreur!

Les détenus sont pour les six septièmes de ci-devant propriétaires, des hommes de lettres, des artistes, des avocats, des gens de loi, des médecins, des étudiants, des employés, des militaires, d'ex-fonctionnaires publics, des artisans, des ouvriers tout à fait étrangers au commerce.

A quelques-uns d'entre eux seulement il est arrivé de

(1) Historique.

faire une ou deux fois dans leur vie quelque acte de commerce, dans lequel ils ont invariablement joué le rôle de dupe, et celui qui les a fait incarcérer serait le plus souvent mieux à sa place dans une prison correctionnelle, qu'ils ne sont à la leur, eux, dans la prison pour dettes.

Maint·nant ouvrez les registres d'écrous pour connaître la nature et l'espèce des incarcérateurs.

Vous vous imaginez que ce sont des co··merçants?

Vous vous trompez encore.

Sur *cent* incarcérateurs, *quinze* à peine appartiennent au commerce, et à la plus infime espèce.

Ce sont des marchands de vins, de petits détaillants, des trafiquants de bas étage, mal famés, sans éducation, et usant de la contrainte, soit comme moyen de vengeance, soit pour mettre à contribution la famille de leurs débiteurs.

Le reste, c'est-à-dire *quatre-vingts* sur *cent*, est le rebut de la lie de Paris : des usuriers, des brocanteurs d'affaires véreuses, des prête-noms, des tiers porteurs salariés, des cessionnaires de créances à vil prix, faisant du *par corps* un infâme et hideux trafic.

Il est sans exemple qu'une maison de banque un peu considérée, un commerçant gardant le respect de lui-même et de sa signature, ait fait mettre quelqu'un à Clichy avec connaissance de cause.

Nous disons connaissance de cause, car bien souvent les huissiers et les gardes du commerce, ces venimeux reptiles, fléau de notre société, s'entendent pour outrepasser les pouvoirs qui leur ont été confiés, et mettent un débiteur en prison à l'insu de son créancier.

Il est bon maintenant de consulter les relevés statistiques de Clichy et des autres maisons de la dette, afin d'embrasser d'un seul coup-d'œil les résultats obtenus depuis de longues années, à l'aide de la contrainte par corps, et de s'assurer du nombre de débiteurs qui payent avant de recouvrer leur liberté.

Il résulte de documents officiels relatifs à la prison pour dettes du département de la Seine, documents publiés par M. *Moreau Christophe*, ancien inspecteur général des prisons, que sur 2,566 détenus, élargis pendant le cours de six années, de 1831 à 1837, il y en a eu seulement 307, c'est-à-dire le huitième environ, qui ont payé tout ou partie du montant de leur dette.

Il résulte, en outre, d'une statistique plus récente faite sur la même prison, pour les années écoulées de 1837 à 1844, que sur une moyenne de 200 détenus élargis, *pas un* ne paye la moitié, *trois* en payent le quart, *vingt* payent les frais d'incarcération seulement, *huit* obtiennent leur liberté par des jugements qui prononcent la nullité de leur arrestation ; les *cent soixante-neuf* autres, c'est-à-dire à peu près les dix-neuf vingtièmes sont élargis sans payer un sou à leurs créanciers, soit par manque d'aliments, soit par l'expiration du temps fixé par la loi, soit par des main levées d'écrous sous réserve, soit par suite d'arrangements boiteux, bâclés par lassitude et qui restent inexécutés.

Tel est le bilan exact de la contrainte par corps.

Ce bilan se solde ainsi :

1° Instituée pour protéger le commerce, elle ne sert nullement au commerce qui en dédaigne l'usage, parce qu'il en connaît les résultats, négatifs dans un sens, pernicieux dans un autre ;

2° La contrainte par corps ne profite qu'aux usuriers, aux plus ignobles brocanteurs d'affaires, aux huissiers, gardes du commerce, etc., etc.

Voilà pourtant ce qu'est cette institution qu'a protégée la loi de 1832!

Cette loi qui, prétendant être juste, a établi des catégories de débiteurs, telles qu'*un franc* de plus ou de moins dans le chiffre de la dette entraîne *une année* de différence dans la durée de la détention!

Cette loi qui, effrayante de rigueur pour les dettes au-dessous de *cinq mille francs*, établit une limite uniforme, un maximum privilégié de cinq ans de prison pour toutes les dettes importantes, de façon que celui qui doit plusieurs *centaines de mille francs* se trouve placé sur la même ligne que celui qui n'en doit que *cinq mille*.

Cette loi enfin, cette loi inique, qui permet des faits tels que celui que nous allons raconter, autorisés d'ailleurs par celui dont nous citons l'histoire, et qui nous permet de le nommer.

A l'heure où nous écrivons ces pages, c'est-à-dire le 20 février 1848, il y a dans la prison de Clichy un honnête ouvrier qui s'appelle *Vigneron*.

Vigneron exerçait, il y a un an, la profession de cordonnier, non loin de l'esplanade des Invalides. Il avait souscrit une lettre de change de mille francs, et possédait dans son portefeuille, la veille de l'échéance, la somme nécessaire pour faire honneur à sa signature. Le malheur voulut que cette somme lui fût volée deux heures avant l'arrivée du garçon de recette de la Banque.

Un créancier sans pitié, que nous nous proposons de nommer plus tard, le fit poursuivre et le mit à Clichy.

Sur ces entrefaites on arrêta le filou, qui passa en Cour d'assises, et fut condamné pour le fait du vol des mille francs à une année de prison.

Aujourd'hui son temps est expiré, il est libre, et Vigneron, toujours à Clichy, subira deux années encore!

En présence d'un pareil fait, que dire de la loi? que dire des législateurs?

Et cet exemple n'est pas le seul... Cent autres également déplorables s'offriraient à notre plume si l'espace ne nous manquait, et si nous ne nous étions déjà trop longtemps écartés de l'action de notre livre.

Quelques mots encore cependant.

La prison pour dettes nous paraît, dans nos mœurs et à notre époque, une choquante anomalie; mais il est vrai, mais il est juste de dire que l'autorité toute paternelle et toute bienveillante du directeur, M. Lepreux, et du greffier, M. L'Éveillé, ne néglige rien de ce qui peut adoucir la position des détenus, et leur rendre la captivité supportable.

L'intervention éclairée et bienfaisante de M. L'Éveillé rend chaque année à la liberté et à leurs familles un nombre considérable de prisonniers, et tous ceux (le nombre en est grand) qui ont fait une halte dans leur vie sous les grilles de Clichy, gardent à cet homme, plein de cœur et de dévouement, une affection reconnaissante et un fidèle souvenir.

§

Rejoignons maintenant, s'il vous plaît, et certes il en est plus que temps, le vicomte Jules de Nodêsmes.

Georges et Danaë.

Au bout de deux heures à peu près, un gardien vint prendre M. de Nodêsmes et le conduisit à la cellule qu'on lui destinait.

Cette cellule, située au troisième étage sur le jardin, était propre et même assez gaie.

Nous ne parlons point du mobilier. Les charmants dessins de Gavarni ont mis sous les yeux de tout le monde le lit de fer, la table et les deux chaises classiques.

Quelques mots nous paraissent encore utiles en ce moment sur le système de logement de la prison pour dettes.

Règle générale, chaque nouvel arrivant est mis au rez-de-chaussée ou au premier étage.

Les cellules du rez-de-chaussée donnant sur le chemin de ronde, et dominées par un mur d'une grande hauteur, sont des espèces de caves humides, froides, nauséabondes, sans horizon, sans air et sans soleil.

Les cellules du quatrième étage, petites niches mansardées, brûlantes pendant l'été, glacées pendant l'hiver, peuvent rivaliser avec les cabanons de Bicêtre.

Si du moins l'on avait immédiatement la jouissance exclusive de cette cave ou de cette niche ; mais, hélas ! on est *doublé,* quelquefois pendant plusieurs semaines, quelquefois même pendant plusieurs mois !

Doublé veut dire que le captif partage avec un compagnon d'infortune la propriété des quelques pieds carrés qui sont devenus son domicile.

Et l'on doit s'estimer heureux quand on est tombé sur un *cohabitant* de mœurs et d'habitudes paisibles !

Souvent, malgré la sollicitude avec laquelle la direction veille à ce que l'*appareillage* ne soit pas trop discordant, on a pour camarade de chambrée un être malpropre, bruyant, infect, et dont l'intempérance pendant le jour amène pour la nuit les résultats les plus déplorables.

Sans compter, ce qui est encore pis, que parfois on se trouve accouplé à un détenu, lequel, condamné à des dommages-intérêts, vient à Clichy payer de sa personne, après avoir subi une détention infamante à Sainte-Pélagie, à Poissy ou à la Force.

Ceci tient à ce que le système de logement de la prison pour dettes est si mal combiné et si défectueux, que les cellules, au nombre de *cent soixante-sept,* sont tout à fait insuffisantes, eu égard au nombre des détenus, et que pour avoir droit par rang d'ancienneté à un gîte moins incommode et surtout à la solitude, il faut attendre que plusieurs élargissements soient venus faire de la place.

On comprend que quand les élargissements tardent, le supplice du doublage se prolonge indéfiniment.

Une exception se fait en faveur des détenus écroués pour des sommes importantes.

Voici pourquoi.

Les cellules donnant au midi, c'est-à-dire sur le jardin, sont regardées comme moins propres à une évasion que celles dont la fenêtre a vue sur le chemin de ronde ; on y met donc immédiatement les débiteurs de fortes sommes.

De plus, on les laisse seuls afin qu'ils ne puissent, en cas de fuite, trouver un complice ou un aide dans leur compagnon de captivité.

Ceci nous explique comment le vicomte de Nodêsmes, écroué pour sept cent vingt-cinq mille francs, obtint immédiatement la faveur si enviée d'une cellule isolée et habitable, où il s'enferma sitôt qu'il en en eût pris possession.

§

Presqu'immédiatement après l'arrestation du vicomte, Georges d'Entragues gagnait les Champs-Élysées et se présentait à l'hôtel de la duchesse de Sandoval.

Il remit sa carte à un valet de pied et fut introduit sur-le-champ.

Danaë était à sa toilette.

Elle n'avaient que le temps de s'envelopper jusqu'au cou dans un grand peignoir de cachemire blanc.

Georges s'inclina respectueusement et prit la main de la jeune femme, qu'il porta à ses lèvres.

La duchesse à son aspect avait légèrement pâli.

— Eh bien ! monsieur le comte, — lui demanda-t-elle

avec cette demi-amertume qui ne la quittait jamais quand elle s'adressait à d'Entragues, — qu'avez-vous encore à me commander aujourd'hui ?

— Moi, madame la duchesse! — fit le jeune homme avec une expression d'étonnement.

— Je suppose, — reprit Danaé, — que votre visite si matinale a un but...

— En effet...

— Et j'ajoute que, d'après la nature de nos rapports, vous ne venez ici que pour m'imposer une obligation nouvelle!

— Permettez-moi d'avoir l'honneur de vous affirmer, madame la duchesse, que vous êtes complétement dans l'erreur...

— En vérité, — fit Danaé avec ironie.

— Rien n'est plus vrai.

— Eh bien ! voyons ?

— Vous avez de la mémoire, madame la duchesse ?..

— Beaucoup.

— Vous vous souvenez, par conséquent, de la première visite que j'eus l'honneur de vous faire, il y a quelques mois ?

— A merveille.

— Vous n'avez point oublié le pacte que je vous proposai alors, et que vous voulûtes bien accepter ?

— Pacte que vous appeliez un *traité d'alliance,* et que vous ne m'avez point proposé, mais imposé !

— Peu importe l'expression, le fait seul a de l'importance.

— Où voulez-vous en venir, monsieur le comte?

— A ceci, je vous fis à cette époque une promesse...

— Deux, et non pas une seule.

— Deux, soit; veuillez me les rappeler, madame la duchesse....

— Le secret d'abord sur les tristes circonstances qui vous avaient été révélées par le hasard...

— Je l'ai religieusement gardé!

— Vous me promîtes en outre, dans un laps de six mois au plus, une restitution complète des papiers qui pouvaient me perdre

— Les six mois sont-ils écoulés?

— Pas encore.

— Et pourtant je suis prêt à tenir ma seconde promesse, comme déjà j'ai tenu la première.

— Quoi! — s'écria Danaë avec un frisson de joie, — vous me rendriez ce manuscrit fatal!

— J'y suis complétement disposé.

— Vous me le rendriez... tout entier?..

— Et, quand?

— Bientôt.

— Aujourd'hui??

— Aujourd'hui si vous voulez.

— Que faut-il faire?

Georges tira d'une des poches de son par-dessus une enveloppe très-épaisse, et toute cachetée.

— Qu'est-ce que cela? — demanda Danaë.

— Ce sont les papiers en question.

— Pourquoi cette enveloppe et ce cachet.

— Veuillez regarder l'adresse, madame la duchesse.

Et Georges sans toutefois lâcher le paquet, le mit sous les yeux de Danaë qui lut.

v.   13

L'adresse était disposée ainsi :

MADAME LA DUCHESSE DE SANDOVAL

A. . . . . . .

ESPAGNE.

POSTE RESTANTE.

— Je ne comprends pas, — fit Danaä.

— Je vais avoir l'honneur de me faire comprendre, — reprit Georges : — j'ai laissé l'adresse incomplète, parce que je compte y ajouter sous votre dictée le nom du lieu où vous désirez que ce paquet vous parvienne en Espagne.

C'est-à-dire que vous voulez m'éloigner de Paris ?

— Ce sera pour moi un vif et profond chagrin que d'être privé du bonheur de vous voir quelquefois, mais je crois que monsieur le duc trouverait étrange que vous n'allassiez point le rejoindre, son séjour dans la patrie du Cid paraissant devoir se prolonger indéfiniment.

— Cette fois encore, j'obéis...

— Quel nom dois-je écrire ? — fit d'Entragues en s'inclinant.

— Mettez : *Séville.*

— Voilà qui est fait, madame la duchesse.

— Je partirai ce soir.

— Mon paquet vous devancera là-bas,

— Et... M. de Nodêsmes... ne dois-je point le voir avant mon départ ? demanda la duchesse avec une demi-hésitation.

— M. de Nodêsmes, — répondit Georges indifférem-

ment, — M. de Nodêsmes a fait des folies et les expie à
Clichy depuis ce matin.

— Comte d'Entragues ! — s'écria Danaë, devinant ins-
tinctivement que Georges venait d'entraîner son ami dans
quelque piége infâme, — comte d'Entragues, vous êtes
un homme infernal !

Georges s'inclina, et répondit avec un sourire en paro-
diant deux vers célèbres :

> Vous vous trompez, Madame, et je n'ai mérité,
> Ni cet excès d'honneur ni cette indignité !

Puis il continua, mais cette fois en prose :

— Vous avez sans doute à faire de nombreux prépara-
tif pour votre départ prochain et imprévu, je ne veux
pas abuser plus longtemps de vos instants, madame la
duchesse, et je vais avoir l'honneur de prendre congé de
vous, en vous demandant la permission de vous baiser
une dernière fois la main.

§

M. d'Entragues, en quittant Danaë, alla jeter à la poste
la lourde enveloppe qu'il lui avait montrée.

Dans cette enveloppe il y avait du papier blanc, et une
lettre ainsi conçue :

« Madame la duchesse,

» Vous avez été pour moi une alliée fidéle, mais enne-
mie, et il est bon de ne jamais rester complétement dé-
sarmé, quand on a des alliés de ce genre.

» Vous ne trouverez donc point étrange, que je garde

pardevers moi quelques mémoires que vous connaissez et qui, s'ils ne me servent jamais d'armes offensives, seront du moins toujours un bouclier.

» Je ne suis point savant, madame la duchesse, et mieux que les médecins cependant, j'ai su m'expliquer la maladie et la mort de notre ami commun lord William Stloobomby.

» Je suis convaincu que comme moi, vous avez déploré la perte de ce bon, de cet excellent jeune homme.

» Permettez-moi de vous dire, madame la duchesse, qu'il existe quelque part divers papiers, soigneusement réun s, et portant cette suscription :

A Monsieur le duc de Sandoval.

» Si le hasard voulait, ce qu'à Dieu ne plaise, que je succombasse, moi aussi, à une attaque d'appoplexie foudroyante, ces papiers seraient immédiatement remis à leur adresse.

» J'ose espérer que ceci n'arrivera pas, et j'ai l'honneur de mettre à vos pieds, madame la duchesse, l'assurance du profond respect.

» Du plus humble et du plus obéissant
de vos serviteurs.

« Comte Georges d'Entragues. »

§

Danaë partit le même jour.

VIII

Mazagran à la rescousse.

Le pauvre Jules, assis sur l'une des maigres chaises de paille de sa cellule, le coude sur la table et la tête appuyée sur sa main, attendait, pensif et désespéré, les réponses aux lettres qu'il avait écrites à Danaë et à Georges d'Entragues.

Nous savons déjà qu'il les attendait vainement,

Il fut tiré tout à coup de sa sombre rêverie par la voix traînante d'un commissionnaire borgne, qui cr ait dans le corridor :

— Mô-ô-ô-sieur Nô-ô-ô-dêsmes ?

Jules quitta sa chaise, entr'ouvrit sa porte et dit :

— C'est ici.

Le commissionnaire entra.

-— Que voulez-vous ? — fit le vicomte.

— C'est vous qui êtes M. Nodêsmes ?

— Oui.

— Il y a quelqu'un qui demande à vous voir.

— Qui cela ?

— Une dame.

Jules pensa à Danaë, et son cœur oppressé tressaillit de joie.

— Savez-vous le nom de cette dame ? — demanda-t-il.

— Je ne me souviens pas, mais c'est écrit là-dessus.

Et le commissionnaire tira de son portefeuille un petit bulletin imprimé dont voici le modèle exact :

Monsieur le Directeur,

Daignez avoir la complaisance d'accorder à M. la permission de venir me voir.

Vous obligerez votre dévoué serviteur,

Paris, le   184

Derrière ce bulletin il y avait un nom tracé au crayon : *Albertine.*

— Je ne connais pas ! — fit Nodèsmes désappointé.

— Faut-il dire que vous ne voulez point recevoir la personne ?

L'idée vint à Jules que peut-être la duchesse, n'osant se présenter sous son nom, avait pris ce pseudonyme, ou tout au moins que cette Albertine venait de la part de Danaë, et il répondit vivement :

— Si, si, laissez entrer !

— Alors, écrivez votre nom et celui de la dame sur la demande de M. le directeur, et mettez si vous désirez recevoir la visite au *parloir* ou à l'*intérieur.*

Jules indiqua l'intérieur et signa.

— Est-ce vous qui payez la commission ? — demanda le borgne.

— Oui. Combien est-ce ?

— Ce que vous voudrez.

Le vicomte prit une pièce d'or dans son gousset et la tendit au commissionnaire sans se préoccuper de demander la monnaie.

L'industriel fit passer et repasser cette pièce d'or sous le rayon visuel de son œil unique, puis, convaincu que M. de Nodêsmes s'était trompé... il la garda.

Cinq minutes après, une femme entrait dans la cellule de Nodêsmes, qui reconnaissait avec une surprise foudroyante Adèle Lambertini, ou plutôt MAZAGRAN !

— Vous !... vous, Madame !... vous ici !... s'écria-t-il en reculant d'un pas.

— Oui, moi... moi-même... — répondit la lorette d'une voix altérée ; — et ne me fais pas de reproches... ne me dis pas de sottises... ne me reçois pas mal, parce que, vois-tu, je suis fille à m'asp'yxier séance tenante !..

Et, tout en parlant, la jeune femme se jeta dans les bras de Jules, l'étreignit fortement, appuya sa jolie tête sur la poitrine de son ancien amant, et se mit à sangloter.

M. de Nodêsmes, touché malgré lui d'une douleur si vraie et si profonde, étonné d'ailleurs au plus haut point de cette scène qu'il ne pouvait comprendre, ne repoussa pas Mazagran, dont l'étreinte se resserrait toujours, et qui murmurait au milieu de ses sanglots :

— Pardonne-moi ! pardonne-moi !

— Je n'ai rien à vous pardonner, Madame, — répondit-il d'une voix grave et triste. — Je ne vous connais pas !

— Oh ! non, — s'écria Mazagran en relevant la tête, — oh ! non, ne me parle pas ainsi. Tu m'as connue, tu m'as aimée ; je me suis mal conduite avec toi, je t'ai trompé, je t'ai quitté : c'est indigne, c'est infâme ! Dis-moi tout cela ; dis-moi que tu me méprises, que tu me détestes ; frappe-moi, si tu veux... je subirai tout, sans me plaindre, à genoux... mais ne me dis pas que, pour toi, je suis une étrangère !

Mazagran, qui, dès son entrée, avait jeté d'un geste rapide son chapeau sur le lit, s'était laissée couler aux genoux de Nodêsmes et les tenait embrassés. Ses cheveux, ses longs et doux cheveux que Nodêsmes aimait tant autrefois, dénoués dans un mouvement brusque, flottaient sur ses épaules et tombaient jusqu'à terre ; ses yeux charmants attachaient sur le jeune homme leur prunelle bleue, suppliante et noyée dans les pleurs. Jules ne put résister à tant de grâce, de beauté, de passion ; il releva doucement la jeune femme, et lui pardonna dans un baiser.   .

.   .   .   .

.   .   .   .

— Vois-tu, mon Jules, — dit, après un assez long silence, Mazagran redevenue gaie, — je t'aime, moi, et beaucoup !... Après ce qui s'était passé, je ne serais jamais revenue, parce que je te croyais très-riche, très-heureux, et j'aurais toujours eu peur que tu ne dises que j'agissais par intérêt ; mais aujourd'hui tu es à Clichy, et j'arrive!

— C'est vrai ! — fit Jules avec un soupir.

Ce soupir s'appliquait à Danaë ; Mazagran s'en appliqua les honneurs et reprit :

— Oh! le passé, vois-tu, mon petit Jules, il faut l'oublier, et complétement ! Ça n'est pas ma faute ; je suis comme le bon Dieu m'a faite : légère, folle, étourdie !... J'ai même bien peur de ne changer jamais !

Et Mazagran, revenant à ses anciennes habitudes, fredonna :

> Ami, c'est moi qui suis Lisette,
> La Lisette de Béranger !

— A propos, — demanda-t-elle brusquement, — pour combien es-tu ici ?

— Pour sept cent vingt-cinq mille francs, — répondit Jules.

L'énormité de la somme parut effrayer Mazagran, qui montra le point au vide et s'écria avec énergie :

— Canaille !

— De qui parles-tu ? — fit Nodêsmes.

— Eh ! de ce brigand-là !

— Salomon ?

— Je ne connais pas Salomon.

— Mais alors...

— Georges, parbleu ! ton scélérat d'ami !

— Georges d'Entragues ! — murmura Nodêsmes stupéfait.

— Est-ce que tu ne le savais pas ?

— Mais quoi ? quoi donc ? — s'écria le jeune homme, à qui les paroles de Mazagran firent supposer que la vérité allait enfin jaillir pour lui des profondes ténèbres qui la lui avaient cachée jusqu'alors.

— Comment, tu ne te doutes point que c'est Georges qui t'a fait *flanquer* à Clichy, et qu'il te mijote ce *coup-là* depuis le jour où il m'a enjôlée pour que je devienne ta maîtresse ?

— Que dis-tu ? — fit Nodêsmes, qui marchait d'étonnement en étonnement. — Georges te connaissait ?

— Sans doute.

— Est-ce possible !

— C'est si bien possible, qu'il m'a fait déménager de la rue Neuve-Saint-Georges, où je demeurais, pour m'installer place Ventadour, où il m'a donné le nom de madame veuve Lambertini ; et cela avant même qu'il allât te chercher en Normandie.

— Oh ! mon Dieu ! mon Dieu !

— Moi, je me suis prêtée à tout, parce que je n'y voyais point de mal. Je me figurais, comme il me l'avait dit, que c'était pour affaires politiques ; et, d'ailleurs, tu m'as plu sitôt que je t'ai vu. Il paraît que ce filou de Georges s'était mis dans la tête de t'exploiter, et qu'il a profité, pour te faire signer ces lettres de change, d'une certaine nuit où nous étions, toi et moi, un peu *lancés*.

A mesure que Mazagran parlait, la lumière se faisait dans les souvenirs confus de Nodêsmes, et la scène d'ivresse, le pari engagé avec M. d'Entragues, et la signature apposée sur de prétendues invitations se dessinaient de plus en plus distinctes parmi les brumes du passé.

— Mais ces détails, — demanda-t-il enfin, — qui vous les a donnés ? Qui vous a dit que j'étais à Clichy ?

— Parbleu ! le comte Abel.

— Le comte Abel... — répéta Jules.

Mazagran rougit.

— Un ami de Georges, — reprit-elle ; — je le connais un peu.

Nodêsmes devina et n'insista point.

— Ah ! j'en sais bien d'autres sur son compte ! — continua la jeune femme.

— Quoi donc encore?

— D'Entragues est un voleur.

— Un voleur?

— Oui, il a volé un cachet qui appartient à une dame qui demeure dans la même maison que moi, et qui s'appelle Perdita. On a été le lui réclamer; il a prétendu qu'il ne l'avait jamais eu, et cependant il l'avait, car il a été remis par lui au comte Abel, à qui je l'ai pris; et je l'ai rendu à Perdita. Et l'on soupçonne très-fort que c'est Georges qui avait fait enlever cette pauvre femme, et qui l'avait fait mettre dans une maison de Vincennes, où elle a failli mourir de chagrin. Mais, patience, tout cela s'expliquera un jour!

Jules, n'étant point au fait des événements de la disparition de Perdita, ne comprit rien à la tirade de son ex-maîtresse; il devina seulement quelque nouvelle infamie de son perfide ami, et il murmura :

— Que faire? que faire?

— Sortir d'ici, et le plus tôt possible.

— Oui, mais comment? — Pourrais-je, sans vendre mes propriétés, trouver la somme immense dont j'ai besoin pour être libre?...

— Payer! — s'écria Mazagran, — tu es volé et tu veux payer! allons donc!

— Puis-je autrement racheter ma liberté?

— Peut-être.

— Sans doute, il me reste la ressource de faire un procès; mais, à supposer que je le gagne, il durera longtemps ce procès, et je ne puis admettre la pensée de rester longtemps prisonnier.

— Il y a d'autres moyens...

— Lesquels ?

Mazagran parut réfléchir, puis se frappa le front en disant :

— J'ai une idée !

IX

Mazagran à la Rescousse (*suite*).

Après avoir dit ces mots : *J'ai une idée !* Mazagran, pendant quelques instants, fut livrée à une préoccupation très-profonde ; et, à deux ou trois reprises, Jules voulant lui adresser la parole, elle lui fit signe de la main de ne point briser, en l'interrompant, les fils fort compliqués sans doute qui se nouaient dans son cerveau.

Puis, soudain, arrivée au terme de sa méditation et à la solution de son problème, elle poussa un petit cri de triomphe, et embrassa vivement M. de Nodêsmes en disant :

— C'est cela ! c'est cela même ! ça marchera comme sur des roulettes !

— Puis-je enfin savoir ?... — demanda le jeune homme.

— Parfaitement.

— Eh bien ?

— Voici ce que c'est : supposons un moment que tu ailles trouver le directeur...

— Pourquoi faire?

— Pour lui dire : — Monsieur, j'ai été indignement volé; il faut que je sorte pour avoir raison des filous qui m'ont exploité; Monsieur, le directeur, laissez-moi sortir!
— que crois-tu qu'il te répondrait?

— Il me rirait au nez!

— J'en suis persuadée comme toi! — fit Mazagran ne pouvant, à cette pensée, contenir elle-même un éclat de rire.

— Cela ne me paraît point plaisant! — fit un peu sèchement Nodêsmes, à qui la situation semblait effectivement peu comique.

— Attends! mais attends donc un moment, que j'aie pu t'expliquer mon idée... il s'agit tout simplement de prendre la permission qu'on ne te donnerait pas!

— M'échapper! — s'écria Nodêsmes.

— Juste!

— Mais cela n'est pas possible!

Mazagran prit une pose napoléonienne, et répliqua :

— C'est le mot *impossible* qui n'est pas français!

— Tu n'as donc pas vu toutes ces grilles, compté tous ces gardiens?...

— Si, et ça n'empêche pas!

— Veux-tu donc que je m'échappe par la fenêtre!... mais je n'ai ni limes pour scier les barreaux, ni échelles de corde pour descendre, ni à vrai dire la moindre envie de tenter une entreprise si périlleuse!

— Il n'est question ni de limes, ni de barreaux, ni d'échelles! nous ne sommes point à la Gaîté à voir jouer un mélodrame! il s'agit de s'en aller tout simplement par la porte, comme un épicier qui monte sa garde et qui paie son terme!

— Par exemple ceci me paraît curieux! — fit Jules avec un léger sourire.

— C'est pourtant comme ça! veux-tu me laisser faire à mon idée.

— Fais tout ce que tu voudras.

— Je n'ai qu'une chose à te demander.

— Et c'est?...

— C'est, d'ici à demain, de ne te montrer à personne et de rester dans ta cellule.

— Voilà tout?

— Oui.

— Je te promets de rester là et de n'en pas bouger.

— Demain à cette heure-ci tu seras libre. Maintenant adieu.

Et Mazagran reprit son châle et son chapeau.

— Tu t'en vas... sans me rien expliquer? — demanda Nodêsmes.

— Aujourd'hui je n'ai pas le temps, rapporte-t'en à moi, tu sauras tout demain.

— Attends au moins que je te reconduise jusqu'au guichet.

— C'est comme ça que tu tiens déjà ta promesse de ne pas te faire voir! eh bien! merci! ça promet!

— Allons, j'ai eu tort, je n'y pensais plus! au revoir donc mon enfant!

— A bientôt, mon petit Jules.

Les deux jeunes gens échangèrent un baiser, et Mazagran s'enfuit, vive, légère et joyeuse!

Nodêsmes resté seul, s'absorba bientôt dans de profondes et sombres réflexions, que nos lecteurs auront certainement la perspicacité de deviner sans que nous donnions, à nous la peine de les leur expliquer, à eux celle de les lire.

§

Le moment est venu de raconter sur quelles bases reposait le plan de Mazagran, et comment il devait arriver selon elle à mettre Jules en liberté, d'une façon sinon définitive, au moins provisoire.

La jeune femme, de même que la plupart des lorettes de Paris, ne dédaignait point d'entrer de temps à autres dans la loge de son portier, et là, de passer une demi-heure à médire et à cancanner.

On comprend que de semblables façons d'agir, et d'assez nombreuses pièces de cent sous qu'elle ne manquait point d'oublier dans la loge quand elle venait à rentrer après *cinq heures du matin*, avaient établi les meilleures relations entre la lorette et le digne concierge.

Ce dernier avait un fils, ouvrier ébéniste de son métier, beau garçon de vingt-deux ou vingt-trois ans, sur lequel Mazagran jetait parfois un regard de connaisseuse.

C'est à ce jeune homme aussi brun que Jules de Nodêsmes était blond, que la lorette avait destiné un rôle dans la petite pièce qu'elle méditait.

Elle s'empara de lui, au moment où il revenait après avoir achevé sa journée chez son patron, et elle l'emmena, séance tenante, au Palais-Royal, chez Giannivo, l'habile fabricant de perruques de tous les théâtres de Paris.

Giovanni ayant l'inappréciable avantage de fournir d'habitude à Mazagran, pour le carnaval, de mirobolantes coiffures de débardeur et de postillon, la connaissait et l'appréciait.

Il choisit dans sa collection une perruque qui imitait merveilleusement bien les cheveux noirs comme du jais, et un peu bouclés de M. Adalbert, le fils du portier de la rue de Provence.

M. Adalbert portait en outre des moustaches et une impériale aussi noires que ses cheveux, Giovanni livra le *fac simile* de ces deux ornements.

Cela fait, Mazagran, parfaitement satisfaite, rentra chez elle et prévint le jeune homme, transporté de joie par cette assurance, qu'elle aurait besoin de lui le lendemain, et que, par conséquent, il devait s'abstenir d'aller à son atelier.

§

Le jour suivant, vers midi, la lorette fit monter chez elle M. Adalbert, et présida elle-même à sa toilette.

Elle eut soin de choisir tout ce que le jeune ébéniste avait dans sa garde-robe de plus voyant et de plus excentrique. Un pantalon de couleur très-clair, à bandes noires, un gilet de satin grenat, un habit bleu à boutons jaunes, un chapeau gris planté sur l'oreille, et des lunettes, voilà quels furent les principaux éléments du costume qu'elle organisa.

Nous allions oublier une magnifique cravate de soie bleu-clair.

Ceci fait, elle mit dans sa poche une petite tablette de sépia, de la gomme, un pinceau, des ciseaux, un petit miroir, la perruque et les moustaches, et complétement équipée, elle monta en voiture avec son cavalier, et donna l'ordre de toucher rue de Clichy.

Nodèsmes, prévenu par un billet que Mazagran lui avait envoyé, donna un *permis d'entrer* pour *mademoiselle Albertine* et *M. Adalbert Gredelu.*

Ce permis fut visé au greffe, et les deux visiteurs passèrent.

Mazagran, en traversant les divers guichets, remarqua avec une vive satisfaction que la *belle tenue* de son compagnon pétrifiait d'admiration les gardiens, et leur semblait le *nec plus ultrà* du bon goût, de la richesse et de l'élégance.

— Tout marche! — se dit-elle, et elle fredonna du bout des lèvres le vieux refrain patriotique :

La victoire en chantant nous ouvre la barrière!

Deux minutes après, elle entrait escortée d'Adalbert dans la cellule de Nodèsmes.

— Tu vois monsieur? — demanda-t-elle à Jules qui regardait, non sans étonnement, le costume et la tournure du jeune ébéniste.

— Parfaitement! — répondit le vicomte en souriant.

— Regarde-le avec attention.

— Je l'examine de tous mes yeux.

— Fais en sorte de te bien souvenir de la façon dont il marche.

— Mais il ne bouge pas! — répliqua Jules.

— Il va bouger, — fit Mazagran. — Adalbert, marchez!

Adalbert, marcha.

— Un peu plus vite!

Le jeune homme hâta le pas.

— C'est bien! arrêtez-vous.

Il cessa de se mouvoir avec la ponctuelle obéissance du soldat à l'exercice.

— As-tu fait bien attention? — dit Mazagran au vicomte.

— Oui.

— Parfaitement alors! — puis elle ajouta en s'adressant à l'ébéniste.

— Vous allez vous déshabiller, Adalbert!

Adalbert fit un geste de pudeur.

— Soyez sans crainte, je tournerai le dos.

Le jeune homme se réfugia dans un des coins de la chambre, et commença à se dévêtir.

Pendant ce temps, Mazagran, qui avait fermé la porte en dedans au moyen du crochet, tirait de ses poches l'immense quantité d'objets divers qu'elle y avait entassés et les étalait avec ordre sur la table.

Jules, qui n'eût été qu'un fort médiocre vaudevilliste s'il avait eu l'idée d'essayer de la littérature, la regardait faire d'un air ébahi.

Mazagran le fit asseoir sur une chaise, délaya un peu de sépia dans beaucoup d'eau, et à l'aide d'un mouchoir de batiste elle lui revêtit toute la figure d'une légère teinte brune.

Cette opération achevée, elle prit ses ciseaux, et fit tomber résolument l'une des moustaches blondes de Jules.

Ce dernier, qui tenait à ses moustaches, fit un haut-le-corps, et se leva brusquement en s'écriant :

— Que fais-tu?

— Tu m'as donné carte blanche, j'en use! assis, tout de suite! ne perdons pas de temps!

La seconde moustache tomba comme la première, et Mazagran, avec de la gomme, fixa délicatement les moustaches noires et la royale achetées chez Giovanni, elle posa ensuite sur la tête de Jules la perruque qui semblait calquer la chevelure d'Adalbert, elle brunit avec son pinceau les sourcils du vicomte, lui mit les lunettes, le coiffa du chapeau gris, et le regarda pendant une seconde comme un peintre, fier de son œuvre, contemple le tableau qu'il vient d'achever.

Le principal était terminé : Mazagran alors fit échanger au vicomte son pantalon contre le pantalon clair à bandes noires.

Elle lui noua autour du cou la cravate de soie bleue.

Elle le revêtit du gilet de satin grenat.

Elle lui passa l'habit à boutons jaunes.

Et enfin elle lui présenta le petit miroir, seul ornement de la cellule.

Jules poussa une exclamation d'étonnement, car il ne se reconnut pas.

— Hein! — fit la lorette enivrée de son triomphe, — qu'en dis-tu?

— Et maintenant? — demanda Jules.

— Maintenant, rapporte-t-en à moi comme pour le reste. Souviens-toi bien seulement de ceci : c'est que tu t'appelles, en ce moment, Adalbert Gredelu, et que tu es entré à Clichy avec moi, il y a une heure...

— Et moi? — demanda le véritable Adalbert, d'un ton piteux, — qu'est-ce que je vais devenir?

— Vous, mon ami, — répondit Mazagran, — vous allez rester là, fermer la porte derrière nous, vous tenir bien tranquille, et n'ouvrir à qui que ce soit, sous quelque pré-texte que ce soit! Je viendrai vous chercher dans peu d'instants.

— Êtes-vous sûre que ça ne fera point de difficultés pour que je sorte? — demanda de nouveau l'ébéniste, qui n'était rassuré que jusqu'à un certain point.

— Parbleu! — fit la lorette, — quand je vous réponds d'une chose!... Filons, Jules!

— Les deux jeunes gens descendirent, et, au lieu de passer par la galerie, traversèrent le jardin.

Les fenêtres du guichet, où se tenaient les gardiens chargés de rendre les permissions aux visiteurs qui sor-tent, donnent sur une partie de ce même jardin, dont elles ne sont séparées que par un petit enclos réservé, large de quelques pas.

C'est le long de cet enclos que Jules et Mazagran se promenèrent pendant un instant, précisément sous les yeux des surveillants.

Quand la lorette leur eut laissé le temps de s'extasier encore quelque peu sur l'éblouissante toilette de son com-pagnon, elle se présenta résolument au guichet.

Le difficile était de franchir ce mauvais pas sans en-combre, et nous sommes certain que le cœur de Mazagran battait bien vivement, plus vivement peut-être que celui du v'comte!

Mais l'ombre d'un doute sur l'identité du jeune homme ne traversa même point l'esprit des gardiens, et le permis de M. Adalbert Gredelu fut rendu à *Jules de Nodésmes,*

L'instant d'après, les fugitifs étaient dans la rue de Clichy, et la porte du dernier guichet se refermait sur eux.

— Libre! — s'écria Jules.

— Silence! — fit Mazagran. — Montons en voiture, nous causerons après!

X

Drame.

Ce même jour, un peu avant minuit, Georges d'Entragues, venu à pied depuis chez lui jusqu'à la rue des Bons-Enfants, entrait dans la maison de l'imprimerie Proux et Cie, maison habitée, nos lecteurs s'en souviennent, par Salomon David, l'usurier.

Là, il amadouait, par l'appât d'une pièce de cent sous, la portière récalcitrante qui prétendait trouver l'heure indue, et il s'enfonçait courageusement dans la spirale de l'escalier, bravant ainsi l'obscurité complète en ce moment, car les quinquets fumeux étaient depuis longtemps éteints.

Arrivé au troisième étage, d'Entragues chercha à s'orienter, parcourut à tâtons le palier, et enfin, rencontrant sous sa main la plaque de cuivre sur laquelle il savait être gravé le nom de Salomon, il saisit le pied de biche et sonna.

Son coup de cloche retentit bruyamment dans le silence.

Personne ne vint.

Georges agita de nouveau la sonnette et attendit encore.

Nul bruit intérieur n'annonçait qu'on se préparât à ouvrir, ou même que le logement fut habité.

Le nocturne visiteur, impatienté sans doute de ce silence et de ce retard, s'empara pour la troisième fois du cordon, et se mit à le secouer d'une façon si vive, si continue, si saccadée, que la rupture dudit cordon était imminente, quand on entendit enfin une porte s'ouvrir et un pas traînant s'approcher, accompagné du murmure d'une voix grommelante.

— Qui est là ? — demanda cette voix (celle de Salomon).

— Moi, — répondit Georges en déguisant le timbre de la sienne.

— Qui, vous ?

— Un ami.

— Je ne vous connais pas, je suis couché, je dors, il n'est pas une heure convenable pour venir réveiller les gens, passez votre chemin !

— J'ai à vous parler... pour affaires pressantes... — riposta d'Entragues.

— Bonsoir ! — fit Salomon depuis l'intérieur et on entendit son pas qui s'éloignait.

— Ah ! c'est comme ça ! vieux brigand ! — murmura Georges. Eh bien ! attends ! attends !

Et sous la main du jeune homme la sonnette recommença de plus belle sa danse infernale.

— Sacrebleu ! — grommela Salomon en revenant, — c'est affreusement indécent, on n'est plus le maître chez soi ! mais nous allons bien voir !

Et il ouvrit brusquement la porte du carré.

L'usurier, dont la domestique couchait, comme cela est fréquent, dans une mansarde sous les toits, avait été tiré de son premier sommeil par le bruit de la cloche. — Il était donc en chemise, enveloppé dans une vieille et mauvaise robe de chambre, chaussé de pantouffles éculées, et tenait à la main un petit morceau de chandelle fiché dans un immense bougeoir de cuivre.

Au moment où il venait d'ouvrir la porte, sa figure exprimait la contrariété et la colère, mais dès qu'il eut jeté les yeux sur le visage d'Entragues, éclairé en plein par le modeste luminaire, sa physionomie changea, devint contrainte, inquiète, presque effrayée, et il fit un mouvement pour se renfermer chez lui.

D'Entragues ne lui en donna pas le temps, et le poussant dans l'antichambre où il le suivit, il mit le verrou et dit d'un ton moqueur qui parut agir fort désagréablement sur les nerfs du juif :

— Eh ! oui, mon cher monsieur Salomon, c'est bien moi ! vous ne vous attendiez pas, je le parie, à me voir chez vous à une pareille heure.

— En effet... monsieur le comte...

— Sans doute vous dormiez, — interrompit Georges, — et peut-être avez-vous encore sommeil ? tranquillisez-vous, je n'ai que deux mots à vous dire, et vous pourrez ensuite ronfler tout à votre aise... car je pense que vous ronflez ?...

— Quelque... quelquefois... monsieur le comte...

— C'est l'indice du sommeil *du juste,* et vous êtes juste, sans contredit.

— Monsieur le comte est bien bon...

— Passons, je vous prie, dans votre cabinet.

— Je suis aux ordres de monsieur le comte.

Le cabinet du juif était un certain salon dont nous avons fait naguère la description à nos lecteurs.

Salomon posa son bougeoir sur le bureau et se laissa tomber dans le fauteuil de basane noire qui accompagnait ce meuble, tandis que M. d'Entragues prenait une chaise et s'asseyait en face de lui.

— J'attends ce que monsieur le comte me fera l'honneur de me dire... — murmura l'usurier.

— Voici ce que c'est, — fit Georges, — ce sera bref, clair, sans réplique...

— Salomon s'inclina.

— Monsieur de Nodêsmes est arrêté, — continua d'Entragues; — monsieur de Nodêsmes est à Clichy, d'où il ne sortira qu'en vous payant fort intégralement ce qui vous est dû, capital, intérêts et frais : ma dette vis-à-vis de vous est par conséquent plus que couverte... rendez-moi donc mes titres.

— J'ai eu l'honneur de vous affirmer plusieurs fois, — répondit Salomon, — que je vous rendrais ces titres le jour où je serai payé; or, je ne le suis pas.

— Et moi, j'ai le plaisir de vous affirmer, — s'écria Georges violemment, — que tout ceci me fait l'effet d'une très-jolie combinaison inventée par vous pour me *flanquer dedans!* mais de par tous les diables, je ne serai point votre dupe! je veux mes titres, je les exige, et vous allez me les remettre...

— Quand cela, monsieur le comte? — demanda d'un air railleur l'usurier qui avait re ris tout son sang-froid.

— A l'instant même.

— Je ne crois pas.

— Vous ne croyez pas?

— Non.

— En vérité?

— C'est comme j'ai l'honneur de vous le dire.

— J'ai cependant de bonnes raisons à vous donner... des raisons irrésistibles...

— Voyons un peu ces raisons

— Voici! — fit Georges.

Et tout en parlant, le jeune homme plongea à la fois ses deux mains dans les poches de sa redingote, et en retira une paire de petits pistolets tout armés qu'il fit briller aux yeux de Salomon.

— Ces arguments vous paraissent-ils de poids? — reprit-il.

— Je cède, — répondit l'usurier, — je cède, mais en protestant contre la violence dont monsieur le comte se rend coupable à mon égard.

— Eh! protestez! protestez tant que vous voudrez, cela m'est pardieu bien égal! pourvu que vous fassiez ce que je vous demande.

Salomon, sans quitter sa place, prit une clef dans sa robe de chambre, l'introduisit dans la serrure du bureau, et ouvrit l'un des tiroirs, sur lequel il se pencha, semblant chercher à reconnaître parmi de nombreux papiers, la liasse dont il avait besoin.

Georges attendait, le cœur gonflé de joie et palpitant d'espoir.

Salomon se releva.

D'Entragues fit un mouvement pour s'emparer des titres.

Le juif l'arrêta du geste, en lui présentant à son tour d'un air narquois la gueule de deux pistolets.

— Nous voici *manche à manche*, monsieur le comte, — fit-il alors en goguenardant, — vous plaît-il que nous jouions la *belle?*

Georges, qui ne s'attendait point à cette résistance armée, fut pendant un instant surpris et interdit; mais il triompha bientôt de cette émotion, et répliqua sans modifier son attitude et sans lâcher ses pistolets.

— Jouer la *belle*, dites-vous, mon cher Salomon? c'est précisément ce que nous allons faire.

— Bah! dit le juif déconcerté. Et comment cela?

— Tout simplement en voyant quel sera celui de nous deux qui tuera l'autre.

— Allons donc! vous ne parlez pas sérieusement...

— C'est ce qui vous trompe, rien n'est plus sérieux et vous allez le comprendre :

— Les titres que je vous réclame sont pour moi la vie, plus même que la vie, la fortune, la considération, l'avenir. Vous me le refusez, je vais essayer de vous tuer... si je réussis, je fouillerai partout ici, et je m'emparerai des papiers qui me sont nécessaires; si au contraire je succombe, je n'ai plus à m'occuper de rien, et vous m'aurez rendu service en me débarrassant du pesant fardeau de l'existence.

Il y avait dans les paroles de M. d'Entragues, et surtout dans le ton avec lequel elles furent prononcées, quelque chose de si parfaitement calme et sincère, une telle décision, et si nous pouvons ainsi parler, une telle bonne foi, que Salomon crut être arrivé à son dernier moment, et ballotté entre la peur et l'avarice, il allait pourtant obéir à ce dernier sentiment et se décider à rendre les titres, quand un bruit soudain et inattendu vint faire tressaillir à la fois sur leurs sièges les deux acteurs de la scène que nous venons de raconter.

Ce bruit n'était autre que celui de la sonnette agitée avec une fureur tellement convulsive que le cordon était, dès le premier coup, resté dans la main du nouveau venu.

— Qui peut être là, bon Dieu, — s'écria Salomon.

— Je vous défends d'ouvrir! — dit Georges d'une voix brève et impérieuse.

— Mais pourtant... — murmura le juif.

Un choc violent ébranla la porte, et coupa la parole à Salomon : en même temps on entendit une voix qui disait au dehors :

— Je sais qu'il y a quelqu'un, je vois de la lumière, j'entends parler : ouvrez donc à l'instant même ou j'enfonce la porte!

Et pour donner plus de poids à cette assertion, le visiteur ébranla d'un nouveau choc les ais de sapin qui craquèrent.

Cette fois, Salomon ne tint nul compte des injonctions de d'Entragues, et courant à la porte de l'antichambre, il ôta le verrou que Georges avait poussé.

Qu'on juge de la stupeur de l'usurier et du gentilhomme en voyant apparaître sur le seuil la pâle figure du vicomte de Nodêsmes, dont la colère et l'impatience contractaient les traits d'une manière effrayante.

Sans doute Jules ne s'attendait point à rencontrer chez Salomon son perfide ami, car à sa vue une sou de excla-

mation de surprise et de joie s'échappa de son gosier, il
repoussa le juif d'un geste si furieux qu'il l'envoya tomber
à dix pas, après qu'il eut tourné trois ou quatre fois sur
lui-même, et il s'élança vers M. d'Entragues qui sentit son
front pâlir, malgré son impudence, sous le regard fixe,
sous la brûlante haleine du vicomte.

Georges essaya cependant de faire bonne contenance,
et balbutia en tendant la main à Nodêsmes :

— En vérité, mon ami, je suis bien surpris et bien
charmé.

— Assez! assez! — cria Jules en l'interrompant, — plus
de mensonge! plus d'infamie! je sais tout!

— Eh! — reprit d'Entragues sans se déconcerter encore, — que pouvez-vous savoir qui vous empêche d'accepter la main que je vous tends?

Nodêsmes haussa les épaules avec un profond mépris.

— Assez! assez! — répéta-t-il, — vous me salissez en
me parlant.

— Monsieur!... — s'écria Georges.

— Silence! puisque je vous trouve ici, je m'expliquerai
tout à l'heure avec vous, mais d'abord deux mots à cet
homme.

Et Jules s'approcha de Salomon qu'il prit par le collet
de sa robe de chambre, et qu'il arracha de la chaise sur
laquelle il s'était laissé tomber.

— Monsieur le vicomte... — balbutia le juif.

— Voleur infâme, — interrompit Nodêsmes, — je me
suis échappé de la prison où vous m'avez fait jeter, pour
venir vous prendre de gré ou de force les titres que m'a
escroqués votre complice. Vous allez me les donner, me
les donner à l'instant même!

— Je ne le puis, Monsieur le vicomte, en vérité je ne le puis...

— C'est ce que nous allons voir! — fit Jules en forçant violemment à s'agenouiller le juif qui se courba sans résistance.

— Direz-vous encore, — reprit-il, — direz-vous encore que vous ne pouvez pas?

— Sans doute, au moins en ce moment, puisque les titres que vous demandez ne sont point entre mes mains...

— Où sont-ils?

— Chez l'huissier, mais je vous donne ma parole d'honneur, monsieur le vicomte, de vous remettre ces titres demain matin avant dix heures, et de lever en même temps votre écrou, sans réserves. Croyez bien, monsieur le vicomte, qu'on a surpris ma bonne foi.

— C'est bon, — dit Jules en lâchant l'usurier, qui se releva tout tremblant, — je compte sur votre promesse, car si vous y manquiez nous aurions un terrible compte à régler ensemble, et je vous jure devant Dieu, que dût-on ensuite m'envoyer au bagne, je vous tuerais sans hésitation et sans pitié, comme, d'abord, je vais tuer monsieur!

Et le vicomte désigna Georges d'Entragues.

Ce dernier, avec cette force de volonté que nous lui connaissons, avait repris toute sa puissance d'esprit et tout son empire sur lui-même, aussi répondit-il à cette dernière phrase en saluant à demi et en donnant à sa voix une intonation railleuse:

— Ah! vous allez me tuer, tout simplement, sans scrupule et sans façons! pardieu! monsieur le vicomte, franchement je vous avoue que je suis curieux de voir cela.

— Vous le verrez, soyez tranquille !

— Et... dites-moi, je vous prie, sera-ce un duel, sera-ce un assassinat ?

Nodêsmes sourit dédaigneusement.

— Voulez-vous me suivre ? — demanda-t-il ?

— *Jusqu'à la mort !*... Je crois que c'est le cas de le dire, — répondit d'Entragues en riant d'un rire un peu forcé.

— Alors passez, je vous suis.

Et Nodêsmes ouvrant la porte de l'antichambre, s'engagea avec Georges dans les profondeurs de l'escalier.

XI

Tout est bien qui finit bien.
(Shakespeare).

Mazagran, prudente par affection, après avoir amené à
bien la difficile évasion du vicomte de Nodêsmes, et donné
l'ordre au cocher de la citadine de sortir de Paris, avait
passé le reste de la journée dans une petite auberge de
Saint-Denis avec Jules, puis, sitôt que la nuit devenue
suffisamment compacte, put offrir à l'ex-prisonnier quelques chances d'incognito, les deux jeunes gens regagnè-
rent ensemble la grande ville, et Jules, sur les onze
heures du soir, frappait à la porte du comte Georges
d'Entragues.

Georges, nos lecteurs le savent, était alors absent de
chez lui, et Nodêsmes se décida à tenter auprès du juif
Salomon la démarche dont nous connaissons les résultats.

Rejoi nons d'Entragues et le vicomte au moment où ils

venaient de poser ensemble le pied sur le pavé de la rue des Bons-Enfants.

Jules s'avança assez rapidement d'abord dans la direction de la rue Neuve-des-Petits-Champs, d'Entragues le suivit.

Ils marchèrent ainsi pendant quelques minutes sans prononcer une seule parole. — Tout à coup, et dans un endroit fortement éclairé par un bec de gaz, le dictateur des Chevaliers du Lansquenet s'arrêta.

Jules en fit autant.

— Monsieur le vicomte... — dit le premier en croisant les bras sur sa poitrine et en se posant dans une attitude insolente.

— Monsieur ?.. — répondit Nodésmes.

— Je crois que vous avez dit que vous alliez me tuer?

— Je l'ai dit.

— C'est chez vous un parti pris?

— Tout à fait.

— Sur lequel vous ne comptez point revenir?

— Non.

— Je conçois qu'à vos yeux la chose paraisse toute simple, mais comme aux miens elle ne saurait produire la même impression, vous voudrez bien trouver bon que je vous fasse une question?

— Faites.

— Et vous y répondrez?

— Peut-être.

— Comment comptez-vous me tuer?

— En duel.

— Ah! mais, l'issue d'un duel est toujours douteuse, et vous paraissez sûr de votre fait.

— Parce que je compte sur la justice de Dieu.

— Très-bien et très-beau! parole d'honneur, c'est pathétique! Et quand comptez-vous me tuer?

— Au point du jour.

— Dans quel endroit?

— Cela m'est tout à fait indifférent.

— Et où allons-nous maintenant?

— Chez vous.

— Chez moi?

— Oui.

— Pourquoi faire?

— Pourquoi faire?

— Pour prendre des armes et passer la nuit avec vous, afin d'être sûr que vous ne m'échapperez pas.

— Monsieur le vicomte, je vous remercie des renseignements que vous voulez bien me donner, et je suis prêt à mettre mon appartement à votre disposition.

Et les deux jeunes gens reprirent leur marche après cette ironique action de grâce de M. d'Entragues.

Voici ce que ce dernier avait immédiatement agité dans son esprit et résolu de faire.

D'abord il s'était demandé ce que le vicomte de Nodêsmes savait au juste de ses trahisons, et il s'était répondu que selon toute apparence Jules n'avait que des données fort incertaines, fort incomplètes et ne se basant sur aucune preuve irrécusable, que par conséquent, s'il était possible de paralyser de nouveau pendant quelque temps ses moyens d'action, la situation ne serait peut-être pas aussi complétement désespérée qu'elle en avait l'air au premier abord.

En conséquence, Georges, toujours déloyal, décida

que, sitôt arrivé chez lui, avec le vicomte, il enfermerait et verrouillerait ce dernier, puis, courant requérir la force armée, le signalerait comme un échappé de Clichy et le ferait réintégrer immédiatement sous les verroux et sous bonne garde.

Voilà quel était le projet du comte d'Entragues, projet machiavélique et infâme qui, grâce au ciel, ne devait point recevoir son exécution.

L'heure de la vengeance avait enfin sonné!

Au moment ou les deux jeunes gens arrivaient près de la maison de la rue Saint-Lazare, et tandis que Georges mettait la main sur le marteau de la porte cochère, cette porte s'ouvrit et laissa sortir un homme de taille moyenne et proprement vêtu, mais vêtu avec prétention et mauvais goût.

Cet homme porta la main à son chapeau posé de côté sur l'oreille droite, se rangea poliment afin de laisser passer les nouveaux venus, et il allait sans doute s'éloigner quand, tout à coup, son regard tomba sur le visage du comte d'Entragues.

L'effet de ce coup d'œil fut magique.

L'inconnu revint sur ses pas, et fermant derrière lui la porte cochère que Nodêsmes avait laissée entr'ouverte, il bondit jusqu'à Georges, qu'il saisit par le nœud de sa cravate, et qu'il poussa violemment contre la muraille, en s'écriant :

— Mille millions de tonnerres de Dieu! je t'ai donc *fichu* le grappin dessus, particulier de malheur! voilà assez de temps que je trime à ton intention, pour le coup je *t'arquepince* et dur!

— Qui êtes-vous? qu'est-ce que vous me voulez? lâchez-moi ? — murmurait d'Entragues d'une voix de plus en plus haletante, de plus en plus étouffée, car la main de son adversaire le tenait par le cou et le serrait toujours davantage.

— Te lâcher, mon fiston, — répondait le nouveau personnage avec un accent inimitable, — te lâcher, plus souvent ! dévisage-moi donc un quart d'instant, contemple mon faciès :

> » Mire dans mes yeux tes yeux ! »

Et tu ne me répèteras plus de te lâcher, car c'est bête !

Et, tout en parlant, l'inconnu approcha son visage de celui de d'Entrages, qui frémit de chacun de ses membres et fit un dernier effort pour se dégager en criant :

— L'Amour ! c'est l'Amour !

Jules assistait à cette scène étrange, sans la comprendre et sans intervenir, car il devinait vaguement qu'il s'agissait là aussi d'une explication, et que d'Entragues allait avoir à rendre compte de quelque autre criminelle action que lui, Nodèsmes, ne connaissait pas.

Nous savons qu'il devinait juste.

— Enfin, — murmura Georges, profitant d'un moment où la pression du poignet de l'Amour (car c'était bien notre ancienne connaissance) était moins énergique et lui permettait d'articuler quelques sons, — enfin que voulez-vous de moi, et pourquoi m'avez-vous arrêté ?

— Pourquoi, mon fiston ? — répliqua l'Amour, — parce qu'on a besoin de toi *là-haut*, parce que je vas t'y mener tout de suite, bien gentiment, ou t'y traîner, ou t'y porter, comme tu voudras, ça m'importe peu, mais ce qu'il y a de sûr, c'est que tu vas monter.

Et l'ex-président de la société des Rossignols, ayant conduit son prisonnier jusqu'à l'entrée de la cour, désidu geste les fenêtres encore éclairées de l'appartement du général Carol.

— Jamais! jamais! — fit d'Entragues, saisi d'une involontaire et irrésistible terreur.

— Nous allons bien voir, — répliqua l'Amour, en se servant de la cravate de Georges comme d'un tourniquet, et en l'entraînant à demi-étranglé dans l'escalier.

Les trois personnages (car le vicomte suivait toujours, intéressé au plus haut point, comme un spectateur qui assiste aux dernières péripéties d'un drame), les trois personnages, disons-nous, arrivèrent à l'étage occupé par le général Carol, et l'Amour sonna fortement.

Un domestique vint ouvrir.

— C'est encore moi, Pierre, — fit l'Amour : — je reviens tard, mais j'amène quelqu'un qu'on ne sera pas fâché de voir ici ; aidez-moi donc un peu à conduire ce particulier-là au salon, car il se rebiffe comme un beau diable, et il n'est pas commode du tout à manier.

Le valet de chambre de M. Carol donna un coup de main à l'Amour, et le comte d'Entragues, impuissant dans sa colère, fut obligé d'obéir à l'impulsion qu'il recevait de ses gardiens.

Le salon dans lequel Georges fut introduit, présentait un spectacle sinon fort étrange, au moins terrible pour un spectateur aussi peu désintéressé que M. d'Entragues.

A côté d'une table ronde placée au centre du salon et supportant un candélabre chargé de quatre bougies, le général Carol était assis ou plutôt couché dans un large et profond fauteuil de tapisserie.

Nos lecteurs n'ont point oublié sans doute que le général était tombé pour ainsi dire en enfance par suite de la
blessure reçue à la tête dans son duel des carrières de
Montrouge.

Depuis cette époque un changement physique, propor-
tionné au changement moral, s'était opéré en lui.

Il ne restait plus trace de l'homme encore vert et bien
conservé, de l'homme aux corsets serrés et aux moustaches peintes, le général était devenu un vieillard dans
toute la force du terme, un vieillard courbé et décrépit.

Ses cheveux blancs avaient grandi et flottaient sur son
front en mèches irrégulières.

Une complète atonie, quelque chose de morne et de
glacé, avait remplacé le vif éclair de ses yeux.

Sa tête se penchait inerte, et sa bouche souriait sans
cesse du triste et hideux sourire de l'idiotisme.

Tout auprès de cette ruine vivante, Perdita, plus belle
que jamais, mais excessivement pâle, se livrait à un travail de broderie, et couvrait de temps à autre le général
d'un regard rempli de tendresse et de sollicitude.

Elle tressaillit convulsivement au coup de sonnette et
au bruit occasionné dans l'antichambre par l'arrivée de
l'Amour et de d'Entragues.

Le général ne fit aucun mouvement et ne parut point
entendre.

La porte du salon s'ouvrit, et pour la première fois
depuis les scènes de l'Opéra et de la petite maison, le
frère et la sœur, le bourreau et la victime se trouvèrent
en présence.

Perdita se leva, étonnée, presque épouvantée à la vue

de M. d'Entragues, livide, et malgré sa résistance entraîné par deux hommes.

— Faites pas attention, Madame! — s'écria l'Amour qui s'aperçut de l'émotion de la jeune femme, — Mòsieu est le particulier qui nous avait embauchés pour la petite expédition de Vincennes, et que j'ai le plaisir de vous présenter présentement.

— Lui! — murmura Perdita en reculant avec un frisson.

— Lui-même! — répondit l'Amour. — C'est ce beau fils qui vous a enlevée, et je vous l'amène afin qu'il vous dise pourquoi : expliquez-vous donc un petit peu ensemble, pendant ce temps-là, moi, je vais me livrer à un un autre genre d'opération.

Et l'Amour s'approchant de la jeune femme, lui dit quelques mots tout bas, puis sortit du salon, dont on l'entendit fermer à double tour la porte derrière lui.

Perdita fit deux pas dans la direction de Georges d'Entragues et lui dit d'une voix émue :

— Vous avez entendu ce dont cet homme vous accuse, Monsieur... qu'avez-vous à répondre?

— Rien, — fit Georges avec aplomb. — Rien! sinon que je viens de tomber dans un infâme guet-apens, dont je déclarerai complices tous ceux qui y auront participé.

— Oh! oui, c'était vous! c'était vous! — s'écria vivement Perdita, quand Georges eût achevé sa phrase. — C'est bien là cette voix qui me disait tout bas des paroles infâmes et menteuses, et qui me promettaient ma mère! Oh! je vous reconnais, je vous reconnais! vous êtes le palikare du bal de l'Opéra!

— Vous êtes le palikare du bal de l'opéra! répéta

comme un écho une voix inattendue, celle du général
Carol, dont le front s'était relevé, dont le regard avait
retrouvé son étincelle d'autrefois, et qui, dans une pose
irritée et menaçante, se soulevait en s'appuyant au bras
de son fauteuil.

Un de ces phénomènes que la science enregistre à de
longs intervalles venait de s'opérer dans le cerveau du
vieillard. Une commotion brusque avait chassé l'idiotisme
et rallumé l'intelligence.

Georges pâlit comme si un cadavre avait retrouvé pour
l'accuser la vie et la parole.

Perdita, stupéfaite et haletante, paraissait croire à un
miracle.

Cependant le général Carol s'était tout à fait levé, et,
marchant d'un pas mal assuré jusqu'à une panoplie sus-
pendue à la muraille du salon, il saisit deux épées, et
s'avança vers le comte d'Entragues à qui il tendit une des
armes en lui disant :

— A nous deux Monsieur, à nous deux! nous allons
voir si le ciel sera toujours injuste! si vous serez toujours
vainqueur!

— Mon ami! mon ami! — s'écria Perdita en ce moment, en courant au général et en l'enlaçant de ses bras.
— Mon ami, point d'épées, point de duel! ne volez pas
le procureur du roi!

— Le procureur du roi! — murmura Georges en laissant retomber l'épée dont il s'était emparé déjà.

— Dans cinq minutes, — répondit la jeune femme
d'une voix méprisante, — dans cinq minutes vous serez
entre les mains de la justice! on est allé chercher la
garde!

— La justice! la garde! — s'écria Georges dont la tête paraissait s'égarer. — Savez-vous bien que c'est le bagne?

— Je le sais, et vous l'avez largement mérité.

— Mais c'est impossible! c'est impossible!

Et le jeune homme s'élançant vers la porte du salon, essaya de l'ébranler.

Elle avait été fermée en dehors par l'Amour, et elle résista à tous ses efforts.

— Oui, le sort en est jeté, — dit-il alors froidement en revenant au milieu de la pièce. Vous m'avez fait dénoncer, et rien désormais ne peut plus me sauver!

— Rien au monde!

— Alors, — ajouta Georges avec un rire sinistre et en s'approchant de Perdita, — donnons-nous la main, MA SŒUR! prostituée et forçat, nous finissons dignement tous deux la famille des comtes d'Entragues!

— Que dites-vous, que dites-vous? votre sœur, moi! — s'écria la jeune femme.

— Voyez, — dit Georges en arrachant son gant, et en tendant à Perdita l'anneau d'or blasonné qu'il portait au doigt : — voyez, ces armes sont les miennes, les vôtres, celles du cachet qui vous servait de talisman et que, moi, j'ai fait disparaître. Vous êtes Marie d'Entragues, vous êtes ma sœur, et c'est parce que j'ai dévoré depuis longtemps la fortune qui vous appartenait que j'ai voulu vous perdre! Aujourd'hui vous pouvez vous venger, vous le faites, c'est bien. Bravo, ma sœur!

En ce moment des pas mesurés retentirent dans l'antichambre. On entendit le bruit des crosses de fusils et celui d'une clé s'enfonçant dans la serrure.

— Mon frère! sauvez! sauvez-vous! — murmura Perdita à demi-folle d'effroi et de terreur.

— Vous voulez me sauver! vous valez mieux que moi. Merci, ma sœur, merci et pardon! Fuir est impossible, et d'ailleurs à quoi bon? mais un d'Entragues ne va pas au bagne. . Ainsi adieu!

Et Georges tirant de sa poche un des pistolets avec lesquels il avait essayé d'effrayer Salomon, l'appuya sur sa tempe, et fit feu au moment où la porte s'ouvrait.

Perdita tomba à genoux près de lui en poussant un grand cri.

— Adieu... murmura-t-il, adieu... priez pour moi!

Épilogue.

Voici ce que devinrent après la mort de Georges d'Entragues, les divers personnages de cette longue histoire.

La bonne chanoinesse mourut le même jour que son neveu, dont elle eut le bonheur d'ignorer la fin tragique et la honteuse existence.

Salomon restitua les titres volés au vicomte de Nodêsmes, et fût payé par la vente des biens de la succession de Georges, sur lesquels Perdita ne fit valoir aucun droit.

Aujourd'hui, Salomon, dont la fortune augmente chaque jour, a quitté Paris et demeure à Dijon, rue Saint-Pierre, n° ***.

Perdita a épousé le général Carol. Celui-ci semble rajeunir, tant il est amoureux de sa jeune femme qui se conduit d'ailleurs admirablement bien avec lui.

Nodêsmes, retourné en Normandie, sert à Mazagran une pension annuelle de mille écus, ce qui, joint aux offrandes de ses nombre x adorateurs, procure à la jolie lorette une existence très-confortable.

On parle du prochain mariage du candide vicomte avec mademoiselle Esther de Choisy.

M. de Choisy le père a sacrifié tout récemment sur l'autel de la patrie les titres qu'il aurait pu avoir et se met, dit-on, sur les rangs pour siéger comme un républicain pur sang à l'Assemblée nationale.

L'Amour, qui vivait dans une honnête aisance, grâce aux libéralités du général Carol et de Perdita, a été tué le 24 février à l'attaque du poste du Château-d'Eau.

Lors de la levée des scellés dans l'appartement de Georges, on trouva le testament qui disposait des meubles en faveur du baron Aymeric Croisé de La Croisette, lequel fut mis en possession immédiate.

Les chevaliers du Lansquenet s'aperçurent alors avec une profonde douleur et une vertueuse indignation, qu'ils avaient été abominablement *joués* par leur dictateur, et que les billets de banque avaient disparu.

En revanche, le baron découvrit en fouillant dans un tiroir, une enveloppe cachetée, portant cette suscription :

A MONSIEUR LE DUC DE SANDOVAL.

M. de La Croisette s'empressa de faire parvenir ce paquet à son adresse, et le manuscrit de Danaë arriva ainsi tout naturellement entre les mains de son mari, qui, trouvant un peu trop fortes les légèretés de sa moitié, la mit incontinent à la porte de chez lui.

Danaë revint à Paris, se lança dans un monde équivoque et fut aimée par le Staroste de Lubliniski, qui l'emmena en Pologne, où il la bat considérablement, mais où, somme toute, il lui fait mener une fort grande existence.

L'association des *Chevaliers du Lansquenet* est dissoute, mais les divers membres qui la composaient continuent à pratiquer individuellement la bouillotte et le baccarat. Vous les rencontrez presque chaque soir dans les s lons les mieux hantés.

Quelques-uns d'entre eux paraissent désireux de devenir des hommes politiques, et ne s raient point éloignés de se mettre à la tête d'une association *communiste*.

Ceci ne nous étonnerait point.

FIN DES CHEVALIERS DU LANSQUENET.

LE TROU A ROMAIN.

I

Coquerel.

L'an passé, tandis que je surveillais une vingtaine de terrassiers occupés à faire des travaux dans mon jardin d'Étretat, je vis s'approcher de moi quelqu'un que je ne connaissais pas encore.

Ce quelqu'un était un homme de trente à trente-cinq ans — (un pêcheur, sans doute, car il en portait le costume) — de taille moyenne et d'une physionomie douce et intelligente,

— Monsieur. — me dit-il, — je vous souhaite bien le bonjour...

Bonjour, mon ami, — répondis-je, qu'y a t-il pour votre service ?...

— Je voudrais, monsieur, vous demander quelque chose,

— Quoi donc ?

— Je suis d'Étretat, monsieur...

— Fort bien.

— Pêcheur de mon métier. — Pêcheur de tourteaux, de homards et de salicoques. — Quand le temps est mauvais pour aller à la mer, je fais des sabots...

— A merveille. — Je vois que vous ne perdez pas un instant.

—Oh! non, monsieur, — quand on n'est pas riche, le temps coûte trop cher pour en laisser perdre. — Je m'appelle Coquerel...

— Eh bien! Coquerel, apdortez à la maison des homards, des tourteaux et des salicoques, on vous en prendra, et, quant aux sabots, je crois justement que j'en ai besoin d'une paire...

— Je vous la fournirai, monsieur, mais ce n'est pas de cela qu'il est question..,

— Ah ! ah !...

— Je tiendrais à vous consulter,

— Me consulter ?

— Oui, monsieur...

— Et, à quel propos ?

— On m'a dit que vous étiez auteur...

—C'est vrai.

—Ainsi, monsieur vous faites des livres.

—Oui, mon ami, beaucoup de livres?

— Comme monsièur Alpohnse Karr qui venait ici il y a quelques années ?

— A peu près. —Mais que diable vous importe que je fasse ou non des livres?...

— C'est que puisque vous en faites, vous devez vous y connaître?...

— Ce n'est pas toujours une raison...

— Oh! si monsieur.

— Enfin, soit, — admettons que je m'y connaisse, — où voulez vous en venir?

—A vous prier de lire un manuscrit, et de me dire ce que vous en pensez.

— Un manuscrit! m'écriai-je.

— Oui, monsieur.

Et de qui ?

— De moi.

Je regardai le pêcheur avec surprise.

— Oui, monsieur, répéta-t-il, — de moi, Coquerel,

— Comment, — repris-je — la pêche et les sabots vous laissent donc le temps d'écrire !

Ah ! monsieur, les soirées d'hiver sont si longues. — A quoi voulez-vous qu'on les employe quand on a un peu d'*idée* ?

— Ainsi, vous avez inventé un roman ?

— Je n'ai rien inventé du tout.

— Cependant, ce manuscrit ?

— C'est une histoire vraie et que tout le monde pourra vous raconter dans le pays. — C'est l'histoire du *Trou à Romain*.

J'avais entendu vaguement parler de cette curieuse légende, par un vieux drôle, moitié fou et moitié imbécile, ex-gendarme, ex-logeur, aujourd'hui marchand de tabac à Saint-Romain, le père Gratien.

Il me semblait aussi me souvenir que Bbanquet m'en avait dit quelques mots.

— Je lirai votre manuscrit, — répondis-je.

— Et quand vous l'aurez lu, vous me direz ce que vous en pensez.

— Oui.

— Et, si vous trouvez que ce n'est pas trop mal.

— Eh bien ?

— Est-ce que vous ne pourrez pas le faire imprimer ?

— Difficilement.

— Pourquoi donc ? — Monsieur Alphonse Karr a bien fait imprimer l'histoire de Rose Duchemin...

— Oui, et Rose Duchemin est convaincue, à l'heure qu'il est, que c'est elle qui a fait la réputation de monsieur Alphonse Karr. — Elle le dit a qui veut l'entendre et elle me l'a dit à moi-même...

— Oh ! monsieur, je ne dirai pas cela pour vous, moi... et, si vous vouliez mettre mon manuscrit dans un de vos livres en disant seulement qu'il est de moi...

— Enfin, apportez-le toujours, nous verrons.

Coquerel ne se fit pas répéter ceci deux fois.

Il tira de sa manche un volumineux rouleau de papier in-folio, à couverture bleue, — noué avec une petite ficelle.

Je pris ce rouleau, je l'avoue, avec un sentiment de profonde terreur.

On ne sait pas assez tout ce qu'il y a d'effrayant pour un romancier dans un manuscrit inédit.

Quand, par aventure, le manuscrit est d'un bas-bleu, mieux vaudrait voir braquer contre sa poitrine le canon d'une carabine ou d'un pistolet.

La mort serait plus prompte et plus douce !

Bref, je dénouai la ficelle et je m'aperçus, non sans plaisir, que l'écriture ne courait que sur le *folio* des pages, — le *verso* était blanc.

Qui diable avait pu apprendre à ce pêcheur que la *copie* qu'on destine à l'impression ne doit être écrite que d'un seul côté ?

Je n'eus pas la curiosité de lui demander — et franchement, je le regrette

Cependant ce manuscrit, tel quel, était encore d'une dimension fort imposante.....

Enfin, j'avais promis, il fallait tenir.

J'emportais l'histoire du *Trou à Romain*, et je la lus d'un bout à l'autre, le soir même.

Durant cette lecture, ma curiosité et ma surprise furent tenues constamment en haleine.

D'une part, la légende que j'avais sous les yeux me semblait intéressante et émouvante.

D'autre part, je trouvai dans ces pages une façon de raconter vive et facile, un style parfois incorrect, mais toujours coulant, que je n'aurais pu m'attendre à rencontrer sous la plume d'un pêcheur d'Étretat.

Le lendemain je revis Coquerel

— Eh bien! monsieur? — me demanda-t-il.

— Eh bien! — lui répondis-je — j'ai lu et je suis fort content.

— Vous trouvez donc que ce n'est pas mal?

— Oui.

— Et vous imprimerez mon histoire?

— Oui.

— Et vous direz que c'est moi, Coquerel, qui l'ai faite?.

— Sans doute.

— Et quand cela, monsieur?

— Le plus tôt possible.

— Cette année?

— Probablement.

— Cette promesse parut transporter de joie le pêcheur qui, le lendemain, m'apporta, comme témoignage de sa gratitude, un énorme plat de ces gigantesques crevettes qu'on ne trouve à Paris que chez Chevet, et qui se vendent presque au poids de l'or aux gourmets millionnaires.

Il me fut impossible, du reste, de publier le *Trou à Romain*, aussitôt que je l'aurais désiré; aujourd'hui seulement l'occasion se présente, et je la saisis.

J'imprime donc, sans y rien changer, le manuscrit du pêcheur d'Étretat, et je supplie mes lecteurs de ne point regarder cette déclaration comme une de ces *subtilités* qui ne sont le plus souvent qu'un piége tendu à la complaisante crédulité du public.

Coquerel existe.

Coquerel est jeune et bien portant.

A l'heure qu'il est, il pêche dans les roches, à la basse mer, force tourteaux, homards et salicoques, — il ramasse au pied de la falaise de Bruneval les jeunes mouettes, trop faibles encore pour voler, et que les vents d'orage chassent de leur nid, — enfin, il fabrique toujours des sabots dans ses moments perdus.

L'histoire que vous allez lire est de lui, — rien que de lui.

J'en décline la paternité, et, en même temps, la responsabilité.

Je ne sais quelle sera l'opinion de mes lecteurs, mais j'affirme que cette œuvre d'un pécheur me semble extrêmement remarquable.

A lui donc, tout l'honneur. — Je le proclame bien haut, — et j'espère qu'en présence de ce témoignage, Coquerel ne dira point de moi ce que Rose Duchemin disait de monsieur Alphonse Karr.

Je ne voudrais cependant point l'en défier. — Les auteurs sont une si vilaine engeance!...

§

Avant de commencer, deux mots encore.

Dans le récit qu'on va lire se trouveront parfois des phrases d'une construction vicieuse, mais d'une originalité piquante.

Je les respecterai religieusement.

Quant aux expressions locales, aux termes du métier; je les *soulignerai*, et, lorsque ces expressions me sembleront un peu obscures, j'en donnerai, soit entre parenthèse, soit sous forme de note, une brève explication.

II

Le portefeuille du mendiant.

Par un beau jour du mois de juin de l'année 1844, le pêcheur d'Étretat Romain revenait lentement du rocher de Vaudieu.

Suivons-le, tandis qu'il chemine vers le village.

Il avait descendu à peu près la moitié de la côte d'Amont, lorsque son pied glissa sur un objet dont il ne put se rendre compte dans le premier moment.

Il revint sur ses pas, il fouilla dans l'herbe et il trouva sous sa main un vieux portefeuille, ou du moins quelque chose qui lui sembla tel.

Comme il était embarrassé de sa *manne* et de sa *gaffe*, il mit le portefeuille dans sa poche, se promettant bien de l'ouvrir plus tard afin d'en examiner le contenu.

Rentré à la maison, il visita en effet le *Porte brouillons*,

Il était rempli de papiers, presque tous gras, frippés, salis et en assez mauvais état.

La première chose qui attira son attention était une lettre toute ouverte, et ainsi conçue :

« Monsieur Derviche.

« J'ai fait en votre nom et avec les fonds qui vous appartiennent et dont je suis dépositaire, l'acquisition de la petite maison qui a été vendue samedi dernier, quinze courant.

« J'espère, monsieur, que vous serez satisfait de cet achat. — Cette maison se trouve entre vos deux petites propriétés, — vous n'aurez donc plus à craindre un voisinage incommode.

« Le prix de cet achat se monte à *mille huit cent quarante six* francs, — y compris les frais de contrat.

« Ainsi, monsieur, sur les deux mille francs que vous m'avez remis, il me reste *cent cinquante-quatre* francs,

« Je vous salue, monsieur, avec la plus parfaite considération.

« J. B.

« notaire à Saint-Romain.

— Voilà, — se dit Romain, — une correspondance qui témoigne d'un marché parfaitement en règle.

Il retourna la lettre afin d'en regarder l'adresse.

Cette adresse était ainsi conçue :

FAUVILLE   CANTON DE CRIQUETOT,

Poste restante.

POUR ETRE REMISE AU MENDIADT DERVICHE.

— Diable !... — pensa le pêcheur, — il y a donc, dans ce pays-ci, des gueux qui sont propriétaires !...

Il ouvrit une seconde lettre. dont nous reproduisons également le contenu :

Monsieur Derviche,

« L'entrepreneur des travaux du géni , forcé de partir aujourd'hui même, m'a parlé des affaires que vous faisiez ensemble.

« N'ayant pas le temps de vous écrire lui-même, il me prie de vous adresser ses adieux, tout en vous faisant mes offres de service.

« En conséquence, je vous propose donc, monsieur, de changer votre monnaie de billon contre des écus, aux mêmes conditions que le faisait notre ami.

« Si vous agréez cette proposition, monsieur, vous aurez la bonté de m'écrire à...

La fin de la lettre avait été mouillée et usée dans le portefeuille...

L'adresse était la même que celle de la précédente.

Une troisième missive surprit Romain bien plus que n'avaient pu le faire les deux premières.

Celle-ci, d'une très-jolie écriture de femme, parlait au mendiant comme à un bienfaiteur. — On lui devait la vie — disait-on — on le remerciait comme un père et de la manière la plus touchante.

— Ainsi donc — s'écria le pêcheur — on trouve le bonheur et la fortune au fond d'une besace!... — un mendiant couvert de haillons inspire la reconnaissance! — le sort de cet homme me fait envie! — il est bien heureux d'être gueux!... — il ne craint pas la cherté du pain — il ne redoute pas l'heure du terme!... — il est comme l'oiseau sur la branche, — il ne s'inquiète guère du lendemain — la campagne est son domaine et tous les lieux sont sa patrie!...

Les autres pièces contenues dans le portefeuille étaient des correspondances avec le notaire et des lettres d'affaires.

Romain remit tout cela en ordre en se promettant bien de chercher à découvrir à qui appartenait ce trésor de papiers.

§

Il n'est pas extrêmement commun de voir des mendiants acheter des maisons avec le produit de leurs économies.

Expliquons donc ce qui peut sembler le plus extraordinaire dans le fait qui nous occupe.

L'heure fatale de la Terreur avait sonné à l'horloge funèbre de 93.

Beaucoup s'étaient vus forcés de quitter le sol qui les avait fait naître, pour aller chercher sous le soleil de l'exil un pays plus hospitalier.

L'Angleterre fut le lieu choisi par une grande quantité de proscrits.

Les prêtres surtout — les plus nombreux de tous les émigrés — passèrent pour la plupart en Angleterre.

C'est alors que les révolutionnaires enragés dévastèrent les abbayes, démolirent les couvents et pillèrent les églises.

Il semblait que la France entière, en proie à un vertige furieux, était révoltée contre son Roi et contre son Dieu.

Elle coupait la tête à l'un — elle renversait les autels de l'autre.

En ces temps douloureux le paisible habitant du village ne vivait plus — il languissait.

Le moribond n'avait plus à son chevet le ministre de Dieu pour lui ouvrir les portes du ciel.

Il n'était plus permis de prier au lieu saint, et la croix brisée du hameau gisait sous les ronces et les orties.

Enfin la tourmente révolutionnaire s'apaisa, usée par sa violence même.

Les tristes proscrits eurent enfin, le bonheur de revoir leur patrie.

Beaucoup, parmi eux, rentrèrent en France sans aucune fortune, — surtout les ecclésiastiques.

L'avenir, pour les prêtres, ne présentait plus les mêmes bénéfices que le passé.

Il n'y avait plus de dîme, — il fallait donc vivre avec les petits appointements et le casuel.

Mais pour un prêtre jaloux du bon ordre et même du luxe de son église, cela ne menait pas loin, et, pour suppléer à l'insuffisance des ressources, on se vit obligé de prêcher la charité sur tous les tons.

On comprend combien le clergé avait d'intérêt à faire naître et à maintenir cet esprit de charité, pour reconstruire les églises que la tempête de 93 avait renversées.

Les mendiants comprirent qu'en demandant *pour l'amour de Dieu*, il pouvait tirer un grand parti de cette charité prêchée partout.

Quelques-uns trouvèrent moyen de se presque enrichir à demander l'aumône.

De ce nombre était le mendiant Derviche.

§

Revenons, s'il vous plaît, à Romain.

Tout en faisant des démarches pour tâcher de découvrir le propriétaire du portefeuille, Romain ne négligeait pas les rudes travaux que réclame le métier de pêcheur.

Il n'allait point à la mer avec des barques et des filets.

Il était ce que l'on appelle *Pêcheur au Rocher*, et il ne quittait jamais le pied de ces gigantesques falaises qui semblent faire une barrière infranchissable à l'Océan.

Là, il cherchait dans les *houles* les tourteaux et les homards, ou bien, armé de ses légers *lanets*, il poursuivait les salicoques agiles et transparentes, ces sauterelles de la mer.

Le varech qui croît sur les roches qui bordent les côtes de la Normandie est propre à faire une soude excellente, mais, pour obtenir cette soude, il faut des préparations qui exigent de grandes fatigues et de rudes travaux.

Après ces marées de pêche, Romain se livrait à l'occupation de recueillir le varech.

Il appelait cela se délasser.

La marée montante venait-elle le chasser du rocher, alors il faisait sécher son varech en l'étendant sur les galets exposé au soleil et aux vents.

Sentait-il l'impérieux besoin de prendre quelques heures de repos, il allait chercher le sommeil dans une sorte de petite cabane qu'il avait lui-même construite grossièrement, avec des galets et quelques planches dans un trou de la falaise.

C'est là qu'il couchait.

C'est là qu'il faisait même sa cuisine, — cuisine frugale s'il en fut, consistant en un peu de soupe aux légumes, et, parfois, en quelques coquillages provenant de sa pêche.

Romain passait ainsi des semaines entières. — à moins qu'un gros vent ou de fortes pluies ne le forçassent de retourner au village.

Mais c'était toujours avec peine qu'il se voyait forcé de quitter les grèves.

Cette vie de *pêcheur au rocher*, cette constante solitude, rendaient Romain quelque peu sauvage.

Cette sauvagerie, jointe à un commencement de surdité, empêchait Romain de se mêler habituellement aux réunions et aux jeux des autres pêcheurs.

Il n'en était pas pour cela un plus mauvais camarade.

Chacun connaissait son obligeance et sa disposition à obliger tout le monde, — autant que cela dépendait de lui.

De retour à la maison, il s'occupait à cultiver un petit jardin qui, grâce à ses soins, lui fournissait quelques fruits et des légumes abondants.

Cependant toutes ses démarches pour découvrir le mendiant Derviche restaient absolument sans résultat.

Ceci le tourmentait beaucoup.

Un jour une idée lui vint.

Il prit une feuille de papier et il écrivit les lignes suivantes :

« Monsieur,

« Vous avez perdu, il y a un mois à peu près, un portefeuille, en descendant la falaise d'Amont à Étretat.

« Ce portefeuille est entre mes mains.

« Si vous tenez à le ravoir, vous n'avez qu'à venir me le réclamer. — Je m'empresserai de vous le rendre.

ROMAIN,

« Pêcheur à Étretat. »

Puis, sur l'adresse, il traça ces mots .

Fauville. — Poste restante.

Pour être remis au mendiant Derviche.

Et il jeta le tout à la poste.

III

Le mendiant.

Plusieurs jours se passèrent sans apporter de nouvelles du mendiant Derviche.

Enfin un matin, presque au moment où Romain venait de partir pour aller à la pêche comme d'habitude, un pauvre, couvert de haillons, vint frapper à la porte de la chaumière où demeurait le père du pêcheur.

Le vieillard crut d'abord que ce pauvre lui demandait l'aumône et il allait lui couper un morceau de pain, quand le mendiant lui fit signe que ce n'était pas cela qu'il souhaitait.

— Mais alors que voulez-vous donc ? — dit le vieillard.

— Vous êtes le père de Romain le pêcheur ?

— Oui.

— Je voudrais parler à votre fils.

— Il n'y est pas.

— Où est-il ?

— Il est au rocher, qui fait la pêche. — Si c'est quelque chose qu'on puisse lui redire, dites-le-moi.

— C'est que j'ai perdu un objet qui est entre les mains

de votre fils, — il a eu la bonté de me le faire savoir par
une lettre, et c'est pour cela que je suis venu pour le
voir... — dites-moi, je vous prie, si vous croyez qu'il va
bientôt rentrer, ou si je dois aller le chercher au rocher ?..

— Oh! répondit le père, — il ne reviendra pas de
sitôt, à moins qu'il n'arrive du mauvais temps...

— Alors je vais aller le rejoindre, car il me tarde de le
voir...

— C'est ce que vous avez de mieux à faire.

— Où le trouverai-je?

— Au rocher.

— Mais, où est ce rocher?..

— Montez la côte d'Amont, — c'est celle que vous voyez
à votre droite, — suivez le bord de la falaise, jusqu'à la
première descente que nous appelons la vallure de Bénouville, — vous trouverez là une petite hutte bâtie en
terre et en galets et couverte en tourbe, — c'est le poste
des douaniers, — vous demanderez au douanier de quart
où est Romain, il vous le dira...

Le mendiant remercia le père du pêcheur et prit le
chemin qui conduit au rivage.

Une fois arrivé sur le *perrey* il tourna à droite et gravit
la côte d'Amont.

Bientôt il se trouva au sommet de la montée, et alors il
suivit le sentier battu par les chèvres, par les douaniers
et par les pêcheurs, qui le conduisit rapidement à la vallure.

Il vit la hutte devant laquelle un douanier faisait sa
faction, il s'approcha de lui, et, après l'avoir salué, il lui
demanda où il trouverait Romain.

Le douanier le conduisit sur le bord de la falaise, dans
un endroit où la vue s'étendait au loin sur les grèves.

— Voyez-vous, — lui dit-il alors, — cette petite pointe qui s'avance dans la mer?..

— Je la vois.

— C'est ce que l'on appelle le *passeux des fontaines...* c'est là que vous allez trouver Romain, occupé sans doute à faire sécher son varech.

Le pauvre remercia le douanier, — il descendit la falaise par la *vallure* de Bénouville, — et suivit le sentier tortueux qui conduit au pied de cette falaise au *passeux des fontaines.*

Arrivé là, il ne vit point le pêcheur, ni personne qui pût lui indiquer où il le rencontrerait.

Il se retourna alors pour regarder derrière lui, et il aperçut un assez grand feu allumé dans une *cave* de la falaise.

Il monta jusqu'à cette cave, non sans un peu de peine, et il vit alors, assis près du feu sur un morceau de roche, un homme d'assez grande taille et d'environ trente ou trente-cinq ans.

Cet homme se retourna en attendant s'approcher les pas du mendiant.

— Monsieur, — lui demanda ce dernier, — pourriez-vous me dire où je trouverai Romain le pêcheur?

— Ici, — répliqua l'homme assis auprès du feu.

— C'est donc vous qui êtes Romain, car il me semble que vous êtes seul?

— C'est moi.

— Alors, — reprit le mendiant en tirant de sa poitrine une lettre et en la présentant au pêcheur, — c'est vous qui avez écrit ceci?

Romain jeta un coup d'œil sur l'adresse.

Il lut ces mots, tracés quelques jours auparavant :

« *Pour remettre au mendiant Derviche.* »

— Oui, — dit-il ensuite, — c'est moi, — j'ai trouvé

un portefeuille, j'ai pris connaissance des pièces qu'il renfermait, — et j'ai adressé une lettre, là où on avait l'habitude d'écrire au propriétaire de ce portefeuille. — Maintenant, monsieur, dites-moi, je vous prie, si vous êtes le mendiant Derviche et si par conséquent les papiers qui sont entre mes mains vous appartiennent?..

— Je suis Derviche en effet.

— Alors, soyez le bien-venu à mon foyer... mais, d'abord, avez-vous l'intention de passer cinq heures ici?..

— Cinq heures? pourquoi?

— Parce que la marée montante va bientôt recouvrir le *passeux des fontaines* et nous tenir enfermés...

— Quelle heure est-il maintenant?.. — demanda le mendiant.

— Onze heures, — répondit Romain.

— Dans cinq heures il sera quatre heures... — oui, je puis rester avec vous, j'ai du pain dans ma besace...

— Moi, — dit Romain, — je fournirai le reste du repas... — vous voyez que ma soupe est sur le feu, — j'ai là quelques tourteaux et deux petits homards qui feront feront les frais du dîner...

Le mendiant se débarrassa de sa besace et s'installa sur une botte de paille qui formait le lit du pêcheur.

Puis il questionna Romain qui lui raconta un peu de mots comment il avait trouvé le portefeuille.

Ensuite il se leva, et, fouillant dans une fissure du rocher, il en tira ce portefeuille qu'il présenta à Derviche en lui disant :

— Tenez, voilà de quoi vous rendre un peu moins pauvre...

— Avez-vous parlé à quelqu'un des papiers que vous avez lus?.. — demanda le mendiant après avoir remercié Romain.

— A personne.

— Bien vrai?

— Oui. — J'ai pensé qu'il y avait là un secret qui ne m'appartenait pas, et qu'il était de mon devoir de le respecter.

Le mendiant serra la main du pêcheur.

— Vous avez agi en honnête homme! — lui dit-il.

Les mendiants voyent tant de monde qu'ils finissent par devenir des physionomistes de première force.

Il savent distinguer à vermeille, et à première vue, les bons et les mauvais caractères.

L'homme à la besace jugea le pêcheur.

Le visage de Romain exprimait la franchise... — Derviche le mit au nombre des bons sans hésiter, et se sentit en confiance avec lui.

— Mon ami, — lui dit-il, — il faut que je vous raconte les secrets de ma vie, — peut-être ne vous offriront-ils pas grand attrait, — mais, cependant, vous devez désirer connaître, — ne fût-ce que par curiosité — l'histoire d'un mendiant qui est propriétaire...

— Le fait est assez rare pour intéresser vivement, — rédondit Romain, — et je vous assure que je vous écoute de toutes mes oreilles.

— Je faisais partie de la première réquisition avec mes trois frères, — dit le mendiant — un jour, on vint nous annoncer qu'il fallait partir et rejoindre dans les quarante-huit heures...

« Ainsi donc, nous étions contraints d'abandonner une mère infirme, et qui n'avait pas d'autre soutien que nous!..

» Que faire?..

» L'honneur nous appelait sous les drapeaux, mais l'amour filial nous faisait une loi de ne pas laisser notre mère en proie à la plus profonde détresse!

» Il fut donc résolu entre mes frères et moi, que l'un de nous devait rester.

» Nous aimions tous les quatre notre mère d'une tendresse égale. — Nous tirâmes au sort, ce fut moi que le sort désigna.

» Je dus sacrifier mon honneur pour celle qui aurait donné sans regrets sa vie pour ses enfants.

» Seulement, afin que mon sacrifice ne fût point inutile, il fallait éviter d'être reconnu et découvert, — car alors je n'aurais évité l'uniforme que pour aller pourrir en prison.

» A force de chercher des expédients, j'en trouverai un qui me parut bon, et qui l'était en effet.

» J'achetai le chapeau à larges bords, la besace et le bâton d'un vieil aveugle qui ne voulait plus exercer...

» C'est-à-dire qu'il me vendit son fonds en me confiant tous les secrets du métier.

» Il se retira ensuite dans une petite maison qu'il avait fait bâtir : — le vieux aveugle avait fait son affaire en trois ans.

» Pour me soustraire à la vigilance des gendarmes, je devins aveugle, ou plutôt je fis en sorte de paraître tel. — Je me coiffai du chapeau à larges bords ; — je me noircis le visage ; — je me fis conduire par une pauvre petite orpheline que j'avais trouvée sur la grande route, abandonnée et mourant de faim ; — j'évitai de paraître de jour dans les endroits où j'étais connu, — et, armé d'un gros bâton, je me mis à battre la campagne.

» Personne ne refusa de faire la charité au pauvre aveugle.

» Il m'en a coûté beaucoup pour m'accoutumer au métier que j'exerce ; — mon amour-propre a beaucoup souffert, mais j'ai tout sacrifié pour secourir ma mère.

» Maintenant me voici enrôlé dans la grande confrérie des gueux qui couvrent le pays de Caux,

» L'état n'est pas des plus nobles, mais il est des plus productifs.

» Pendant les deux premières années, je ramassai des sommes assez rondes, que j'employai à soutenir ma pauvre mère.

» Au bout de ce temps la digne femme reçut une lettre qui lui annonçait la mort de deux de mes frères.

» Elle ne put résister au coup terrible que lui porta cette fatale nouvelle.

» Elle mourut quelques jours après, en pleurant ses enfants.

» Il me restait un peu d'argent du produit de mes aumônes.

» J'employai cet argent à l'acquisition des petites propriétés que je possède, et j'y ai joint peu à peu ce que j'ai ramassé depuis, car vous voyez que je continue le métier...

» Voilà tout ce que j'avais à vous dire...

Derviche se tut.

Jamais personne n'avait parlé au pêcheur avec une aussi grande confiance que celle que lui témoignait le mendiant.

Il en ressentit une grande joie.

— Merci de cette confiance, — dit-il, — je la mérite et je saurai la conserver.

IV

Les deux amis.

— Maintenant, — reprit Romain en versant le contenu
bouillant de la marmite sur le pain qu'il venait de couper
dans un grand vase de faïence grossière ; — maintenant,
songeons à dîner. C'est sans doute la première fois que
vous aurez *mangé la soupe* au pied de la grande muraille
qui borde l'Océan.

Le mendiant Derviche ne se fit pas prier.

Il mangea de fort bon appétit la soupe aux légumes que
Romain venait de servir.

Tous deux, ensuite, firent honneur aux tourteaux et
aux petits homards pêchés le matin même.

Romain apporta une cruche et deux tasses.

— Qu'est-ce que cela ? — demanda le mendiant.

— Ma foi, — répliqua le pêcheur, — ce n'est que de
l'eau fraîche ; il faudra bien vous en contenter ; — je n'ai
pas autre chose à vous offrir... — Seulement, je vous
l'offre de bon cœur.

— Croyez-vous donc, — répliqua Derviche, — que j'ai toujours à ma disposition du cidre ou du vin?

Et il prit une tasse remplie d'eau claire, et la vida d'un seul trait, avec toute l'apparence d'un plaisir infini.

Quand le dîner fut achevé, la marée montante avait couvert le rocher et ne laissait plus au mendiant ni au pêcheur la possibilité de regagner la vallure et de remonter la côte.

Un soleil radieux jetait au loin sur les flots une longue traînée d'or et de feu; — la mer calme et transparente semblait inviter au plaisir du bain.

Derviche en fit la remarque.

— Êtes-vous nageur? — lui demanda Romain.

— Oui.

— Bon nageur?

— Assez bon, — comme sont d'ailleurs presque tous les habitants des bords de la Seine.

— Alors, vous devez aimer le pain?

— Passionnément; — mais il y a bien longtemps que ma profession, et surtout le mystère dont je dois m'entourer, ne m'ont pas permis de satisfaire mon goût.

— Il me semble qu'aujourd'hui l'occasion est excellente.

— Sans doute, et j'en veux profiter. — Mettons-nous à la mer sur-le-champ.

Et déjà Derviche se levait et se disposait à s'approcher du rivage.

Mais le pêcheur le retint.

— Pourquoi m'arrêtez-vous? — demanda le mendiant.

— Parce que votre repas s'achève à peine et qu'il serait très-imprudent de vous jeter à la mer en sortant de table.

— Vous avez raison, — répliqua Derviche.

Et tous deux s'assirent au soleil, sur les galets.

— Vous m'avez parlé avec tant de confiance et de franchise, — dit alors Romain, — que je pense que vous m'autoriserez bien à vous adresser quelques questions...

—. Faites, — j'y répondrai de mon mieux.

— Quelle est donc cette jeune personne qui vous a écrit une lettre pleine des remerciements les plus touchants?

— C'est cette petite fille, cette pauvre orpheline qui fut mon guide, du temps que je paraissais aveugle...

— Vous ne le paraissez donc plus?..

— Non.

— Comment?

— A la mort de ma mère, je quittai le métier d'aveugle pour être plus libre, — je me contentai d'être borgne, ce qui me fut facile, au moyen d'un bandeau appliqué sur l'œil droit, — et puis ma réputation était établie — un œil de plus, un œil de moins, on n'y regardait pas de si près avec moi.

« Je pus me passer de ma jeune conductrice, et je la conduisis dans une maison d'éducation où elle est encore.

» Il me paraissait assez juste de faire tourner à son profit une part de l'argent que nous avions gagné ensemble.

» La pauvre enfant n'a pas d'autre soutien que moi et se trouverait bien à plaindre si je lui manquais, — mais j'ai pris mes précautions, et, quand bien même je viendrais à mourir, une petite propriété que j'ai eu le soin de lui assurer, la mettrait à l'abri de la misère.

— Voilà, — pensa Romain, — voilà, sous les haillons d'un mendiant, un homme dont la conduite est estimable.

— Pour soutenir sa mère il a sacrifié son honneur... — il s'est avili jusqu'à faire croire à des infirmités qu'il n'avait pas, — et, maintenant, s'il continue à implorer la compassion et l'aumône, c'est moins pour lui que pour subvenir à l'éducation et aux besoins d'une pauvre orpheline.

— Maintenant, — poursuivit l'interlocuteur de Romain, — vous en savez autant que moi sur mon compte... et, si vous le permettez, le pauvre Derviche viendra vour voir de temps en temps et vous tiendra au courant de sa vie aventureuse...

— Mon cher ami, — dit Romain, ce sera toujours avec plaisir que je vous recevrai, car d'aujourd'hui je sens qu'une douce intimité doit être un des liens qui attachent l'homme à la vie...

Ce fut ensuite autour du pêcheur de raconter quelques détails relaifs à son métier, et il prolongea ce récit jusqu'au moment où il jugea qu'on pouvait se baigner sans danger.

— Je crois, — dit-il alors, — que maintenant la digestion doit être faite. et que nous pouvons nous mettre à l'eau.

Derviche et Romain se déshabillèrent et s'élancèrent tous deux à la mer.

Romain avait à Étretrat la réputation d'un fameux nageur, et la méritait.

Le mendiant, son nouvel ami, ne lui cédait en rien.

Tous les deux piquaient des têtes, — faisaient la coupe et la brasse, — nageaient sur le côté et sur le dos, — pirouettaient comme des marsouins et plongeaient comme des loutres.

Ils passèrent ainsi une demi-heure avec un plaisir extraordinaire.

Au bout de ce temps, ils sortirent de l'eau, reprirent leurs habits et remontèrent auprès du foyer.

En ce moment, Romain, pour la première fois depuis le bain, jeta les yeux sur son compagnon et poussa un cri de surprise.

— Qu'avez-vous donc? — demanda le mendiant.

— J'ai que je ne vous reconnais plus !

Derviche se mit à rire.

— Vraiment? — fit-il ensuite.

— Si je n'étais sûr que vous ne m'avez pas quitté d'un instant, je croirais que ce n'est plus vous...

— Quelle différence si grande trouvez-vous donc en moi ?

— Vous semblez de dix ans plus jeune, votre visage a perdu sa couleur cuivrée et maladive. Tout à l'heure vous aviez l'air d'un vieillard souffreteux, — maintenant vous semblez un homme fort et bien portant.

Derviche, riant toujours, tira de sa poche un petit miroir.

— En effet, — dit-il, — je suis horriblement changé et voilà un bain qui m'a fait beaucoup de tort.

Tout en parlant ainsi, il prit dans la même poche une boîte de corne, assez semblable à une tabatière commune.

Il ouvrit cette boîte.

— Elle contenait une poudre jaune.

Il jeta sur des charbons ardents une ou deux pincées de cette poudre, et se plaça de manière à recevoir en plein visage la fumée qui s'en exhalait.

En quelques secondes sa figure avait repris cette teinte bronzée qui lui donnait une apparence âgée et maladive.

Cette opération achevée, Derviche se releva et dit, en se tournant vers Romain :

— Maintenant, je suis un peu mieux, n'est-ce pas?

— Au contraire, mon ami, vous faites pitié.

— Eh! c'est ce qu'il faut!.. dans notre état surtout!.. — s'écria le mendiant, — je retourne le proverbe et je dis : *Mieux vaut faire pitié qu'envie!*...

« C'est justement pour cela que je me tiens ainsi le visage.

» Maintenant, ma toilette est terminée et je suis prêt à partir, quand la mer me le permettra.

En songeant au départ du mendiant, cet ami d'une heure, Romain se sentait le cœur triste.

La confiante franchise de Derviche avait bien vite captivé son amitié.

— Promettez-moi, — dit-il au mendiant, cet ami d'une heure, Romain se sentait le cœur triste.

La confiante franchise de Derviche avait bien vite captivé son amitié.

— Promettez-moi, — dit-il au mendiant au moment du départ, — promettez-moi que vous viendrez me voir, une fois tous les mois, au moins...

— Oui, je vous le promets, et il faudrait quelque chose de bien grave pour m'empêcher de vous tenir parole...

Cinq heures semblent un espace de temps court, quand on se trouve avec un ami.

Il semble que, jalouse de ces douces émotions que procure l'amitié, le temps passe plus vite et nous laisse oublier l'heure du départ.

C'est ce qui faillit arriver aux nouveaux amis.

Il y avait déjà que la mer avait quitté le bas du passeux au moment où Romain et Derviche arrivèrent à cet endroit.

Le mendiant fit observer au pêcheur qu'il était inutile d'aller plus loin et de se fatiguer à monter la vallure.

Ils s'embrassèrent et s'éloignèrent l'un de l'autre en se promettant de nouveau de se revoir souvent.

Romain, de retour à sa cabane, prit son pic et sa pince et fut travailler à percer dans le rocher ces trous que les pêcheurs appellent des *houlles*.

Ces *houlles*, dans lesquelles les homards et les tourteaux cherchent un refuge contre les attaques des *cha-trouilles* et de leurs autres ennemis, se trouvent en très-grand nombre dans le rocher de Vandieu.

C'est à Romain, et au père Pierre Aubry, encore vivant aujourd'hui, que l'on doit ces travaux qui exigeaient beaucoup de temps, une grande patience et de rudes fatigues.

Cette vie laborieuse convenait au pêcheur, — et jamais on ne l'avait entendu se plaindre.

§

Le mendiant fit successivement plusieurs vites au pêcheur, et chacune de ces visites resserrait le nœud de leurs amitié.

Un jour, après avoir passé vingt-quatre heures au rocher, Derviche se préparait à regagner la valure.

— Mon cher Romain, — dit-il au pêcheur, — les haillons que je porte me sont devenus odieux...

— Pourquoi donc cela ?..

— J'ai honte de moi-même !.. de pareils vêtements ne devraient recouvrir qu'un vieillard infirme !.. je veux les quitter et redevenir un homme utile à mon pays...

— Et, comment ?

— Je me ferai berger ou pêcheur...

— N'en faites rien !.. — s'écria Romain, — vous me priveriez d'un ami. — Vous ne seriez pas un seul instant tranquille... — on viendrait très-vite à découvrir que vous avez été réfractaire... — On se dispose, dit-on, à faire des levées dans les cohortes. — J'ai même beaucoup d'inquiétudes pour moi, car je me trouve dans la réserve.

Derviche ne répondit pas.

V

Réfractaire.

Le mendiant avait été sur le point de trahir son dessein secret, mais il était revenu sur des paroles imprudentes en disant : — je me ferai berger ou pêcheur.

Il ne pouvait douter du chagrin qu'il causerait à Romain s'il lui communiquait son projet de départ.

Ce chagrin, il l'éprouvait lui-même en songeant qu'il allait quitter un ami, — mais un autre devoir l'appelait.

Son frère lui avait écrit une lettre pour l'engager à venir sous les drapeaux réclamer sa part de gloire et venger la mort de ses deux autres frères.

Il ajoutait que l'Empereur accordait la grâce de tous ceux qui rejoignaient volontairement.

Le mendiant que l'amour filial né retenait plus, se dit que l'occasion était bonne, et, peut-être, unique.

Il mit ordre à ses affaires et prit de nouvelles dispositions afin que, s'il venait à mourir, tout ce qu'il possédait fût remis à la jeune orpheline qu'il protégeait.

Il annonça son départ à ce te dernière en lui disant

qu'il allait faire un long voyage, — aller à la *bonne gangne*, comme disent les aveugles.

Ce voyage n'étonna nullement la jeune fille, — elle en avait fait plusieurs semblables avec Derviche, alors qu'il passait pour être aveugle.

Elle lui dit donc adieu sans trop de peine — et l'ex-mendiant partit.

Romain était bien loin de se douter que son ami avait endossé l'uniforme.

Il continuait toujours son métier de pêcheur, tout en montant sa garde quand c'était son temps.

Au moment où les Prussiens se disposaient à passer le Rhin, et où les puissances alliées se préparaient à vaincre celui qui si souvent les avait fait trembler, l'Empereur fit un nouvel appel à la nation, afin d'essayer avec toutes ses forces une résistance désespérée et qui devait être inutile.

La levée fut générale.

Romain reçut l'ordre de partir.

Cet ordre le mit au désespoir.

Ce n'est pas qu'il eût peur, mais il se trouvait dans la même situation où s'était trouvé son ami le mendiant quelques années auparavant. — Il avait des parents vieux et infirmes qui ne vivaient que de son travail, et, pour rien au monde, il ne les aurait abandonnés.

Que faire donc pour se soustraire à la dure nécessité d'obéir?

Romain y réfléchit longtemps, et longtemps sans trouver aucun faux-fuyant.

Il songea bien à employer le même expédient qui avait réussi à Derviche, mais il ne pouvait surmonter sa répugnance pour les haillons, la besace, et les humiliations du mendiant, — et puis il lui semblait impossible de quitter le rivage. — On eût dit que sa vie était attachée à la mer montant sur les grèves et battant le pied des falaises.

Enfin le jour du départ arriva, et Romain n'avait encore rien décidé.

Ce jour-là, il se cacha, et se cacha si bien que le bruit du tambour conduisant à la gloire et peut-être à la mort les nouvelles recrues ne put arriver juspu'à lui.

Ses camarades quittèrent le village en disant :

— Romain ne viendra pas!..

A partir de ce jour, Romain ne reparut plus.

Les autorités locales s'inquiétèrent beaucoup de savoir ce qu'il était devenu.

On fit des perquisitions chez ses parents, — on visita tous lieux du rocher dans lesquels on supposait qu'un homme pouvait chercher un asile.

Ce fut sans résultat.

On prit alors de nombreuses et minutieuses informations snr le comte du mendiant que l'on avait rencontré souvent avec le pêcheur.

Tout fut inutile.

Le mendiant avait disparu comme Romain.

On s'étonna beaucoup d'abord de cet événement au moins étrange.

Les pêcheurs et les paysans se livrèrent à toutes sortes de conjectures et de suppositions.

L'un disait :

Il est allé rejoindre, il aura voulu choisir un corps.

L'autre répondait :

— Non pas! — nous connaissons bien Romain, — jamais il n'aurait pu se décider à quitter le rivage.

— Peut-être qu'il lui est arrivé quelque accident...

— Peut-être qu'il s'est noyé à la mer...

— Ou qu'il est tombé à la falaise...

Bref, on dut interrompre les rondes qui se faisaient chaque soir autour de la maison des parents de Romain, car aucun indice ne vint supposer que le pêcheur se trouvât encore à Étretat.

La nouvelle qu'il avait rejoint l'armée, ne se confirma pas davantage.

Enfin, on en parla beaucoup d'abord.

Puis, un peu moins.

Puis on finit par n'en plus parler du tout.

C'est ainsi que se passe toute chose au village.

§

Plusieurs mois s'écoulèrent.

Rien ne venait confirmer la supposition, vague mais enracinée dans beaucoup d'esprits, que Romain n'avait point quitté le pays.

Cependant une nuit, le père Pierre Aubry, en faisant à la haute mer la pêche au rocher, crut voir comme l'ombre d'un homme apparaître entre deux vagues et disparaître aussitôt.

Mais, néanmoins, il n'avait pas la certitude que cette apparition fût réelle et que sa vue ne l'eût point trompé, — d'autant plus que la nuit en question était fort obscure.

Plusieurs fois de suite Pierre Aubry retourna au rocher par le clair de lune, mais il ne vit rien.

Enfin, par une autre nuit très-sombre, la même vision lui apparut de nouveau.

Dans le premier moment il pensa que ce pouvait bien être le pêcheur, et, s'avançant du côté où il voyait apparaître cette ombre, il cria par deux fois :

— Romain!.. Romain!..

Mais à peine avait-il parlé que l'ombre s'élança dans la mer, — sembla d'abord marcher sur les vagues, puis disparut dans l'écume blanche.

Pierre Aubry n'était pas superstitieux,

Il ne put cependant s'empêcher de croire qu'il venait de voir l'âme d'un pêcheur noyé à la mer, et qui accomplissait sur la terre quelque pénitence.

Il se découvrit, — il s'agenouilla sur la roche humide et il pria avec ferveur pour cette pauvre âme errante et souffrante.

A partir de ce jour, l'ombre lui apparut encore à des intervalles assez rapprochés, mais toujours à une trop grande distance pour qu'il lui fût possible de s'assurer à qui il avait à faire.

Le père Aubry avait réfléchi.

Il n'était plus la dupe d'une vision, — il ne croyait plus qu'il eût en face de lui l'ombre d'un pêcheur, mais bien un pêcheur en chair et en os.

Enfin un indice sûr vint lui prouver que le rôdeur nocturne ne pouvait être autre que Romain.

Chaque fois qu'il apercevait l'ombre en arrivant au rocher, il trouvait vides les houlles à tourteaux, ce qui prouvait jusqu'à l'évidence qu'on les avait explorées avant lui.

Or, il n'y avait que lui et Romain qui connussent l'existence et l'emplacement de ces houlles.

Fort de cette conviction, Pierre Aubry en parla un jour au père de Romain.

Le vieillard était un de ses amis et le connaissait pour un homme parfaitement discret et sûr, et incapable d'une délation.

Il ne fit aucune difficulté de lui avouer franchement que c'était bien son fils qu'il rencontrait la nuit, au rocher, faisant la pêche.

— Vous savez, — lui dit-il, — qu'il était de la dernière levée...

— Oui, certainement. et même qu'on en a assez parlé !..

— Il ne put jamais se décider à partir, — le jour du

départ il se cacha dans le bois des Tilleuls, et, la nuit
suivante, à l'aide d'une corde, il *s'affala* dans la falaise...
— une fois à la place qui lui convenait il se disposa une
demeure qu'il habite encore aujourd'hui.

— Mais, comment vit-il ?

— Tous les deux ou trois jours je vais lui porter des
provisions et cherchez sa pêche qu'il a soin de mettre au
réservoir. — Quand la nuit est très-noire et qu'il n'y a
pas de lune, il vient lui-même à sa maison m'apporter sa
pêche, et chercher la provision. — Si vous avez la complaisance, Pierre Aubry, de lui apporter quelquefois des
vivres, en allant au rocher, vous m'obligerez bien, car je
commence à être bien raide, et je trouve la tâche un peu
rude...

— Je ferai cela avec grand plaisir...

— Et vous n'en parlerez à personne?..

— Vous pouvez compter sur ma discrétion, car j'aime
votre fils...   ›

— Je lui dirai que vous savez tout, et il viendra vous
trouver à la première occasion qui se présentera... — il
sera bienheureux de pouvoir parler à un ami...

Quelquee jours se passèrent, sans que Pierre Aubry
rencontrât Romain au rocher.

Un soir, comme l'heure de la basse mer était un peu
après minuit et que Pierre Aubry, muni déjà de sa manne
et de sa gaffe, se disposait à éteindre sa lumière et à
partir pour la pêche, il entendit frapper doucement à la
porte.

— Qui est là? fit-il.

— Êtes-vous seul? — demanda une voix qui ne lui
était pas inconnue, mais qu'il ne reconnut pas d'abord.

— Oui, — répondit-il, — entrez.

— Éteignez d'abord votre lumière.

Pierre Aubry fit ce que la voix lui demandait et il alla ouvrir la porte.

Une main serra la sienne dans l'obscurité.

— Romain!.. — s'écria-t-il.

— Oui, Romain, mais parlez plus bas...

Le pêcheur était affublé d'un gros paletot et d'une cape dont il avait rabattu le capuchon sur son visage.

D'ailleurs la lumière était éteinte.

Il était donc bien difficile, pour ne pas dire impossible, que quelque passant curieux surprît et reconnut Romain.

Enfin, pour plus de sûreté, Pierre Aubry referma la porte et poussa le verrou.

VI

Le trou à Romain.

Les deux pêcheurs commencèrent par s'embrasser.

Ils causèrent ensuite de tout ce qui concernait la disparition de Romain, et ce dernier entra à ce sujet dans des détails que nous connaîtrons un peu plus tard.

Enfin Romain demanda :

— Ne veux-tu pas aller à la pêche cette nuit?

— J'allais partir quand tu es arrivé, — répondit Pierre Aubry.

— Alors ne perdons pas de temps, car l''heure de la marée nous presse.

— Je suis prêt.

Aubry et Romain sortirent de la maison et prirent le chemin de la falaise d'Amont.

Ils firent route ensemble jusqu'en haut de la côte en face de la vallure de Bénouville.

— Prends le devant, — dit alors Romain à Pierre Aubry, — va près du poste de la douane et, s'il n'y a personne, tu siffleras...

Pierre Aubry prit le devant en effet. et, comme tout était tranquille, il fit le signal convenu.

Romain vint aussitôt le rejoindre et ils descendirent la vallure.

— Quand tu es seul en revenant du village, — dit Pierre Aubry, — tu dois te trouver bien embarrassé ?...

— Bah ! je passe tout de même...

— Comment fais-tu ?

— C'est bien facile, — il ne faut qu'un peu d'attention...

— Mais encore ?...

— J'arrive tout doucement près du poste, et j'écoute. — Si j'entends les douaniers causer entre eux, je puis juger qu'ils viennent de dormir et qu'ils s'éveillent. — dans ce cas ils ne tardent pas à faire une ronde et j'attends qu'ils soient passés ; — si, au contraire, ils viennent de faire leur tournée et de rentrer au poste, il n'est pas plus difficile d'en juger, car, dans ce cas, ils parlent très-haut d'abord, puis la voix diminue petit à petit et, un moment après, tout rentre dans le silence. — Ils dorment alors comme des taupes dans leur trou, et je passe *tranquille comme Baptiste.*

Pierre Aubry se mit à rire.

Tout en causant les deux pêcheurs descendirent la vallure et suivirent d'un pas sûr le sentier tortueux et glissant qui conduit au *passeux des fontaines.*

Lorsqu'ils eurent dépassé cet endroit, Romain s'arrêta et dit, en désignant la falaise qui s'élevait sur la droite comme une gigantesque muraille.

— C'est là que j'habite, à une hauteur de plus de cent pieds, — c'est là que je dors tranquille, car je ne crains pas qu'un indiscret vienne m'y surprendre...

— A une hauteur de plus de cent pieds !...

— Oui.

— Est-ce possible?...

— Tu le verras.

— Mais de quelle façon?...

Romain interrompit le pêcheur.

— Je t'expliquerai tout, lui dit-il, — mais plus tard.
— Allons d'abord faire notre marée de pêche, car voici
que le temps nous presse...

Pierre Aubry fit un signe d'acquiescement et les deux
compagnons prirent le large et commencèrent la pêche
aux houlles.

Cette pêche demande une grande habileté, surtout la
nuit.

Le pêcheur est armé d'un long bâton, au bout duquel
se trouve un fort croc de feu.

C'est ce qu'on appelle une *gaffe*.

Le pêcheur s'aide du manche de cette gaffe pour franchir les endroits les plus périlleux du rocher.

Il fouille avec le fer dans les houlles encore couvertes
d'eau.

S'il reconnaît qu'il y a quelque chose dans ces houlles,
il attire à lui un tourteau ou le homard par un coup sec
et qui demande une adresse extrême.

Nous avons dit qu'Aubry et Romain se séparèrent, afin
de ne pas se faire un tort réciproque.

Romain commença sa pêche à *Fontaines*.

Pierre Aubry à *Vaudieu*.

Comme l'heure de la basse mer approchait, il fallut se
dépêcher, afin de pouvoir visiter toutes les houlles.

Quand les pêcheurs se rejoignirent, à peu près au milieu de la passe qui sépare *Vaudieu* des *Fontaines*, la mer
commençait à monter.

Le résultat de la pêche avait été extrêmement satis-
faisant.

— Est-ce que ce n'est pas toi, — demanda alors

Aubry à son compagnon, — que j'ai appelé il y a juste un mois ?

— Je ne sais si tu m'as appelé, — répondit Romain. — le bruit de la mer m'a empêché d'entendre mon nom, — je sais seulement qu'un homme venait grand train de mon côté, et, de peur que ce ne fût un autre que toi, je me jetai à la nage entre deux vagues et j'allai me cacher derrière la roche de *Cauquet.* — Là, j'étais bien sûr que l'on m'avait perdu de vue.

Aubry se reprocha intérieurement la superstitieuse faiblesse avec laquelle il avait cru d'abord à une apparition surnaturelle.

Mais il n'en parla pas à Romain.

Les deux hommes gagnèrent le *Banc des Fontaines* et montèrent la *brinque* de galet qui se trouve en face la *Cavée à Aubry.*

Là ils s'assirent et Romain pour satisfaire à la curiosité de son compagnon, raconta comment il s'était installé dans la falaise.

— J'avais entendu parler à des fraudeurs, — dit-il, — d'une excavation qui se trouvait dans la falaise, au dessus du Banc des Fontaines, à une hauteur de cent ou de cent cinquante pieds, et dont l'entrée n'était visible ni de la mer, ni du haut de la falaise.

» On y pouvait cacher, — ajoutaient-ils, — une bonne quantité de marchandises de contrebande.

» La nuit qui suivit le départ des conscrits, je me munis d'une corde neuve de cent brasses au moins et d'un fort pieu, bien pointu par un bout.

» Je montai sur la falaise, à l'endroit qui donnait directement au-dessus du Banc des Fontaines.

» J'enfonçai mon pieu dans la terre, à l'aide d'une grosse pierre que je trouvai sur les lieux.

» J'attachai ensuite le double de ma corde à mon pieu

et, par le moyen de ma grosse pierre, j'envoyai les deux
bouts en bas de la falaise.

» Cela fait, je courus descendre à la vallure de Bénouville, et, parvenu à l'endroit où nous sommes, je trouvai
mes deux bouts de co de qui pendaient le long de la
roche.

» Je saisis cette corde, j'attachai mon *pic* à ma ceinture, et, grâce à mon agilité, je me hissai en peu de temps
au lieu désigné par les fraudeurs.

» Ils ne m'avaient point trompé.

» Je trouvai là une caverne assez *agréable* et qui ne
demandait que bien peu de travail pour devenir une habitation fort commode.

» Je lâchai un bout de ma corde, — je tirai sur l'autre
et j'ornai ainsi ma nouvelle demeure d'un *meuble* de cent
brasses de long.

» J'ai assujetti cette corde à un autre pieu, placé à
l'entrée de ma grotte, et elle me sert d'escalier pour
monter et pour descendre.

» Pendant une quinzaine de jours, je travaillai avec
acharnement, à l'aide de mon pic, à élargir et à orner
ma demeure, et j'ai to jours à ma disposition les moyens
d'empêcher qu'on me donne un assaut, car j'ai laissé à
l'entrée de la grotte tous les débris de roche que j'ai re-
tirés de la voûte et des parois, et ils me serviraient de
mitraille si l'on cherchait à me dénicher.

» Petit à petit mon père m'a apporté les principaux
instruments dont j'avais besoin pour faire ma cuisine, et
quelques bottes de paille qui sont devenues mon lit.

» Je passe fort bien mon temps et je ne m'ennuie
jamais.

» La nuit, je vais à la pêche.

» Le jour, je veille quand la marée est basse, et je
dors quand les *passeux* sont fermés, — ou bien je m'oc-

cupe à écrire, car je tiens compte jour par jour des moindres incidents de ma vie moitié souterraine moitié aérienne.

» Mon père t'a prié de m'apporter quelquefois du pain, si tu as cette complaisance, comme je n'en doute pas, tu déposeras ce pain, par terre, contre cette grosse roche que tu vois en face de nous.

» C'est là que mon père a l'habitude de cacher ce qu'il m'apporte, en ayant soin de le recouvrir d'un peu de galet, — mais cette précaution n'est guère utile, car aucun pêcheur ne connaît et ne visite ce trou-là.

» Voilà, mon cher ami, de quelle façon je vis, à une centaine de pieds au-dessus du niveau de la mer.

» Maintenant tu sais mon histoire toute entière.

» Je suis sûr qu'elle est entre bonnes mains, car je te connais pour un ami.

» Je ne te propose pas de monter chez moi, — l'escalier n'est pas assez facile, mais je te prie de m'attendre un instant ici...

Romain avait à peine achevé de parler, qu'il saisit une corde qui tombait verticalement du haut du rocher, et que, sautant d'abord sur un mamelon de la falaise et grimpant ensuite avec une agilité prodigieuse, il franchit en quelques secondes une espace énorme et il disparut.

Pierre Aubry avait à peine eu le temps de réfléchir sur l'horrible danger que courrait son compagnon si la corde venait à se rompre, quand il le vit redescendre plus vite encore qu'il n'était monté.

— Il y a cela d'agréable dans une maison comme la mienne, — dit Romain en riant, — qu'on n'a jamais peur de perdre la clef, ni besoin de frapper à la porte..

Tout en parlant, il tira de sa chemise une bouteille qu'il déboucha et qu'il présenta à Aubry en lui disant :

— Goûte ceci, c'est du vin d'ermite!...

Les pêcheurs ont l'habitude de boire a même la bouteille.

Aubry ne se fit pas prier.

Il approcha de ses lèvres le goulot de la bouteille et il ne la rendit à Romain qu'après avoir épuisé, en deux ou trois gorgées, une bonne partie du liquide.

— Comment le trouves-tu ?

Aubry fit claquer sa langue.

— Excellent! — fit-il ensuite.

— N'est-ce pas?

— Où diable t'es-tu procuré ce vin-là?... je parie que le commissaire de la marine n'en boit pas de meilleur...

— C'est aux gros vents que je le dois...

— Comment cela?

— Il n'y a pas encore quinze jours que ma cave est garnie de ce précieux liquide. — Un soir, j'allai à la *flamèque*, — je fus assez heureux pour trouver ce petit *bon Dieu*... (1) — C'est à cette trouvaille que je dois le plaisir de pouvoir régaler un ami... — compte bien que conserverai ce vin pour les jours où tu viendras me voir...

Aubry tendit la main à Romain qui la prit et qui la serra.

(1) Nom que donnent les pêcheurs à de petits barils qui peuvent contenir douze à quinze litres.

VII

Découverte.

— Voici, dit Aubry après avoir achevé la bouteille, — Voici qu'il commence à faire jour par le nord, et les portes vont bientôt se fermer... — mon retard pourrait te compromettre, — je pars.

— A demain, — dit Romain.

— A demain, — répondit Aubry.

Et, tandis qu'il se dirigeait vers *les passeux des fontaines,* Romain s'élançait dans l'espace qui le séparait de son trou.

De retour dans sa demeure aérienne, notre pêcheur alluma du feu, — prépara son repas, — le prit et se jeta sur les bottes de paille qui lui servaient de lit.

Nous avons déjà dit qu'il ne veillait jamais quand les *passeux* étaient fermés.

Trois ou quatre heures de sommeil le reposaient assez pour lui permettre de retourner à ses occupations journalières.

Cette vie n'était pas sans attraits pour un pêcheur tel que Romain.

Souvent il avait le plaisir de contempler ces nuées de poissons qui viennent frétiller le long de nos côtes, et qui, bien que beaucoup plus rares aujourd'hui, n'en offrent pas moins encore quelquefois le sujet d'une véritable pêche miraculeuse.

Chaque soir il assistait au coucher du soleil, qu'il voyait descendre d'un ciel embrasé, pour se noyer dans une mer de feu.

Dans les jours de tempête, il était le seul témoin des convulsions des vagues en furie, incessamment foudroyées, et qui semblaient, par leur choc, ébranler la falaise jusque dans ses profondeurs.

Un temps assez long se passa sans que Romain eût autre chose à noter que des grands vents, des orages, et les visites de Pierre Aubry.

Il pensait souvent à son ami le mendiant dont il ne recevait aucune nouvelle.

Un jour, cependant, le facteur rural vint apporter au père de Romain une lettre adressée à son fils.

Mais le vieillard, craignant toujours qu'on ne lui tendît quelque piége, crut prudent de ne pas accepter.

— Hélas! — répondit-il au facteur avec de feintes larmes, — j'ai tout lieu de croire que celui à qui s'adresse cette lettre n'est plus au nombre des vivants!... .

Cependant on ne parlait plus de Romain à Étretat.

Comme tant d'autres il était complétement oublié, — mais l'heure de sa résurrection approchait.

Lorsque soufflent les grands vents du sud-ouest ou du nord-ouest, qui rendent la mer houleuse et dure, les pêcheurs au rocher ont l'habitude, avant de commencer leur marée de pêche, de visiter la ligne de la pleine mer, dans l'espoir de trouver quelques débris jetés par la mer sur les bords.

Un jour le père Brindel, qui était du nombre des pêcheurs qui visitaient la plage, s'arrêta sur le banc des fontaines, pour attendre que la marée, en se retirant, lui permît de passer de l'autre côté.

Il était assis sur une roche et fumait tranquillement sa pipe, quand il entendit un léger bruit qui semblait venir du ciel.

Il leva la tête, et ne fut pas médiocrement surpris de voir, à une centaine de pieds de haut, un homme qui tenait entre ses mains le bout d'un cordage, et qui se disposait à s'en servir pour descendre.

A la vue du pêcheur, cet homme rentra précipitamment dans une excavation de la falaise.

Le père Brindel avait parfaitement reconnu Romain.

Hâtons-nous d'ajouter qu'il ne parla de cette mystérieuse circonstance qu'à deux ou trois amis intimes et en leur faisant promettre le plus grand secret.

Un autre jour, — ou plutôt une autre nuit — l'équipage d'un petit bateau de pêche avait vu de la lumière au milieu de la falaise, dans la direction du banc des fontaines.

Ces pêcheurs ne crurent pas mal faire que de raconter ce qu'ils avaient vu.

On en parla beaucoup.

D'un autre côté, les amis du père Brindel avaient bavardé.

Une foule be bruits et de rumeurs se répandirent dans le pays.

Ces bruits finirent par éveiller l'attention de l'autorité.

On prit les mesures nécessaires pour s'assurer si effectivement Romain était caché dans la falaise.

On observa — on veilla jour et nuit.

Bientôt les soupçons se trouvèrent changés en certitude.

Romain était parfaitement au courant de ce qui se disait à son sujet dans le village.

Il se doutait bien qu'on essayerait de le dénicher, et il se mit en mesure de répondre à la force par la ruse.

L'autorité locale, représentée par le maire d'Étretat, par le capitaine Gentil, commandant la milice, et par le lieutenant de la douane, se rendit chez le père de Romain.

Les trois fonctionnaires avertirent le vieillard du sort rigoureux qui serait réservé à son fils s'il ne se constituait pas volontairement prisonnier.

Le vieillard ne répondit que par ses larmes.

Mais il s'adressa intérieurement à Dieu, et, dans une fervente prière, il le supplia de le prendre en pitié et de veiller sur Romain qui n'était coupable que d'un excès de piété filiale.

Le capitaine Gentil et le maire écrivirent à qui de droit.

La réponse ne se fit pas attendre.

Elle était explicite et renfermait l'ordre de se saisir, *à tout prix*, du réfractaire.

Le même jour où l'ordre en question arriva, le capitaine fit prendre les armes à une douzaine de canonniers et à une partie de la brigade de douane et, se mettant à la tête de cette petite troupe, il gravit la côte avec eux et descendit la vallure de Bénouville afin d'aller assiéger Romain.

Une fois arrivé sur les lieux, le capitaine cria : — halte !

Un brigadier de la douane s'approcha de lui d'un air assez narquois et lui dit :

— Capitaine, est-ce que vous comptez ordonner l'assaut ?...

— Mais, sans doute, — nous ne sommes venus que pour cela.

— Et, sera-ce pour aujourd'hui ?...

— Certainement.

— Ah! fort bien — c'est qu'il me semble que quelque chose a été oublié.

— Quoi donc?

— Des ailes de *Mauves* ou de *Corneilles* pour monter là-haut...

Le capitaine fit la grimace.

— Diable! — dit-il — je n'avais pas pensé à ça!...

— Vous voyez...

— Mais, avec de bonnes échelles, on viendra à bout d'escalader la falaise.

— Où sont-elles, ces échelles, capitaine?...

— A Étretat, pardieu!... — répliqua l'officier de fort mauvaise humeur — nous reviendrons demain...

Le brigadier retourna à son rang en riant sous cape de la rare imprévoyance de son supérieur, et ce dernier s'apprêtait à commander :

— Portez armes! — présentez armes! — armes bras! — demi tour à droite, — par le flanc droite!... — arche!...

Mais il se ravisa aussitôt et ne voulut pas avoir perdu son temps et sa promenade.

Il résolut de faire connaître à l'habitant du rocher le motif de sa visite.

En conséquence il commença par tirer hors du fourreau son sabre inoffensif et, l'agitant au-dessus de sa tête, de l'air du monde le plus belliqueux, il grimpa sur le banc des fontaines, aussi haut qu'il lui fut possible d'atteindre, puis, se servant de ses deux mains comme de porte-voix, afin de se mieux faire entendre, il prononça ou plutôt il cria la formule suivante :

— Romain! au nom de la loi, je vous somme de vous rendre à l'instant même et sans résistance.

Trois fois de suite il prononça les mêmes paroles.

Trois fois de suite l'écho seul répondit à sa voix.

Il fallait se décider à partir, sans avoir obtenu le plus léger résultat.

Le capitaine Gentil donna donc l'ordre du départ en se promettant bien d'être plus heureux le lendemain.

§

Romain avait entendu à merveille la sommation qui venait de lui être adressée.

Mais il n'avait fait qu'en rire.

Du haut de son observatoire il s'était bien vite aperçu que ses adversaires ne se trouvaient point en mesure de le venir attaquer.

Après leur départ, il dîna et passa en revue ses différents moyens de défense.

Ensuite il adressa à Dieu une prière fervente et il se sentit parfaitement tranquille, car la prière donne du cœur et ranime le courage dans l'adversité.

La nuit descendit au ciel, lumineuse et étoilée ; — Romain en tira un favorable augure.

Il passa quelques heures à pêcher et à monter dans sa grotte des tourteaux et des homards, au lieu de les laisser au réservoir.

Il contempla ensuite, avec une sorte d'extase, cette partie splendide du firmament qui lui laissait voir la voie lactée, la grande ourse et l'étoile polaire.

Enfin le sommeil vint l'avertir qu'il lui fallait quitter cette contemplation pour prendre un peu de repos.

Il s'endormit.

Pendant son sommeil il eût un songe.

Il lui sembla qu'un être au doux visage et aux grandes ailes blanches, bon ange ou bon génie, venait le visiter.

Cet esprit bienveillant lui parlait d'une voix mélodieuse.

Il l'exhortait à agir avec prudence et sagesse pendant

le jour qui allait suivre, et à respecter la vie d'hommes qui, aux yeux de Dieu et à ceux de l'État, valaient mieux que lui...

Ce rêve avait un si étrange cachet de réalité qu'à son réveil Romain se demanda si ce n'était qu'un songe — ou si c'était une vision venue d'en haut.

Quoi qu'il en soit, le songe ou la vision laissèrent dans son esprit des traces profondes et ineffaçables.

Mais le soleil se levait derrière les falaises — la mer baissait — et le temps manquait à Romain pour la réflexion, car l'ennemi allait sans doute bientôt arriver.

Le pêcheur fit sa prière du matin.

Une heure après ce moment, la marée était complétement descendue et le *passeux des fontaines* offrait une voie facile.

Pour la première fois sans doute, depuis la naissance du monde, le bruit belliqueux d'un tambour se fit entendre sous les falaises dont les échos répétaient le son d'une façon bizarre.

L'ennemi approchait.

VIII

L'attaque.

Romain averti par les roulements belliqueux des baguettes sur la peau d'âne, alla se placer à son observatoire.

Cet observatoire était une espèce d'embrasure qu'il avait percée lui même dans la roche.

De là il pouvait tout voir sans être vu, et il se trouvait à même de lancer au besoin sa mitraille sur les assaillants.

Il aperçut alors, sous la conduite du capitaine Gentil, une cinquantaine d'hommes armés de fusils et de sabres, et munis d'échelles, de pics, de cordes, de pieux, etc...

On déposa tous ces ustensiles de guerre sur le galet, et le capitaine fit former un cercle autour de lui.

Il tira son épée, et, la brandissant comme la veille, il s'écria d'un ton pathétique et emphatique, en se croyant autant de dignité que Napoléon haranguant son armée aux pieds des Pyramides :

— Soldats !... — l'heure de la gloire est arrivée !...

« Montrez-vous dignes d'être appelés des héros !... — prouvez en attaquant un ennemi redoutable et en triomphant, que vous ne reculez ni *devant le nombre*, ni devant les difficultés de toutes sortes!...

» Les siècles à venir conserveront la mémoire de votre courage...

» Je marcherais le premier au danger, si mon grade ne me faisait une loi de ne point exposer mes jours, afin de veiller sur les vôtres !

» Cette nécessité est bien pénible, — mais je m'y soumets en brave !

» Songez que du haut des falaises le soleil et les corneilles nous contemplent !...

» Vive l'Empereur !!... »

Après avoir ainsi parlé, le capitaine Gentil remit son sabre au fourreau, — tira de sa poche sa tabatière et prit trois ou quatre prises, afin de se donner un petit air dégagé.

Ensuite, et afin de mettre jusqu'au bout le bon droit de son côté, il remonta sur le banc des fontaines et cria trois fois de suite et du haut de sa tête :

— Romain ! je vous sommes de vous rendre à l'instant même et sans résistance ! ..

Mais il fut moins heureux que la veille, car le bruissemement des vagues empêcha l'écho de lui répondre.

Le capitaine Gentil supposa que Romain ne l'avait point entendu.

En conséquence il recommença pour la quatrième fois sa sommation, en se faisant accompagner par une douzaine des plus fortes voix de sa troupe.

Cette fois, l'effet produit par ces organes discordants fut si bizarre et si plaisant que les plus vieilles moustaches elles-mêmes ne purent garder leur sérieux.

Un écla de rire universel répondit à la sommation — ce fut le seul résultat obtenu.

Que faire alors ?

— A l'assaut !... — cria le capitaine.

Le tambour battit la charge et les canonniers relevèrent les échelles qu'ils se disposèrent à installer contre la falaise.

En ce moment on vit apparaître un homme à une grande hauteur.

C'était Romain.

Il voulait se faire voir avant d'engager l'action.

Le capitaine Gentil ne perdit point une occasion si belle.

Il s'avança de quelques pas et répéta d'une voix tonnante son antienne accoutumée.

— Au nom de la loi, Romain, je vous somme...

Mais il n'eut pas le temps d'achever.

— Et moi je vous assomme !... — s'écria le pêcheur.

En même temps une grêle de petites pierres fut lancée depuis la grotte de Romain.

Le capitaine bondit en arrière.

Les pauvres canonniers sur lesquels tomba cette grêle de projectiles en furent quittes pour de nombreuses contusions et quelques légères égratignures.

C'est en ce moment qu'il fallait voir les assiégeants éperdus se précipiter en désordre dans les *caves* de la falaise, afin de n'être plus à portée de la mitraille de Romain.

Le capitaine était furieux.

Un caillou avait à moitié enfoncé sa coiffure.

Le bout de son nez était entièrement meurtri par un autre.

Il rêvait les vengeances les plus éclatantes, — mais, comment se venger ?

Son plan fut bientôt arrêté, et, vraiment, il n'était pas plus mauvais qu'un autre.

Il allait d'abord diviser son monde en deux corps.

Le premier de ces corps se placerait en vue du trou, de

manière à entretenir un feu bien nourri et à empêcher Romain de sortir.

Pendant ce temps, le reste des hommes, par le moyen d'une corde que l'on allait affaler d'en haut, installerait une échelle contre la falaise.

Sur l'ordre du capitaine, vingt-cinq hommes chargèrent leurs armes et sortirent des caves.

Romain leur fit au passage la charité d'un bon demi-hectolitre de petits morceaux de silex et de craie blanche.

C'était moins, sans doute, dans l'intention de les blesser que dans celle d'achever leur toilette en les poudrant.

Le capitaine grinçait des dents et, de rage, il se rongeait les poignets.

Il accompagna les tirailleurs et les fit placer assez loin dans le rocher pour qu'il leur fût possible de tirer à l'entrée du trou.

Alors il commanda la première décharge, qui devait se faire par deux coups à la fois.

Pendant un instant, il regarda l'effet produit.

Il ne vit qu'un peu de poussière qui tombait par l'effet du choc des balles.

Il ordonna néanmoins aux tirailleurs de continuer le feu jusqu'à son retour, et il alla rejoindre l'autre moitié de sa troupe qui se disposait, — quoiqu'à contre cœur, — à installer l'échelle, par le moyen d'un câble que l'on avait *filé* du haut de la falaise et qui tombait jusqu'en bas.

Nouveau déboire !...

Le capitaine s'aperçut bien vite que le choc des balles contre la roche en détachait des morceaux qui rendaient inabordable par leur chute la place où l'on devait installer l'échelle.

On épargnait tout bonnement à Romain la peine de lancer sa mitraille.

Le capitaine fut obligé de faire interrompre le feu.

Ceci fait, on *amarra* le bout de la corde à l'extrémité de l'échelle, et, à un signal convenu, les hommes qui se trouvaient en haut commencèrent à tirer.

Tout allait pour le mieux.

Encore une minute, et l'échelle serait en place.

Le capitaine triomphait.

Soudain une voix cria :

— Gare en bas !...

En même temps la corde était coupée par le milieu par une main invisible, et l'échelle tombait en se brisant en mille morceaux sur le galet.

Ah ! pour le coup, le capitaine Gentil perdit complètement la tête.

Il était hors de lui-même, — il se frappait le front !...

Volontiers, dit-on, se fût-il arraché de grosses poignées de cheveux !...

Mais la crainte d'une calvitie précoce le retint.

Sans doute il allait devenir fou, de rage et de désespoir, si Dieu, prenant pitié de lui, ne lui eût envoyé une étincelle lumineuse.

Il rassembla toute la compagnie dans une cave de la falaise, il fit de nouveau former le cercle, et il dit :

— Soldats, — au courage du lion, réunissons la prudence du serpent !...

« Le seul moyen de nous rendre maîtres de Romain, est de l'affamer... — nous ne viendrons jamais à bout de le prendre sans cela !...

« Affamons-le donc !...

Les hommes de la compagnie qui avaient été occupés à entretenir le feu de file, avaient remarqué qu'au moment des derniers coups de fusils, une fumée assez épaisse était sortie du trou à Romain.

Ceci leur faisait supposer que le feu avait pris dans la

grotte et que sans doute en ce moment Romain était occupé à l'éteindre.

On fit part de cette supposition au capitaine.

Il hocha la tête, — il réfléchit longtemps, et, après une mûre délibération, il déclara qu'il regardait comme tout à fait impossible que le simple choc d'une balle ait mis le feu chez Romain.

On s'aperçut alors seulement que le bout de la corde avait été brûlé, ce qui avait causé la chûte de l'échelle.

Ceci expliquait parfaitement bien cette fumée que les assiégeants avaient aperçue au moment où ils cessaient de tirer.

Il fallut se décider à rejoindre Étretat, avec la moitié des hommes de l'expédition, tandis que l'autre moitié occuperait les deux postes indiqués par le chef.

Le capitaine ne voulut cependant pas laisser sur le terrain les débris, gages de sa défaite.

Il ordonna de ramasser, ou plutôt il ramassa lui-même les morceaux d'échelle et le bout de corde.

Tandis qu'il se livrait à cette désagréable occupation, il avait grandement peur d'une nouvelle mitraille.

Mais rien ne tomba.

Rien, du moins, qu'une grêle ironique de pelures de pommes de terres et de queues de poireaux.

Romain faisait sa soupe!...

IX

Le capitaine Gentil avait quitté Étretat, tout bouffi d'orgueil de commander une expédition aussi importante que celle dont il avait la direction.

Conduire cinquante hommes contre un seul, il y avait là, en effet, matière à s'enorgueillir !...

Et, maintenant, il lui fallait revenir l'oreille basse et tout couvert de poussière et de honte !... — Franchement n'y avait-il pas de quoi se jeter la tête la première, du haut de la falaise !...

Mais le capitaine Gentil tenait à la vie.

Voyons, cependant, ce qui se passait pendant ce temps-là dans la demeure aérienne et souterraine du pêcheur.

Romain, dans un but que sans doute nous connaîtrons bientôt, s'occupait à mettre en bon ordre tout son petit mobilier.

Il fit différents paquets.

Il mit dans un sac de toile cirée une liasse de papiers, et il s'apprêtait à y joindre un petit Christ, mais une réflexion l'arrêta.

Il posa d'abord ce Christ devant lui, — il s'agenouilla et pria.

Sa prière étant achevée, il baisa le Christ et le réunit aux autres objets contenus dans le sac de toile cirée.

Ces préparatifs étant achevés, il regarda longuement la mer qui se brisait avec force sur le rivage, et il dit tout haut :

— La marée les chasera bientôt!... les portes vont se fermer pour eux et s'ouvrir pour moi!...

. . . .

. . . .

Redescendons cependant sur le banc des fontaines, et voyons ce qui se passait.

A mesure que la marée montait, — à mesure que chaque flot venait jeter son écume un peu plus haut que celui que l'avait précédé, le poste placé par le capitaine Gentil, avait reconnu l'impossibilité de tenir dans la *cave à Aubry*.

Canonniers et douaniers furent forcés de revenir sur leurs pas pour aller se poster dans une autre excavation de la falaise, qui offrait une sûreté complète, à cause de sa position au-dessus du niveau des pleines mers.

Les vingt-cinq hommes du poste se trouvèrent donc forcés de rester dans ce trou pendant les deux heures que la mer les y tenait enfermés.

Cependant la nuit tomba et étendit sur les grèves et sur les falaises son manteau de ténèbres épaisses.

On était bien certain que, si on ne pouvait retourner au-dessous du trou à Romain, celui qui habitait ce trou ne pouvait pas davantage passer sans être vu ou sans s'exposer à une mort à peu près-certaine

La vague, en se retirant, ne faisait que découvrir par intervalles un chemin qu'on ne pouvait tenter de suivre sans démence, car, de seconde en seconde, la plage était

recouverte par des vagues écumantes et d'une force .erri-
ble, qui n'aurait pas laissé le temps de franchir un espace
de cinq ou six pas, sans être enlevé violemment et bris :
contre les écueils.

Enfin la mer se retira comme d'habitude et laissa la
plage libre et belle.

Le poste franchit alors le périlleux détroit, et reprit sa
position dans la cave à Aubry.

Le reste de la nuit s'écoula sans amener le moindre incident digne de trouver place en ce récit.

Seulement, au bout de dix heures, il fallut de nouveau
lever le siége, comme on l'avait fait la veille au soir.

Le jour parut.

Le capitaine Gentil et le lieutenant de la douane revinrent trouver leurs soldats et demandèrent un rapport sur
ce qui s'était passé pendant la nuit.

On leur donna les détails insignifiants que nous avons
avons rapportés plus haut, et on leur affirma que personne
n'avait passé.

Le capitaine Gentil se frotta les mains et dit :

— Ah ! mon gaillard !.. mon gaillard !.. nous te tiendrons bientôt !..

§

Au moment où la mer commençait à descendre, on vit
arriver, du côté de la vallure de Bénouville, un vieux pêcheur qu'on appelait le père Gérôme.

Il portait, comme d'habitude, sa manne sur l'épaule et
sa gaffe à la main.

Il arriva, sans hâter son pas, jusqu'au près du poste.

— Eh bien ! mon capitaine, — dit-il, y a-t-il du nouveau ?.. aurez-vous bientôt Romain ?..

— Oui, parbleu ! — répondit le capitaine, — ça ne peut

guère tarder maintenant, — il est impossible qu'il ait là-haut des provisions pour bien longtemps, et, quand il se verra tout à fait affamé, il se rendra.

— Pourquoi donc que vous n'envoyez pas tout bonnement quelqu'un pour causer un peu avec lui et lui faire comprendre ça tout de suite?..

— — Envoyer quelqu'un?.. — répéta le capitaine.

— Oui.

— Où donc?

— Là-haut, à son trou...

— Et, comment voulez-vous qu'on y arrive, père Gérôme?..

• — Au moyen d'une corde qu'on amarrerait en haut de la falaise.

— Et, s'il coupe la corde?..

— Dame!.. c'es une chance...

— Et, s'il se défend, — s'il éventre à coups de gaffe, ou s'il assomme à coups de pierres le parlementaire?..

— Dame! ça se pourrait bien tout de même...

— Je suis sûr que pas un de mes hommes n'y voudrait aller!..

Canonniers et douaniers furent en effet unanimes pour déclarer qu'ils refuseraient de tenter l'ascension.

— Vous voyez, dit le capitaine.

— Eh bien! — répliqua le pêcheur, — qu'est ce que ça prouve?.. que c'est tous un tas de capons, voilà tout...

L'officier se récria.

Gérôme reprit.

— Et, la preuve, c'est que j'irai bien, moi...

— Vous, père Gérôme!..

— Oui, moi qui vous parle.

— Eh bien! alors, allez-y.

— Seulement, je ne veux pas qui soit dit que j'aurai risqué ma peau pour rien...

— Vous voulez qu'on vous don e quelque chose?...

— Oui.

— Quoi? — parlez, père Gérôme...

— D'abord, je veux un petit écu...

— Vous l'aurez, — et ensuite?...

— Ensuite, il faut qu'on me prête une couple de pistolets, afin de pouvoir me défendre, si Romain n'entendait pas la raison...

— C'est trop juste, — on vous donnera des pistotets, — mais, jamais, au grand jamais, père Gérôme, vous ne viendrez à bout de monter là-haut...

— Vous croyez ça, capitaine?...

— Ma foi, oui...

— Et, pourquoi donc?...

— Dam! vous n'êtes plus de la première jeunesse...

— C'est vrai, — soixante-cinq ans, vienne la Saint-Michel, — m is ça n'y fait rien, — j'ai été mousse et matelot dans la marine de l'État et j'ai encore des muscles solides, — vous verrez que j'arriverai...

Le capitaine expédia tout aussitôt un homme au poste qui se trouvait en haut de la falaise.

Cet homme portait l'ordre d'enfoncer un pieu et d'amarrer à ce pieu un cordage qui descendrait jusqu'au banc des fontaines

On se souvient que tel avait été le moyen employé par Romain. la première fois qu'il avait voulu se hisser à son trou.

Une fois les préparatifs achevés, le père Gérôme ajusta une ceinture autour de ses reins, — mit les pistolets dans cette ceinture, — saisit le bo t de la corde et commença à grimper péniblement.

Gérôme avait dit vrai.

Malgré son âge, sa vigueur était encore surprenante,

Il avançait lentement, mais il avançait.

Enfin, il parvint à la hauteur du trou à Romain.

Tous les regards le suivaient avec épouvante. — Tous les cœurs battaient, — tous les esprits étaient émus.

On tremblait pour la vie du vieillard.

A chaque instant on s'attendait à voir la corde coupée ou brûlée, et un cadavre mutilé rouler le long de la falaise et rebondir, brisé, sur le galet.

Enfin Gérôme posa le pied sur une anfractuosité du roc et disparut.

Il était arrivé.

Pendant une ou deux secondes, chacun pensa qu'on allait entendre la double détonation de ses pistolets...

Rien de tout cela n'arriva.

Au bout d'un instant, le pêcheur reparut au bord du trou et cria :

— Le nid est vide!... l'oiseau s'est envolé!...

Qu'on juge de l'effet que durent produire ces paroles.

La consternation la plus profonde régna parmi les soldats. — La fureur se peignit en traits de feu sur le visage des chefs.

On essaya de douter d'abord de la bonne foi du vieux pêcheur. — On chercha à se persuader qu'il voulait favoriser l'évasion de Romain en rendant la surveillance moins active.

Mais quand on le vit redescendre et affirmer sous serment que le trou était vide, on fut bien forcé de commencer à le croire.

Un douanier excité par les promesses du capitaine Gentil, se décida à monter à son tour.

Son témoignage vint confirmer celui du vieillard.

Le doute n'était plus, désormais, ni possible, ni permis — il fallait se rendre à la désolante évidence.

Le plus désespéré de tous était le capitaine Gentil.

Il avait juré sur son épée vierge, qu'il s'emparerait du fugitif, mort ou vif.

Et maintenant. il ne savait pas même ce qu'il était devenu !...

Ah ! pauvre capitaine Gentil !...

Le bruit se répandit bien vite au village que Romain n'était plus dans son trou.

Une quantité de curieux accoururent alors sur la plage —moins pour s'assurer que Romain avait effectivement disparu que pour s'égayer un peu sur le compte des canonniers et de leur capitaine.

X

Où était Romain.

Voilà où en étaient les choses quand un vieille femme arriva tout éplorée sur la plage.

C'était la tante de Romain.

— Ah! malheureux! — cria-t-elle, — malheureux que vous êtes!... vous l'avez tué!... vous avez tué mon pauvre Romain qui n'avait jamais fait de mal, ni à vous, ni à personne...

Tout en parlant ainsi, elle sanglotait amèrement et laissait pendre sur ses épaules les longues mèches de ses cheveux gris.

Ensuite elle ramassa sur le galet une paire de gros sabots.

— Ces sabots appartenaient à Romain, — dit-elle, — le malheureux garçon s'est noyé cette nuit, et c'est vous qui êtes cause de sa mort!...

Et elle pleurait avec un redoublement d'amertume.

A la vue de cette vieille femme tout en larmes, les officiers et les soldats ne purent s'empêcher de s'adresser intérieurement les mêmes reproches que la tante de Romain leur adressait tout haut.

Ils s'accusaient d'être en effet la cause de la mort du pêcheur.

Mais il était trop tard et rien au monde ne pouvait désormais modifier quelque chose aux événements accomplis.

Il devenait inutile de monter plus longtemps la garde sous la falaise. — On reprit donc tristement le chemin du village.

La nouvelle de la mort probable de Romain r'pandit dans Étretat et dans toute la vallée un véritable chagrin.

Mais on finit, au bout de quelque temps, par oublier le pêcheur comme on en avait oublié tant d'autres et l'on se mit à s'occuper beaucoup de la paix, qui, selon toute apparence, n'allait point tarder à être conclue.

Enfin le jour tant souhaité arriva.

Un nouveau soleil se leva sur la France, — Napoléon, écrasé par le nombre de ses ennemis, fut obligé de s'avouer enfin vaincu, et, en même temps que la paix, une amnistie générale fut proclamée pour tous les réfractaires.

Un matin on vit arriver à Étretat un pêcheur, — la manne sur le dos et la gaffe à la main.

Ceux qui le rencontraient poussaient à sa vue un cri de surprise et de joie.

Ce pêcheur était Romain.

Les canonniers et les douaniers ne pouvaient en croire leurs yeux, — ils entouraient le *revenant* qui riait beaucoup de leurs exclamations d'étonnement.

Le dimanche suivant, afin de bien prouver à tout le monde sa résurrection, il se rendit à l'église à une heure très-avancée de la messe, et il eut soin de se placer dans un endroit où il était en vue de tout le monde.

Le soir il alla à la promenade dans *la passée*.

Il dansa en rond avec les filles et les garçons du village et il chanta lui-même sa chanson.

§

Retournons cependant en arrère, et voyons ce qu'était devenu Romain pendant cette nuit qui passait pour avoir été la dernière de sa vie.

Le pêcheur, au moment où la pleine mer venait de mettre en fuite ses gardiens, descendit de sa demeure aérienne en emportant sur son dos une partie de son bagage.

Son mobilier, quoique peu important, le mit dans la nécessité de faire plusieurs voyages consécutifs.

Au dernier, il *cappela* le double de sa corde au pieu d'entrée de sa grotte et il descendit.

Une fois en bas, — le cœur serré et les larmes aux yeux, — il lâcha un bout de la corde, tira sur l'autre et rompit ainsi tout moyen de communication avec sa chère demeure.

Ensuite, il s'élança à la mer et traversa trois fois de suite à la nage l'espace qui le séparait des éboulements de *Vaudieu*.

Après le troisième voyage, il s'assura qu'il n'avait rien oublié et il mit en sûreté tout son bagage en le cachant dans un creux de la falaise et en le recouvrant de galets.

Ensuite il côtoya la falaise et gagna la vallure de Bénouville dont nous avons parlé bien souvent.

Il savait qu'une bonne partie de la brigade de la douane devait être en faction à l'issue de cette vallure.

Il courait donc un véritable péril en passant à côté du poste, mais le mal était sans remède.

Romain monta doucement et avec des précautions infinies, car un cailloux roulant sous son pied et tombant de rocher en rocher aurait suffi pour donner l'éveil.

Arrivé en haut, il s'arrêta et prêta l'oreille.

Il n'entendit aucun bruit suspect et il supposa que tout le poste dormait et que l'homme de garde avait succombé lui-même au sommeil ou était allé allumer sa pipe.

Il passa donc auprès du corps de garde, marchant u pieds, retenant son haleine, — et, ce mauvais pas une fois franchi, il s'achemina le plus vite qu'il put vers Étretat.

La nuit était fort noir, — nous l'avons déjà dit — et il arriva sans avoir été vu de personne.

. Au lieu d'aller droit à la porte de la chaumière de son père, il prit par les derrières, franchit une haie de clôture et alla frapper doucement à une fenêtre qui donnait sur un petit jardin.

Le vieillard s'éveilla en sursaut.

Il sauta en bas de son lit, vint à la fenêtre l'ouvrit, et, avec une prudence instinctive, il demanda tout bas :

— Qui est là ?

— Moi... — répondit sur le même ton la voix de Romain.

Le pêcheur s'élança dans la chaumière et tomba dans les bras de son père ivre de joie en le revoyant.

Romain mourait de faim.

Le vieillard apporta le peu de provisions qu'il avait chez lui, et, pendant le souper, le père et l fils avisèrent aux moyens de mettre le réfractaire en sûreté.

Lorsqu'on a des amis parmi les pauvres, il est rare que l'adversité les détache de vous.

Le père de Romain ne manquait donc pas d'amis toujours prêts à lui rendre service.

Il sortit immédiatement de chez lui, et il alla trouver

un vieux pêcheur, — le père Gérôme, — qui demeurait à l'autre extrémité du village.

— Gérôme, lui dit-il en l'éveillant, — j'ai besoin de toi...

— Bon.

— Tu sais qu'on traquait Romain dans son trou comme un loup dans son terrier?...

— Je ne le sais que trop, le pauvre garçon!...

— Eh bien! Romain n'est pus à la falaise...

— Bah!...

— Il s'est échappé...

— Quand?

— Il y a une heure.

— Que Dieu en soit béni!.. — où est-il maintenant?

— Chez moi.

— Il n'y peut pas rester, c'est là qu'on viendra le chercher d'abord.

— C'est justemen pour ça que j'ai compté sur toi.

— Et tu as b en fait! — tu veux que je le cache!...

— Oui.

— Eh bien! amène-le, — il sera plus en sûreté chez m i que partout ailleurs...

— Je vais le chercher.

— Je l'attends...

— Merci, — dit simplement le père de Romain.

Il s'éloigna, et, au bout d'un quart d'heure il revint avec son fils que Gérôme installa dans une petite chambre où personne n'entrait jamais.

— Reste-là, mon garçon, — fit-il ensuite, — et je te réponds bien que, tant que tu n'en bougeras pas, personne ne viendra t'y chercher...

Au jour naissant le père Gérôme descendit la vallure de Bénouville et se dirigeait vers le passeux des Fontaines.

Nous avons assisté à la petite comédie qu'il jugea convenable de jouer et dont nous connaissons les résultats.

L'autre comédie jouée par une vieille tante qu'on avait mise dans le secret, était destinée à persuader à tout le monde que Romain avait péri, et, par conséquent, à couper court aux recherches.

Pendant ce temps Romain dormait d'un profond sommeil, car ses forces avaient été mises à une rude épreuve durant la nuit précédente.

A son réveil, il repassa dans son esprit tous les événements qui venaient de se succéder.

Il se reprocha d'avoir répondu peut-être un peu brutalement par une mitraille de cailloux à la sommation du capitaine Gentil.

— Qui sait! — se disait-il, peut-être, sans cette agression de ma part, n'aurait-on point tiré sur moi comme s r une bête fauve!..

Mais il se consolait d'autant plus facilement, qu'en résumé, personne n'avait été blessé par ses projectiles.

Il se mit ensuite à réfléchir sur le passé, et il regretta, non sans amertume, de n'avoir point suivi ses compatriotes au champ d'honneur où l'appelait la voix du devoir.

Mais il se répondait qu'il n'était point coupable puisque, comme son ami le mendiant Derviche, il n'était resté à Étretat que pour faire vivre son père.

Cependant plusieurs jours se passèrent sans que Romain quittât un seul instant la retraite dans laquelle il était enfermé.

Il connut alors toutes les douleurs, tous les ennuis de la captivité.

Sa prison, à la vérité, était volontaire, mais ce n'en était pas moins une prison et il ne pouvait la quitter sans courir au-devant d'une autre prison plus pénible encore.

Combien ne devait-il pas souffrir, le pauvre Romain, accoutumé à la libre existence du pêcheur des grèves.

— Mais, ne pensons pas à tout cela, puisque me voilà vif et pur, tout imprégné des senteurs marines de l'algue et du varech!..

La pêche au rocher, — c'était sa vie!..

Et, maintenant, il lui fallait renoncer à tout jamais à cette industrie dont les fatigues mêmes lui semblaient des plaisirs, — il lui fallait mener, dans un sombre réduit, une existence sans mouvement, sans air, sans soleil!..

Qu'était-ce qu'une vie pareille, sinon une mort de chaque jour!..

XI

Notre-Dame-de-Fécamp.

Enfin, au bout de quelques semaines, cette misérable existence eut une fin et, ainsi que nous l'avons dit plus haut, Romain se trouva libre.

En haut de la côte de Fécamp, il existe une chapelle de la Vierge.

La sainte image de la mère du Christ est l'objet d'une dévotion particulière pour tous les marins des côtes de Normandie, — elle a fait de nombreux miracles, — c'est à elle qu'on s'adresse de préférence dans les périls et dans les tempêtes, et, à certains jours de l'année, on va processionnellement adorer son image.

Nous savons déjà que Romain était un vrai croyant.

Il ne manquait jamais, avant de s'exposer à un danger quelconque, de s'adresser à la bonne Vierge pour lui demander sa protection, et il s'en était toujours bien trouvé.

Il alla donc à la chapelle de Fécamp, remercier Notre-Dame, qui l'avait si visiblement sauvegardé.

A côté d'un bienfait il y a, ou au moins il devrait toujours y avoir une reconnaissance.

Les mendiants ne l'ignorent pas.

Aussi les voit-on groupés le long du sentier qui monte en serpentant la côte jusqu'à la chapelle de la Vierge.

Ils comprennent que ceux qui vont implorer pour eux-mêmes doivent se montrer charitables envers les autres.

L'un vous tend la main en vous disant :

— Bon chrétien, ne m'oubliez pas...

Un autre vous dit :

— Ayez pitié de moi, Marie aura pitié de vous...

Quelques-uns se contentent de balbutier d'un air plaintif :

— La charité, s'il vous plaît, pour l'amour de Dieu...

D'autres enfin, murmurent avec componction :

— Si vous montez la côte, chrétien, je vais prier pour vous...

Et ils commencent en effet une prière, fervente en apparence, qu'ils interrompent bien vite pour faire une autre demande à l'arrivée d'un autre pèlerin.

En redescendant la côte il faut bien se garder d'oublier de donner quelque chose à tous ces mendiants, car, dans le cas contraire, ils vous enverraient au diable d'aussi bon cœur qu'ils priaient pour vous un instant auparavant.

Romain, revenant de faire sa prière à la chapelle de la Vierge, regardait avec une grande attention chacun des pauvres auxquels il faisait l'aumône.

Mais il ne voyait pas celui qu'il cherchait :

Enfin il s'arrêta devant un cul-de-jatte, de la plus souffreteuse apparence.

—Mon ami, — lui dit-il, connaîtriez-vous, par hasard le mendiant Derviche ?...

— Certainement, je l'ai connu, et je le connaîtrais bien encore s'il était dans le pays...

—Il n'y est donc pas ?...

—Non, — et nous ne le reverrons plus jamais.

—Pourquoi donc?

—Les Prussiens l'ont tué.

Cette réponse étonna Romain.

—Entendons-nous bien, dit-il, — je vous parle de Derviche le borgne...

— Eh! oui, —Derviche le borgne... Derviche l'aveugle, comme il vous conviendra de l'appeler, quoiqu'il ne fut pas plus borgne et pas plus aveugle que vous et moi...

— Eh bien?...

—Eh bien! il a quitté le bâton d'aveugle, il a arraché le bandeau de borgne, — il a jeté la besace à tous les diables... et il s'est fait soldat.

Soldat!... — s'écria Romain.

—Oui.

—Vous en êtes bien sûr?...

— Je l'ai vu en uniforme.

Cette nouvelle, qu'il était impossible de récuser en doute, produisit une telle impression sur Romain qu'il quitta le cul-de-jatte sans même penser à mettre un sou dans la main qu'il lui rendait, et qu'il s'éloigna sans entendre les malédictions dont le mendiant désappointé l'accablait.

Sa tête était bouleversée et son cœur déchiré.

Il ne pouvait se faire à cette pensée que son ami l'avait oublié, — qu'il était parti sans lui dire adieu, sans l'avoir averti de son départ, et qu'il ne le reverrait plus...

Le pêcheur se rappelait bien cette lettre qui lui était adressée et que son père avait refusée par prudence.

Nul doute que cette lettre ne fût de Derviche, mais maintenant, il n'était plus possible de se la procurer.

Romain, alors, commença à regretter plus amèrement que jamais sa vie passée et le fatal parti qu'il avait pris

Il déplora amèrement de n'avoir point suivi ses camarades qui, bientôt, allaient rentrer dans leurs foyers, après avoir glorieusement payé leur dette à la France...

C'est en proie à toutes ces pensées qu'il fit le trajet de quatre lieues qui sépare Fécamp d'Étretat.

Il rentra chez lui pâle et changé, comme s'il venait d'avoir à subir une longue maladie.

Un singulier désordre semblait régner dans sa tête et dans ses idées, et c'est à peine s'il répondait aux ques-tions qu'on lui adressait. — Ses réponses, d'ailleurs, étaient vagues et incohérentes, comme s'il n'avait pas entendu ou pas compris.

Son père ne pouvait deviner ce qui avait amené un changement si étrange et si subit dans le caractère de son fils et il s'en désolait tout bas.

Cependant il fallait vivre, et Romain continuait à aller chaque jour au rocher.

Mais, là, il recherchait la solitude et n'adressait plus la parole aux autres pêcheurs.

Tout au plus répondait-il de temps à autre quelques mots à Pierre Aubry, qui lui avait été si utile pendant qu'il était caché dans la falaise.

Lorsqu'il passait sur le banc des Fontaines, c'était toujours avec une vive douleur qu'il regardait l'endroit où était située sa grotte.

— Malheureux ! — se disait-il — c'est là que je me suis caché pendant le temps que j'aurai dû employer à servir mon pays !...

Et il ne pouvait retenir ses larmes.

Cette vie de regrets dura quelque temps.

Un jour, un sous-officier et un capitaine vinrent frapper à la porte de la chaumière du pêcheur.

Son père s'y trouvait seul,

Romain est-il là ? demanda le sous-officier.

— Non, — répondit le père un peu inquiet de cette visite, — mon fils n'est pas ici...

— Où donc est-il ?

— Je ne sais pas.

— Ah ! — dit le sous-officier en souriant -vous pouvez nous répondre franchement ; je suis un des bons amis
de Romain — je suis Derviche...

Ces paroles dissipèrent toute la défiance du vieillard.

— Mon fils vient de partir pour aller faire la pêche au
rocher, — répondit-il — il ne reviendra que dans quatre
heures au plus tôt...

Tant mieux — nous allons aller le rejoindre.

Les deux militaires prirent congé du vieux pêcheur.

Ils montèrent la côte et descendirent la vallure de Bénouville.

Arrivés au banc des Fontaines, ils regardèrent autour
d'eux et virent un pêcheur dans les parages de Vaudieu.

Ils se dirigèrent de ce côté et Derviche ne tarda point
à acquérir la certitude que ce pêcheur était Romain.

Ce dernier, profondément absorbé par sa besogne, ne
s'était pas même aperçu qu'on venait de son côté.

Les deux hommes purent donc arriver à une portée de
fusil de lui, sans avoir attiré son attention.

Alors le sous-officier cria :

Eh bien ! pêcheur, la pêche est-elle bonne ?

Romain tourna aussitôt les yeux du côté d'où était
venue la voix, et, malgré l'uniforme, il reconnut du premier coup-d'œil le mendiant Derviche.

Il accourut auprès de son ami et il le serra dans ses
bras avec effusion.

— Mon cher Romain, — dit ensuite le sergent, — je
vous présente mon frère, le capitaine Hauville — car vous
savez que notre nom de famille est Hauville

Romain salua, et au grand étonnement de son ami. se
mit à fondre en larmes.

— Pourquoi donc pleurez-vous ! — demanda le soldat.

C'est du bonheur de vous revoir, — on m'avait dit que vous étiez mort à l'armée, — j'ai prié longtemps pour vous, et, en vous voyant ensuite, ça ma fait un si grand plaisir qu'il me semble que ma poitrine est trop petite pour tenir mon cœur.

Le sergent ne répondit qu'en serrant la main de Romain.

Ce dernier se hâta d'achever la pêche, et ensuite on se mit en route vers le banc des fontaines.

Ce dernier endroit est le point d'arrivée et le lieu de départ des pêcheurs. — C'est au-dessus, nous le savons, qu'était situé le Trou à Romain.

Arrivés sur le galet, le pêcheur demanda au soldat pourquoi il l'avait oubli, au point de partir sans le prévenir.

— J'ai bien pensé à vous avertir de mon projet, — répondit le sous-officier, — j'ai même été au moment de le faire, le jour où je vous ai dit que je voulais jeter là-bas les haillons du mendiant pour me faire berger ou pêcheur... — Mais j'ai été retenu par la pensée de la peine que vous causerait mon départ, — je craignais aussi que vous ne vous décidassiez à me suivre, et que vos parents ne fussent ainsi privés d'un fils qui les soutenait. — Mais ne pensons plus à tout cela, puisque me voilà de retour, et dites-moi ce que vous êtes devenu pendant ma longue absence...

— Moi, — répondit Romain avec amertume, — pendant que vous défendiez votre pays, — je me suis caché !..

— Caché !

— Oui.

— Comment ?

— Là, — dit le pêcheur en désignant la falaise qui s'élevait au-dessus d'eux. — Ma tête était mise à prix, on me traquait comme une bête fauve, et l'ordre était donné de s'emparer de moi, *mort ou vif !..*

— Mort ou vif!.. — répéta le sous-officier avec stupeur.

— Oui, — dit Romain.

Et il raconta en peu de mots l'histoire de sa vie souterraine.

XII

Pauvre Romain.

Après avoir achevé son récit, Romain ajouta, avec l'expression d'un véritable désespoir :

— Voilà ce que j'ai fait, et maintenant que je suis libre. je ne puis plus vivre !... — Il me semble que tout le monde me regarde avec dédain... — il me semble que toutes les lèvres s'entr'ouvrent pour me crier : — *lâche!*.. — Un remords continuel me ronge et me reproche de n'avoir rien fait pour mon pays...

L'exaltation de Romain était extrême tandis qu'il parlait ainsi, et ressemblait presque à de la démence.

Les deux frères eurent toutes les peines du monde à lui faire comprendre que son courage n'aurait pas suffi pour empêcher la chute de Napoléon, mais que, du moins, ses regrets prouvaient un noble cœur.

Leurs paroles consolantes calmèrent un peu le pêcheur.

Elles n'eurent point à la vérité le bonheur de chasser à tout jamais la sombre monomanie dont le germe était

en lui désormais, mais du moins elles apportèrent à ses
chagrins un adoucissement momentané.

Romain conduisit le capitaine et le sergent à la vieille
cabane qu'il avait pratiquée dans une cave de la falaise et
où, jadis, il avait bien souvent reçu le mendiant Derviche.

Il présenta des escabeaux de bois à ses hôtes, — il
alluma du feu et se mit en devoir de faire cuire sa
pêche.

Pendant ce temps le capitaine l'interrogeait avec curiosité sur les détails de son métier de pêcheur.

Mais il répondait qu'à peine et d'une façon vague
et distraite, aux questions que lui adressait le frère de
son ami.

Enfin les tourteaux et les homards furent cuits.

Romain avait du pain, du sel et un peu de cidre.

On mangea de bon appétit, — les soldats du moins, —
car Romain ne toucha presqu'à rien.

— Êtes-vous donc malade?... souffrez-vous?... — demandait le sous-officier.

Et Romain répondait d'un ton lugubre qu'il se portait
le mieux du monde.

En remettant son couteau dans sa poche, Derviche fit
tomber une croix de la Légion-d'Honneur, attachée à un
ruban rouge.

Romain tressaillit.

— Est-ce donc à vous? — fit-il d'une voix à peine dis-
tincte.

— Oui, — balbutia le sergent avec embarras.

Romain n'ajouta pas un seul mot, et, pendant quelques
minutes, il se renferma dans un profond silence.

Derviche, connaissant la susceptibilité d'impression de
son ami, avait ôté sa croix avant de venir le trouver. —

Mais le hasard avait voulu que Romain vit *l'étoile des braves* dont était décoré son ami.

On resta au Banc des Fontaines aussi longtemps que la marée montante le permit, puis on se mit en route pour regagner le village.

Les deux frères reconduisirent Romain jusqu'à sa maison.

Ils lui firent promettre qu'il viendrait passer quelques semaines avec eux, à Caudebec, aussitôt qu'ils y seraient revenus.

Romain en prit l'engagement.

Ils demeurèrent ensemble pendant tout le reste de la journée, puis ils montèrent en voiture en disant à Romain :

— Au revoir !...

— Au revoir !... — répondit le pêcheur.

Hélas ! c'était un *adieu* qu'ils auraient dû se dire !

Ils ne devaient plus se rencontrer en ce monde.

Romain, resté seul, alla se coucher.

Sa tristesse habituelle était devenue une sorte de véritable désespoir.

Une pensée déchirante venait sans cesse interrompre son sommeil.

— IL me quitta couvert de haillons !... — se disait-il, — et IL revient couvert de gloire !...

Il n'avait plus aucun plaisir à penser à Derviche.

Sa présence, au lieu de le soulager, n'avait fait que fournir un nouvel aliment à son chagrin.

Il ne trouvait plus de consolation sur la terre, — alors il se tourna complètement vers le ciel.

Il se jeta jusqu'au cou dans la dévotion.

Mais ce n'était point cette dévotion calme et confiante, douce, éclairée, qui guérit les blessures du cœur et donne de la force aux faibles.

C'était un fanatisme superstitieux, — sombre, — farouche, — inintelligent.

Pour tout dire en un mot, c'était une véritable folie, car Romain devenait fou.

L'aliénation bizarre qui s'empara de lui consista à lui persuader qu'il avait commis de si grandes fautes qu'il ne pouvait espérer de pardon ni en ce monde ni en l'autre.

Il se regarda comme condamné sans ressource et sans espoir à la damnation éternelle.

Il prit la physionomie et les allures farouches d'un désespéré.

Bientôt Romain ressembla davantage à un spectre poursuivi par les remords qu'à une créature humaine et vivante.

Ses vêtements étaient en lambeaux — ses cheveux hérissés — ses joues creuses et hâves, — ses yeux rouges et hagards.

Il ne reconnaissait plus personne, pas même son père, — à plus forte raison ceux qui avait été jadis ses amis.

Il recherchait les lieux les plus sauvages — il fuyait tout le monde, et il devenait lui même un objet d'effroi pour les habitants d'Étretat.

Romain ne pêchait plus, et comme il ne damandait pas l'aumône, on ne savait, bien souvent, de quoi il vivait.

Parfois il disparaissait pendant plusieurs jours, sans que personne pût deviner ce qu'il était devenu pendant ce temps-là.

Un matin, des pêcheurs, en arrivant au *Banc des Fontaines,* trouvèrent un cadavre brisé étendu sur le galet.

C'était le corps de Romain.

Le pauvre fou avait été conduit la nuit sur la falaise par son instinct de pêcheur, et il avait fait ainsi son dernier pas dans la vie.

Il fut enterré en terre sainte.

Dieu ait son âme;

Pêcheurs d'Étretat, — prions pour lui !

§

Ainsi finissait le manuscrit de Coquerel que je viens de mettre sous vos yeux, cher lecteur, sans y changer un mot, — une syllabe, une virgule.

Depuis l'époque où ce manuscrit fut remis entre mes mains, j'ai pris des renseignements auprès des personnes qui, dans le pays, se trouvaient en position d'être le mieux renseignées.

Ces renseignements m'ont apporté la conviction que tous les faits relatés dans le manuscrit de Coquerel sont de la plus rigoureuse exactitude.

Plusieurs témoins oculaires des événements qu'on vient de lire vivent encore à Étretat.

Parmi ces témoins, je citerai le père Pierre Aubry, âgé de près de cent ans, — et le capitaine Gentil.

L'un fut l'ami de Romain, — l'autre ne fut son ennemi que par circonstance, — et ne lui fit d'ailleurs pas grand mal.

Tous deux sont les plus honnêtes et les plus excellentes gens du monde.

Maintenant, puis-je me permettre de dire mon opinion sur les causes de la folie et de la mort de Romain?

D'abord, il me paraît prouvé que le pêcheur réfractaire était d'un caractère extrêmement exalté et impressionnable. — A de tels caractères la solitude et la méditation ne valent rien.

L'isolement absolu de Romain dans sa caverne aérienne le prédisposèrent fatalement à cette hypocondrie lugubre qui devait s'emparer de lui un peu plus tard.

Si Romain eût vécu au milieu des autres hommes, il n'aurait certes pas succombé à une monomanie de remords absurdes et bizarres, car jamais dans aucun pays du monde, on n'a considéré les réfractaires comme des hommes déshonorés.

Quant à sa mort, on l'attribue généralement à un accident.

Un suicide me paraît plus vraisemblable, — surtout en raison de l'endroit choisi pour la chute.

Entre ces deux suppositions, que le lecteur choisisse.

Je m'arrête ici, — et je dis en terminant :

— Que Dieu ait son âme!... — Pêcheurs d'Étretat, priez pour lui.

FIN DU TROU A ROMAIN.

Imprimerie de Munzel frères, à Sceaux.

ALEXANDRE CADOT

ÉDITEUR,

37, RUE SERPENTE, A PARIS.

Collection de volumes in-16 à 1 franc.

VOLUMES PARUS.

XAVIER DE MONTÉPIN.

Les Chevaliers du Lansquenet. . . 5 vol.

1ᵉ Série. LE LOUP ET L'AGNEAU. . . . 1 vol.

2ᵉ — PERDITA. . . . . 1 vol.

3ᵉ — DANAE . . . . 1 vol.

4ᵉ — COURTISANE ET DUCHESSE. . 1 vol.

5ᵉ — et dernière. FRÈRE ET SŒUR. 1 vol.

PAUL DUPLESSIS.

Les Boucaniers. 4 Séries . . . . . . 4 vol.

1ʳᵉ Série. LE CHEVALIER DE MORVAN . 1 vol.

2ᵉ — NATIVA . . . . 1 vol.

3ᵉ — MONTBARS . . . . . . 1 vol.

4ᵉ — et dernière. LE BEAU LAURENT. 1 vol.

MARQUIS DE FOUDRAS.

Les Gentilshommes chasseurs . . 1 vol.

La Comtesse Alvinzi. . . . . . . 1 vol.

Madame de Miremont. . . . . . 1 vol.

A. DE GONDRECOURT.

Les Péchés mignons . . . . 2 vol.

Le dernier des Kerven . . . . . 2 vol.

HENRI DE KOCK.

La Tribu des Gêneurs . . . . . . 1 vol.
* Brin d'amour . . . . 1 vol.

ÉLIE BERTHET.

Le Nid de Cigognes . . . . 1 vol.
L'Étang de Précigny . . . . 1 vol.

ALEXANDRE DUMAS FILS.

Tristan le Roux . . . . 1 vol.
Sophie Printemps . . . . 1 vol.

ALEXANDRE DE LAVERGNE.

La Recherche de l'Inconnue . . . 1 vol.
Le comte de Mansfeld . . . . . . 1 vol.

OUVRAGES DIVERS.

Simples récits, par CHARLES DESLYS. . . 1 vol
Chasses et pêches de l'autre monde,
  par B. REVOIL. . . . . 1 vol
Contes d'un marin, par G. DE LA LANDELLE. 1 vol

Une vieille Maîtresse, par JULES BARBEY
D'AUREVILLY. . . . . 1 vol.

Le Mendiant noir, par PAUL FÉVAL. . 1 vol.

Léandres et Isabelles, par ADRIEN RO-
BERT. . . . . 1 vol.

Rachel et le Nouveau-Monde, par
LÉON BEAUVALLET. . . . . 1 vol.

Une Famille Parisienne au XIXe
siècle, par madame ANCELOT . . . . 1 vol.

Une Histoire de soldat, par Mme LOUISE
COLLET. . . . . 1 vol.

Les Amours des pistres, par ANGELO
DE SORR. . . . . 1 vol.

La Succession Le Camus (MISÈRES DE
LA VIE DOMESTIQUE) par CHAMPFLEURY. . . 1 vol.

Sceaux. — Imprimerie de MUNZEL frères.

OUVRAGES PARUS.

SCEAUX. — IMPRIMERIE DE MUNZEL FRÈRES.